Voyageurs de passages

Pierrette Beauchamp

Voyageurs de passages

tome 2

Pour le temps qu'il nous reste

Roman historique

Hurtubise

Catalogage avant publication de Bibliothèque et Archives nationales du Québec et Bibliothèque et Archives Canada

Beauchamp, Pierrette, 1953-

    Voyageurs de passages

    L'ouvrage complet comprendra 3 v.
    Sommaire : t. 2. Pour le temps qu'il nous reste.
    ISBN 978-2-89723-275-7 (v. 2)

    I. Titre. II. Titre : Pour le temps qu'il nous reste.

PS8603.E275V69 2013   C843'.6 C2013-940460-0
PS9603.E275V69 2013

Les Éditions Hurtubise bénéficient du soutien financier des institutions suivantes pour leurs activités d'édition :

- Conseil des Arts du Canada ;
- Gouvernement du Canada par l'entremise du Fonds du livre du Canada (FLC) ;
- Société de développement des entreprises culturelles du Québec (SODEC) ;
- Gouvernement du Québec par l'entremise du programme de crédit d'impôt pour l'édition de livres.

Conception graphique : René Saint-Amand
Maquette intérieure et mise en pages : Folio infographie

Copyright © 2013 Éditions Hurtubise inc.

ISBN (version imprimée) : 978-2-89723-275-7
ISBN (version numérique PDF) : 978-2-89723-276-4
ISBN (version numérique ePub) : 978-2-89723-277-1

Dépôt légal : 4ᵉ trimestre 2013

Bibliothèque et Archives nationales du Québec
Bibliothèque et Archives Canada

Diffusion-distribution au Canada :
Distribution HMH
1815, avenue De Lorimier
Montréal (Québec) H2K 3W6
www.distributionhmh.com

Diffusion-distribution en Europe :
Librairie du Québec/DNM
30, rue Gay-Lussac
75005 Paris FRANCE
www.librairieduquebec.fr

Imprimé au Canada
www.editionshurtubise.com

Personnages principaux

Bilodeau, Patrice : fils de Janine Provencher et de Pierre Bilodeau, ami d'enfance de Stéphane Gadbois. Épidémiologiste reconnu.

Bilodeau, Pierre : ami d'enfance de Janine. Peintre et professeur de dessin.

Duminisle, Charles : riche notable d'origine française, père de Marie-Claire.

Duminisle, Marie-Claire : fille de Charles Duminisle.

Gadbois, Stéphane : ami d'enfance de Patrice Bilodeau. Professeur d'histoire.

Jessen, Phil (alias **Jess**) : ami de Stéphane Gadbois. Musicien renommé.

Jessen, Cindy : fille de Phil Jessen. Étudiante en communication.

Lafontaine, Juliette : seconde épouse d'Ernest Provencher. Mère de Laurent, Janine et Gaston.

Lamarche, Nathalie : épouse de Stéphane Gadbois.

Larivière, Joseph : surnommé Jo, ancien voisin d'Ernest Provencher et ami de Laurent.

Létourneau, Élise : fille de Paul Létourneau et première épouse d'Ernest Provencher.

Létourneau, Paul : ami de Charles Duminisle. Médecin.

Magnan, Adélard : ami de Charles Duminisle. Riche financier montréalais.

Marie-des-Saints-Anges, sœur : (Thérèse Lafontaine), religieuse de la congrégation des Petites franciscaines de Marie. Tante de Janine et sœur de Juliette.

Provencher, Émile : deuxième fils de Juliette et d'Ernest.

Provencher, Ernest : père de Laurent, Janine et Gaston. Menuisier aux usines Angus.

Provencher, Gaston : fils cadet d'Ernest et de Juliette.

Provencher, Janine : fille d'Ernest et de Juliette. Mère de Patrice.

Provencher, Laurent : fils aîné d'Ernest et de Juliette. Électricien.

À Mylène Bouthillier,
la douceur d'un ange, la solidité d'un chêne.
Avec tout l'amour de ta maman.

« L'histoire c'est ce qu'il y a de plus vivant.
Le passé, c'est ce qu'il y a de plus présent. »

Lionel Groulx

Chapitre 1

Quelque part dans le passé

— Tu as froid ?

— Un peu, répondit Janine, c'est humide, ici.

Stéphane fit le tour de la pièce du regard : « La cave à vin du château... »

La lumière dansante, dispensée par la lampe à l'huile posée au milieu de la longue table, plongeait la pièce dans une étrange ambiance moyenâgeuse.

Janine caressa le médaillon de son frère Laurent qu'elle avait passé autour de son cou pour lui porter chance.

— Au moins, nous connaissons le chemin pour retourner en 2000, murmura-t-elle.

Stéphane acquiesça d'un hochement de tête. L'entrée du passage était à deux pas, quelques minutes seulement les séparaient du 15 septembre 2000.

— Tu préfères que nous retournions sur nos pas ?

— Jamais de la vie ! chuchota la jeune fille.

Ne tenant plus en place, Stéphane se leva en s'emparant de sa lampe de poche. Son faisceau de lumière se promena sur les murs de pierre maçonnés à la recherche d'un interrupteur.

— Il n'y a pas d'électricité, ici. Je me demande bien en quelle année nous sommes tombés, marmonna-t-il.

— Nous n'allons pas tarder à le savoir...

En suivant Stéphane dans le souterrain découvert au fond du puits de la cave de sa maison, Janine était loin de se douter qu'ils se retrouveraient à des années en arrière. Pourtant, la peur n'avait pas de prise sur elle, au contraire. Les yeux rivés sur le coton ouaté de son compagnon, elle esquissa un sourire moqueur : « Avec Superman, je n'ai vraiment rien à craindre... »

Mais Stéphane était trop préoccupé pour se soucier de sa tenue vestimentaire. Une foule de questions se bousculaient dans sa tête. Il lui tardait de voir revenir Marie-Claire Duminisle, cette petite jeune fille dont l'attitude bienveillante l'avait surpris et rassuré à la fois.

— Tu dis que Laurent et Marie-Claire sont amis...

— Oui, ils collaboraient à toutes sortes de bonnes œuvres. À partir de 1955, ils sont devenus plus proches quand elle l'a engagé pour qu'il refasse le filage électrique du château.

— Connais-tu la date de construction de cette maison ?

— Je ne l'ai jamais sue. Les Duminisle l'ont achetée au début du siècle, avec une grande portion de la ferme voisine. C'était tout un domaine, paraît-il. Puis, dans les années 1910, Charles, le père de Marie-Claire, a cédé quelques arpents aux franciscains, les fondateurs de la paroisse. Il a même financé la construction de leur couvent, situé en face du château.

— Tu parles de l'hospice ?

— C'est ça. La bâtisse a changé de vocation lorsque les religieuses ont remplacé les pères.

Le regard posé sur l'entrée du souterrain, Stéphane réfléchissait : « Le château, le couvent des franciscains, la maison de la rue d'Orléans : trois puits avec des couloirs communicants. Le grand-père de Patrice était-il au courant ? »

— Les années 1910, c'est bien l'époque où ton père s'est installé rue d'Orléans ?

— Il est arrivé en 1914. Comme beaucoup de gens dans ce temps-là, papa a quitté la campagne pour trouver du travail en ville. À son arrivée de Joliette, il a vécu avec trois compagnons de travail dans un petit logement, près des Shops Angus, jusqu'au moment où il a épousé Élise Létourneau.

— Il y a eu tout un boom démographique à Montréal dans ce temps-là.

— Justement. Laurent m'a appris qu'au début du siècle, lorsque les promoteurs immobiliers ont raflé toutes les terres des alentours pour les revendre à prix fort, Charles Duminisle a divisé son terrain en lots pour les offrir à des pères de famille catholiques dont la plupart s'étaient trouvé du travail aux Shops ou dans les manufactures des quartiers Hochelaga et Maisonneuve.

— Gratuitement ?

— C'est ce que Laurent m'a dit.

«Tiens donc! Un riche notable francophone prenant une paroisse sous son aile… Ce Charles Duminisle correspond au portrait type des membres des Compagnons du Saint-Esprit», songea Stéphane à la lumière de ce qu'il avait appris la veille en consultant Internet.

Il fit part de sa réflexion à Janine qui s'exclama:

— Mon Dieu! Tu crois que Charles Duminisle en faisait partie? Pourtant Laurent ne m'a…

— Ton frère en savait beaucoup plus qu'il t'en a dit, coupa Stéphane. Rappelle-toi de la liste d'adresses qu'on a trouvée dans une des caisses de ta cave.

— Avec les vêtements sacerdotaux… ajouta Janine, les yeux dans le vague.

Son visage s'allongea: un fait troublant avait surgi dans son esprit.

— Ce matin, tu m'as bien dit que tous les membres influents des Compagnons étaient morts de la grippe espagnole?

— C'est ça.

Janine dévisageait Stéphane:

— Charles Duminisle, sa femme et ses deux plus jeunes fils ont été emportés par la grippe espagnole, comme la première famille de mon père.

— Ah! fit Stéphane, le souffle coupé.

— On a toujours prétendu que Léon Duminisle, le fils aîné, un officier de l'armée canadienne, avait ramené la maladie du front, car il y avait des soldats atteints sur son bateau. Pourtant, Léon n'a jamais été malade, mais dans le quartier, l'épidémie s'est déclenchée quelques jours après son arrivée d'Europe et les gens du château ont été les premiers touchés. Léon, ce n'est pas la grippe qui l'a tué, mais un coup de fusil dans la tête : lui-même se sentait responsable et il ne pouvait plus le supporter. Tu t'imagines à quel point ça a dû être terrible pour Marie-Claire ?

Des pas dans l'escalier de la cave annoncèrent le retour de la jeune châtelaine. Lorsqu'elle apparut à l'entrée du couloir, Stéphane se leva :

— Bonjour mademoiselle, euh... Voilà, nous sommes...

Marie-Claire lui sourit avant de s'adresser à Janine :

— Ce médaillon, comment l'avez-vous eu ?

La voix était douce, le ton amical.

Ses doigts tripotant nerveusement sa lourde chaîne, Janine se leva et jeta un regard vers Stéphane. Que répondre ? Celui-ci lui fit un signe d'assentiment :

— Au point où on en est, Janine, autant dire la vérité.

— C'est mon frère qui me l'a donné, il y a quelques années, répondit-elle en retirant le précieux bijou pour le tendre à Marie-Claire.

Cette dernière l'examina quelques secondes en silence.

— Il existe des dizaines d'exemplaires de ce médaillon, affirma-t-elle d'un ton grave, mais seulement trois en or : je sais où sont les deux autres, et...

je connais le propriétaire de celui-ci. Mon père l'a offert à son homme de confiance. Il s'appelle Laurent.

Stupéfaite, Janine ouvrit la bouche.

— Et vous vous appelez Janine ? ajouta Marie-Claire en rendant le bijou à son interlocutrice. Êtes-vous sa sœur ?

— Euh… ou… oui, balbutia l'autre.

Stéphane laissa échapper un soupir de soulagement : il avait eu raison de se fier à son intuition. Dès qu'il avait découvert la crevasse et le passage au fond du puits, quelque chose lui avait dit qu'il se rapprochait de Laurent.

— Il s'agit bien de Laurent Provencher, n'est-ce pas ? demanda-t-il.

— Oui, c'est bien lui, mais ici, on le connaît sous le nom de Lafontaine.

— Lafontaine, c'est le nom de jeune fille de ma mère, murmura Janine.

Ses yeux se firent suppliants :

— Pour l'amour du ciel, mademoiselle, dites-nous où il est !

La jeune fille se rapprocha de Janine et saisit ses deux mains dans les siennes en la fixant intensément :

— Laurent n'habite plus ici, mais je sais où le trouver.

Les yeux de Janine se remplirent de larmes.

— Allez, assoyons-nous, nous devons bavarder et… tenez, couvrez-vous, on gèle ici.

Marie-Claire enleva son châle pour le remettre à Janine, qui la remercia d'un sourire reconnaissant.

L'éclairage tamisé de la lampe à l'huile illuminait le visage de la jeune fille qui, un coude appuyé sur la table, avait couvert sa joue de sa main afin de masquer sa vilaine tache de vin.

— Ainsi, vous venez tous les deux du même endroit que Laurent ? supposa-t-elle en désignant l'entrée du passage. Je sais qu'il provenait du... euh, enfin... d'une autre époque.

Stéphane hocha la tête en fronçant les sourcils.

— S'il vous plaît, mademoiselle, parlez-nous de Laurent.

— J'avais entendu parler de lui avant de le rencontrer. Il vivait de petits travaux ici et là. Personne ne savait d'où il venait vraiment, il arrivait comme ça de bon matin, puis il disparaissait sans crier gare. Des bruits de toute sorte circulaient à son sujet : certains supposaient qu'il était un fils de bourgeois, car il semblait très instruit, alors que d'autres le soupçonnaient d'être une sorte de malfaisant en exil.

Elle ponctua cette dernière phrase d'un haussement d'épaules.

— Il y a deux ans... je crois que c'était en février, Laurent s'est présenté chez nous avec une vilaine blessure à la tête. Mon père l'a accueilli sans hésiter. Le lendemain, pour le remercier, votre frère lui a offert ses services d'homme à tout faire pour quelque temps. Il ne demandait aucun gage, seulement le gîte et la nourriture. Papa a accepté. À partir de ce jour, Laurent est demeuré chez nous. On lui a donné une petite chambre au deuxième, il prenait ses repas à la cuisine avec la gouvernante et le cuisinier. Mon père s'est attaché à lui et lorsque Laurent lui a appris ce qu'il savait au sujet des souterrains dans le quartier, papa en a fait son homme de confiance.

— Comment avez-vous su d'où il venait? demanda Stéphane.

— Laurent s'est confié à moi. En fait, je suis la seule personne qui sache qu'il vient du futur. C'est… notre secret, ajouta-t-elle en baissant les yeux, tout à coup consciente que ces quelques mots bredouillés trahissaient de tendres sentiments.

Stéphane devina son malaise et jugea qu'il valait mieux continuer à la questionner.

— Vous étiez au courant à propos des souterrains?

— Ces passages-là, oui, bien sûr, mais je n'y suis jamais descendue. Seuls les hommes de la confrérie y ont accès.

Stéphane tressaillit: « Ça y est, plus de doute maintenant… »

— Le médaillon de Janine représente bien le symbole de cette confrérie, n'est-ce pas?

Marie-Claire hocha la tête.

— Laurent l'a trouvé dans un des couloirs, la chaîne avait cédé. Mon père lui a permis de le garder. Les autres n'ont pas tellement apprécié ce geste. Papa a été très critiqué pour ça. Vous savez, jusqu'à maintenant, aucun étranger ne s'était infiltré chez les Compagnons.

Janine avait du mal à suivre la conversation tant ses sentiments étaient partagés entre la joie de revoir bientôt son frère et la colère devant son insouciance : « Maudit, Laurent ! Tout ce temps à m'inquiéter pendant que toi, le beau fin-fin, tu te baladais dans le passé sans te soucier de la peine que tu faisais à maman ! »

Elle soupira de dépit. Pourquoi avait-il renoncé à vivre sa vie au présent auprès des siens ? La police le recherchait pour un meurtre dont il était innocent, ce n'était pas en se réfugiant dans le passé qu'il pouvait plaider sa cause.

Cette question lui hantait l'esprit. Elle interrogea Marie-Claire :

— Savez-vous pourquoi Laurent a décidé de ne plus retourner à son époque ?

La jeune fille parut étonnée.

— Mais il n'a jamais eu cette intention ! Il doit même repartir bientôt vers les années 1950.

En voyant le visage de Janine s'éclairer, Marie-Claire crut bon d'ajouter :

— Cependant, j'ignore où il compte aller. Je sais qu'il a eu de très gros ennuis avec la justice… Au fait, depuis tout ce temps, a-t-on retrouvé le véritable coupable ?

« Il lui a vraiment tout dit », pensa Janine, refoulant avec difficulté une pointe de jalousie.

— Non, malheureusement.

Stéphane s'impatientait : il lui tardait d'aborder le vif du sujet.

— Écoutez, mademoiselle Duminisle, nous devons contacter Laurent le plus tôt possible. Lui seul peut aider sa sœur à retourner à son époque.

Surprise de s'entendre appeler par son nom, la châtelaine se redressa sur son siège en retirant la main de sa joue.

— Vous savez qui je suis ?

— Vous êtes Marie-Claire, répondit Janine, la fille de Charles Duminisle, et nous sommes dans la cave de votre maison en...

— ... 1918, compléta la jeune fille.

Stéphane sentit son sang se glacer dans ses veines : « Oh non, l'année de la grippe espagnole ! »

Plus de 30 000 personnes l'avaient contractée juste dans la ville de Montréal. S'il fallait qu'ils soient tombés au beau milieu de l'épidémie, un simple contact avec le virus pourrait provoquer une catastrophe ! Plus question alors de retourner d'où ils venaient sans risquer de rapporter l'infâme fléau...

— Dites-moi, Marie-Claire, quelle date sommes-nous ? s'entendit-il demander le plus posément du monde.

— Le 15 septembre.

Le 15 septembre 1918 : exactement la même date, mais 82 ans plus tôt ! Stéphane se détendit : l'épidémie n'avait gagné les quartiers montréalais qu'au début d'octobre.

— Et heureusement, c'est dimanche aujourd'hui, ajouta Marie-Claire.

— Pourquoi "heureusement" ? demanda Janine.

— Nos domestiques sont sortis, la maison est déserte : mes frères sont partis jouer dans le petit bois et mes parents s'occupent de l'installation du reposoir pour la cérémonie de cet après-midi. On dit que la guerre tire à sa fin, nous voulons en rendre grâce à Dieu.

Au sujet de Laurent, elle ajouta :

— Il a quitté le quartier à la fin d'avril. Depuis l'année passée, tous les célibataires doivent signer leur enrôlement. Ceux qui ne se rapportent pas risquent gros. Les forces armées encouragent la délation. J'ai même su qu'on organisait des rafles un peu partout pour coincer les récalcitrants. Laurent ne s'en souciait pas puisque son nom ne figurait sur aucune liste, mais il n'était pas à l'abri de la méchanceté des gens.

Elle s'arrêta un moment. Ses mains jointes sur la table se crispèrent.

— Je sais très bien qui l'a dénoncé : il y a des jaloux dans la confrérie. Laurent dérange. Il y en a même qui prétendent que c'est un escroc.

« Oh non ! » Les caisses en bois contenaient le butin d'un voleur ! Honteuse, Janine baissa les yeux. Ainsi, Laurent avait recommencé à jouer les Robin des Bois. Jamais elle n'aurait cru que son frère s'emparerait de biens sacrés, même si c'était pour aider des pauvres.

— Et vous, qu'en pensez-vous ?

C'était Stéphane qui avait posé la question. Pleine d'espoir, Janine releva la tête.

— Il n'y a rien de plus faux ! affirma Marie-Claire. C'est même le contraire. Grâce à Laurent, nos biens les plus précieux sont désormais en sûreté.

En disant ces mots, Marie-Claire avait vrillé son regard dans celui de Janine pour lui témoigner sa conviction.

— Il y a des malfaisants dans l'entourage de mon père, ajouta-t-elle en serrant les poings. Des gens cupides qui se prétendent croyants pour mieux arriver à leur fin. Mon père est riche, aussi riche que charitable. Beaucoup en profitent ! Depuis quelques années, même avant l'arrivée de Laurent, des objets de valeur ont été dérobés dans la maison : des bijoux de ma mère, des pièces d'argenterie, de l'argent. On ne pouvait soupçonner notre couple de domestiques : ils sont presque de la famille. Alors qui ? Par la suite, certains objets de culte ont été dérobés. Là, plus de doute possible : ce ne pouvait être qu'un membre de la confrérie ayant accès aux souterrains où étaient entreposés ces trésors. C'est là que mon père a chargé votre frère de placer tout ce qui restait en lieu sûr jusqu'au moment où on trouverait le ou les coupables.

Percevant le soulagement de Janine, Marie-Claire s'étonna :

— Quoi, Janine, vous avez cru que…

— C'est que, souffla-t-elle, piteuse, ce ne serait pas la première fois que Laurent…

— … prend aux riches pour donner aux pauvres ? Oui, je le sais. Il ne m'a rien caché de ses activités dans

24

les années 1950. Je connais ses raisons et je l'approuve! Avouez que la vie est injuste: tous ces gens dans le besoin alors que d'autres vivent dans l'opulence!

Un vague sourire parut sur les lèvres de Janine. «Marie-Claire, la vieille fille au grand cœur... C'est tout de même étonnant de voir à quel point les valeurs des gens peuvent rester les mêmes tout au long de leur vie.»

Le temps passait et Marie-Claire craignait le retour impromptu de ses jeunes frères, aussi fallait-il aller à l'essentiel.

— Mais je ne comprends pas vraiment ce qui vous arrive. Vous dites que Laurent pourrait vous aider à retourner à votre époque, pourtant il vous suffit de retourner sur vos pas, non?

Stéphane pinça les lèvres en secouant la tête.

— C'est beaucoup plus compliqué que ça en a l'air. Ce matin, lorsque nous sommes partis, nous étions en 2000, le 15 septembre 2000.

Marie-Claire ouvrit de grands yeux.

— L'an 2000! Je ne savais pas que l'on pouvait se rendre dans le temps au-delà du XXe siècle. Par où êtes-vous passés?

— Nous sommes descendus dans le puits de la maison de mon père, rue d'Orléans, et nous avons suivi le couloir jusqu'ici.

— En fait, poursuivit Stéphane, nous cherchions l'entrée d'un autre couloir. C'est plutôt difficile à expliquer...

Il se gratta la nuque, ne sachant par où commencer.

— Allons, lança-t-il après cet instant de confusion, il vaut mieux que vous en sachiez un peu plus.

Il lui fit brièvement part de l'incendie de l'hospice, en 1959, de la fuite de Janine par le mauvais couloir et de son arrivée en 2000.

— Maintenant, nous sommes à la recherche du bon passage afin que Janine puisse retourner en 1959. Nous n'avons que deux jours avant que la réalité ne la rattrape.

Marie-Claire s'efforçait de saisir le sens de cette affirmation : quelle réalité ? Pourquoi le temps pressait-il à ce point-là ? Mais puisque le temps était à ce point compté, elle choisit de refouler sa curiosité.

— Mon père a envoyé Laurent chez un de ses amis, Adélard Magnan, un autre membre de la confrérie qui lui a trouvé une place au parc Dominion[1].

Janine sourcilla. Le parc Dominion ? Elle se rappelait en avoir vaguement entendu parler par son père, sans plus. Stéphane, par contre, semblait plus au fait.

— Le parc d'amusement dans l'Est ?

— Oui, seulement, c'est plutôt loin d'ici, ajouta-t-elle, songeuse. Je pourrais vous trouver un *buggy* mais ce serait plus rapide dans la Ford de mon père.

---

1. Premier centre d'amusements électriques à Montréal, le parc Dominion (1916-1937) était situé dans le quartier de la Longue-Pointe, sis entre la rue Notre-Dame et le fleuve Saint-Laurent, à proximité du futur boulevard Langelier. Fortement inspiré du Luna Park new-yorkais, le parc Dominion comptait une foule d'attractions et de nombreux manèges.

Marie-Claire se tut un moment pour réfléchir, puis leva un doigt en l'air.

— Je vais écrire un mot à l'ami à qui papa l'a prêtée. Jo habite à quelques pas d'ici. Il vous emmènera.

Ils se levèrent tous les trois et Marie-Claire en profita pour les détailler des pieds à la tête, s'attardant au coton ouaté de Stéphane.

— Ce symbole bizarre, qu'est-ce que c'est ? demanda-t-elle en désignant l'emblème de Superman.

Janine étouffa un gloussement et Stéphane jeta un regard sur sa poitrine, soudain conscient de l'étrangeté de son accoutrement.

— Bof… C'est un genre de "S". Euh… "S" comme…

— … comme Sacré-Cœur, peut-être ?

Fière de sa blague, Marie-Claire, la main sur la bouche, tenta de camoufler un petit rire, alors que Janine s'esclaffait de bon cœur.

— Allons, suivez-moi en haut, j'ai ce qu'il vous faut.

La jeune fille s'empara de la lampe à l'huile et sortit de la cave avec ses deux visiteurs.

L'escalier débouchait sur la cuisine où un énorme poêle au gaz étincelant, flanqué de deux glacières, meublait la vaste pièce garnie de larges comptoirs et d'une douzaine de portes d'armoire. Un profond évier surmonté de deux robinets était encastré dans l'un des comptoirs et une ampoule incandescente nue pendait du plafond. Un imposant panier de pommes trônait au centre d'une longue table en bois.

Secrètement, Stéphane réalisait un vieux rêve : visiter le fameux château autour duquel l'oncle Gaston avait édifié sa fabuleuse légende en 1971. Que de folles histoires Patrice et lui avaient imaginées à propos de cette grosse maison de pierre !

« Ah, mon Pat, il est loin le temps du seigneur et des oubliettes. La réalité est tellement plus trippante ! »

Marie-Claire traversa la cuisine et les conduisit au pied de l'escalier de service.

— Nous allons monter à la chambre de Laurent. Il a laissé quelques vêtements et vous avez la même taille, monsieur. Monsieur ?

Elle se tourna vers Stéphane.

— Stéphane Gadbois.

— Enchanté, monsieur Gadbois ! Allons, venez.

La chambre de Laurent, située à l'arrière de la maison, était petite et sobre : un lit étroit, poussé le long du mur, une commode défraîchie et des rideaux délavés.

Marie-Claire ouvrit la porte d'une petite penderie où quelques vêtements de travail étaient suspendus. D'une main, elle poussa les cintres vers le centre de la barre et s'étira pour saisir un complet dissimulé au fond du réduit.

Composé d'un pantalon, d'un gilet et d'une veste de couleur marine, le complet bien taillé jurait avec le reste des vêtements suspendus.

La châtelaine fit glisser le pantalon du cintre et le plaça devant Stéphane.

— Parfait !

Elle jeta les vêtements sur le lit et ouvrit un tiroir de la commode pour en sortir une chemise blanche au col empesé, des boutons de manchette nacrés et une montre de poche en argent.

— C'est mon père qui lui a offert la montre et ce costume, mais Laurent ne l'a jamais porté, il le trouvait trop chic.

Stéphane s'assit sur le lit et commença à délacer ses espadrilles.

— Mon Dieu, j'oubliais les chaussures !

Marie-Claire retourna dans la penderie pour y ramasser une paire de souliers vernis.

— Devrais-je porter une cravate ? demanda Stéphane.

D'un geste de la main, la jeune fille lui fit signe d'attendre. Elle ouvrit un autre tiroir.

— Non, pas de cravate, mais un nœud papillon, dit-elle en agitant un drôle de ruban couleur marine piqué de petits pois blancs.

Stéphane saisit le bout de tissu entre ses doigts. « Ah, bon ? »

— Maintenant, vous, dit Marie-Claire en lançant à Janine un clin d'œil complice.

Elle se dirigea vers la porte et fit signe à Janine de la suivre.

Stéphane s'habilla en vitesse et enleva sa montre, qu'il rangea dans l'une des poches de son pantalon. Une paire de bretelles assorties servait à le soutenir. La chemise était taillée dans du coton de qualité et les

manches se terminaient par des boutonnières où s'insé-
raient les boutons de manchette. Attacher le col ami-
donné lui donna du fil à retordre : pourquoi fallait-il
s'étrangler de la sorte ? Vraiment, l'élégance du début
du XXe siècle était loin d'être synonyme de confort !
Il endossa le gilet et la veste, puis chaussa les souliers :
ils lui allaient parfaitement.

Restait le nœud papillon. Perplexe, il prit l'espèce
de languette de tissu censé le devenir. Par quel tour de
passe-passe pourrait-il le métamorphoser en une
boucle potable ? Il fit quelques essais frustrants devant
le miroir de la commode avant d'abandonner en
sacrant.

Sur le lit, restaient ses propres vêtements et sa lampe
de poche que Marie-Claire devrait faire disparaître.

Il étendit son jean sur le lit et y superposa son coton
ouaté avec un sourire en coin, s'imaginant voir la tête
des gens de 1918 le voyant se balader avec son chandail
de Superman ! « "S" comme Sacré-Cœur, hein ! Pourquoi pas. À chaque époque son super héros. »

Il roula ses vêtements et les enfouit dans une taie
d'oreiller.

Fin prêt, il se rassit sur le lit, mais au bout de
quelques secondes, il commença à s'impatienter : que
faisaient les femmes ? Il s'approcha de l'étroite fenêtre
et écarta le rideau. Dehors, le soleil resplendissait.
L'historien en lui brûlait de curiosité, mais la vitre
encrassée ne lui permettait pas de voir grand-chose. Il
résista à l'envie d'ouvrir la fenêtre.

Il retourna s'asseoir en soupirant, reprit le ruban à pois qu'il essaya de lisser sur sa cuisse pour le défriper. Il se releva après quelques instants, incapable de tenir en place. Quittant la chambre, il tendit l'oreille : où étaient-elles donc passées ? Il traversait le couloir vers l'escalier menant au premier étage lorsqu'il entendit des rires féminins provenant d'un autre corridor. Il revint sur ses pas et l'emprunta. Trois portes étaient closes, mais la quatrième était entrouverte. Il frappa discrètement. Marie-Claire surgit.

— Doux Jésus que vous êtes élégant, un vrai dandy ! s'exclama-t-elle. Ce sont vos vêtements ? demanda-t-elle en désignant la taie d'oreiller.

— Je crois qu'il vaudrait mieux les brûler, suggéra Stéphane en lui remettant son baluchon de fortune.

— Vous avez raison, je vais m'en occuper après votre départ. Allez, entrez ! Votre amie est à côté en train d'essayer une des robes de ma mère.

Il obtempéra, heureux de pouvoir satisfaire sa curiosité. La pièce, une chambre à coucher, était somptueusement lambrissée de chêne et le plancher de bois franc reluisait comme si on venait de l'astiquer. Malgré la richesse des lieux, l'énorme crucifix, surmontant le lit à deux places, imposait une austérité quasi monastique.

— Mes parents ont des chambres communicantes. Nous sommes dans celle de mon père.

Marie-Claire sortit un canotier de la boîte à chapeau posée sur le lit :

— Vous ne pouvez tout de même pas vous promener sans couvre-chef !

— Ah, bon ? Si vous le dites… fit-il en se coiffant du chapeau.

La jeune fille s'approcha de lui.

— Et ce nœud papillon ? Qu'est-ce qu'il lui arrive ?

Stéphane lui tendit le ruban en soupirant.

— Rien à faire !

Elle éclata de rire.

— Mon père n'y arrive jamais non plus. Allez, assoyez-vous sur le lit, je vais vous aider.

Avec une facilité déconcertante, la jeune fille confectionna une magnifique boucle qui complétait à merveille la tenue de Stéphane.

— Et voilà !

Au même moment, une porte latérale s'ouvrit et Janine se présenta dans l'embrasure. Elle était vêtue d'une robe longue en mousseline rose et coiffée d'un grand chapeau garni de fleurs et de rubans assortis. Les manches, bouffantes au niveau des épaules, se terminaient aux poignets par une double rangée de dentelle. Un châle blanc torsadé de filaments argentés couvrait ses épaules. À son cou, on apercevait la naissance d'une chaîne : le médaillon de Laurent, dissimulé sous ses vêtements.

Le regard admiratif, Stéphane se leva et souleva gracieusement son canotier :

— Madame…

Janine fit une petite révérence avant de s'approcher de lui.

— Hum… Tu n'es pas mal, toi non plus.

Elle lui prit la main pour l'entraîner avec elle.

— Viens dans l'autre chambre, il y a un miroir.

La sobriété et le bon goût régnaient dans la chambre d'Évelyne Duminisle. Seule une glace sur pied dénotait un brin de coquetterie.

Stéphane sourit à son reflet:

— Hé! Hé! Pas mal pour un vieux de 40 ans, murmura-t-il en plaçant savamment son canotier de guingois.

Janine s'approcha et glissa son bras sous le sien.

— Nous avons tout à fait l'air d'un couple de l'époque.

— Vous êtes vraiment parfaits tous les deux! lança Marie-Claire, derrière eux. Maintenant, suivez-moi, je vais vous écrire un mot pour Jo.

Ils descendirent à la cuisine. Marie-Claire leur proposa quelque chose à manger. Ils refusèrent, mais acceptèrent une tasse de thé.

Stéphane tira une chaise à Janine.

— Ça va? lui demanda-t-il sur un ton chargé de sous-entendus.

— Oui, je vais bien, ne t'inquiète pas.

Après les avoir servis, Marie-Claire ouvrit un tiroir du comptoir et y prit deux feuilles de papier, un porte-plume et un encrier, puis elle s'assit à la table, déboucha l'encrier et y trempa la pointe de sa plume en métal.

— D'abord, je vous inscris l'adresse d'Adélard Magnan, au cas où Laurent ne serait pas au parc Dominion, ce qui m'étonnerait.

Elle remit la feuille à Stéphane qui l'éventa pour sécher l'encre avant de la glisser dans sa poche de veston.

— Maintenant, je vais écrire à l'ami de mon père pour lui dire que vous voulez joindre Laurent. Jo ne posera pas de question.

Elle termina sa lettre, mais attendit que l'encre sèche avant de la plier. L'esprit ailleurs, elle fit mine de la relire, mais c'était pour se donner contenance. La présence inespérée de la sœur de Laurent lui donnait l'occasion d'éclaircir une troublante énigme.

— Vous savez, la semaine prochaine, je quitterai définitivement la maison : j'entre chez les carmélites.

Janine leva des sourcils interrogateurs en une mimique qui ne put échapper à Marie-Claire : ses doutes se confirmaient. Janine serait-elle en mesure de lui apporter des éclaircissements ?

— J'ai toujours été dédiée à la vie religieuse. Toute petite déjà, c'était mon rêve. Tout le monde savait que dès le lendemain de mes 18 ans, je prendrais le voile. De toute façon… avec ce visage-là, qui voudrait bien de moi ?

Janine voulut protester, mais Marie-Claire ne lui en laissa pas la chance :

— Allons, regardez-moi ! Ça ne sert à rien de me raconter de belles histoires ! lança-t-elle en soutenant le regard de Janine.

Elle détourna brusquement la tête et reprit son calme.

— Mais pour le moment, là n'est pas la question… Avant votre départ, je veux vous confier quelque chose… C'est grave… Il s'agit d'un serment que Laurent m'a arraché sans me donner la moindre explication en retour. C'est… une terrible promesse qui me coûte de plus en plus…

Sa voix n'était plus qu'un murmure. Elle laissa échapper un long soupir chargé d'embarras et repoussa une mèche de cheveux tombée devant ses yeux.

— J'ai commencé à remettre ma vocation en question lorsque votre frère est venu vivre ici. Laurent était si gentil, il s'intéressait à moi, à mes lectures, à mes opinions. J'avais enfin l'impression de compter pour quelqu'un. C'était… c'est… la première fois que j'éprouve un tel sentiment, vous comprenez?

Elle s'arrêta, rouge de confusion. Touchée, Janine posa une main sur la sienne. En divulguant son secret, la grande dame patronnesse des années 1950 n'était plus qu'une petite fille aux abois. Un timide sourire crispa ses lèvres.

— Nous sommes rapidement devenus amis et cette amitié m'a fait réaliser que la vie pouvait être magnifique parfois. Pourtant, jamais je n'ai osé lui avouer quoi que ce soit…

D'un air rêveur, elle enchaîna:

— On aurait dit que Laurent s'était donné pour mission de me rendre heureuse et me faire croire à l'avenir. Un avenir qu'il connaissait très bien à mon insu. Avec le temps, il m'a fait des confidences au sujet de ses origines. Sa découverte du couloir temporel lui avait permis de vivre des moments exaltants qu'il avait envie de partager avec moi. Mais, en même temps, tout ça lui pesait lourd : sans regretter son choix, il s'ennuyait terriblement de vous, Janine, et de sa mère. Il m'a appris diverses choses au sujet du futur. Il parlait surtout d'inventions : des avions géants pouvant traverser l'Atlantique avec des centaines de personnes à bord, du théâtre dans son salon grâce à une petite boîte animée, des boulevards surélevés, des progrès de la médecine… Une fois seulement, il m'a parlé de mon avenir : il disait qu'un jour, j'allais être honorée dans les journaux pour ma sollicitude envers les gens dans le besoin. C'était donc cela, mon destin ? Je ne comprenais pas comment une telle chose aurait pu être possible : le carmel impose une existence cloîtrée… Est-ce que cela signifiait que je ne serais jamais religieuse ?

Stéphane grimaça : « Voyons, Laurent ! Qu'est-ce qui t'as pris ? » Il chercha le regard de Janine, mais celle-ci n'avait d'yeux que pour Marie-Claire.

— Lorsque je lui ai posé la question, Laurent m'a semblé très embêté, puis il m'a juré que l'histoire de la dame patronnesse n'était qu'une mauvaise blague et que je ne devais plus y penser. Mais il était trop tard.

Elle baissa un instant les yeux sur ses mains. Une jolie bague ornée d'une minuscule émeraude brillait à l'un de ses doigts. Elle la fit tourner fébrilement.

— Il y a quelques jours, il a téléphoné pour m'apprendre qu'il devait bientôt retourner à son époque.

Ensuite, il m'a fait jurer d'entrer en communauté, mais il a refusé de m'en dire plus. J'ai eu beau insister, il est resté imperturbable. Alors, j'ai juré, mais... aujourd'hui, je ne sais plus...

À ces mots, Stéphane tressaillit vivement :

— Laurent a raison, vous devez l'écouter !

Marie-Claire et Janine braquèrent des yeux interloqués vers lui.

— Pourquoi dites-vous ça ? fit Marie-Claire d'une voix étranglée.

Après un long silence, Stéphane se décida à parler en choisissant soigneusement ses mots :

— Vous dites vous-même que l'arrivée de Laurent vous a incitée à remettre votre vocation en question. Et si cette rencontre n'avait jamais eu lieu, comment vous sentiriez-vous maintenant, à quelques jours de réaliser votre rêve ?

La jeune fille baissa les yeux. Bien sûr, elle saisissait la logique de ce raisonnement, mais elle n'arrivait pas à faire abstraction de ses sentiments pour Laurent.

— En venant s'installer chez vous, Laurent a changé le cours du temps. Il faut que les événements reprennent leur véritable place.

Tremblante, Marie-Claire se tordait frénétiquement les mains.

— Mais je ne vois plus la vie de la même façon et... je ne peux m'imaginer passer le reste de ma vie cloîtrée.

Stéphane émit un soupir bruyant. Il fallait à tout prix la convaincre. Sans hésiter, il lui saisit fermement la main et plongea ses yeux dans son regard embué.

— Marie-Claire, je vous en conjure, faites ce qu'il dit !

Le souffle coupé, elle ouvrit la bouche : la conviction qu'elle lisait dans le regard de l'homme fit fondre sa rébellion. Elle se leva en chancelant.

Janine, qui ne comprenait strictement rien à ce qui venait de se passer, se leva pour ouvrir les bras à la jeune fille. Marie-Claire s'y réfugia et fondit en larmes. Elle était tellement menue que Janine avait l'impression d'enlacer une enfant. Son regard lançait des points d'interrogation à Stéphane qui l'assura d'un geste qu'elle saurait bientôt le fin mot de l'histoire.

Après un moment, Marie-Claire se détacha de Janine.

— Ça va aller, maintenant. Vous êtes très aimables tous les deux. Soyez tranquilles, je tiendrai ma promesse, affirma-t-elle. Dites-le à Laurent lorsque vous le verrez.

Elle tira un petit mouchoir de dentelle d'une de ses manches et se moucha, un geste qui rappela quelque chose à Janine.

— Tiens, Stéphane, dit-elle en extirpant deux billets de 20 dollars de sa propre manche.

Stéphane haussa un sourcil :

— D'où ça vient, ça ?

Curieuse, Marie-Claire s'approcha de Janine, qui lui tendit les billets.

— Voyons Stéphane, c'est toi qui me les as donnés hier, au magasin de vêtements de la rue Masson. Je les avais mis dans la poche de mon jean.

Oui, maintenant, il s'en souvenait. *Hier…* avait-elle dit ?

Marie-Claire examinait les billets verts.

— Qui est cette vieille dame ?

— C'est Élisabeth II, l'arrière-arrière-petite-fille de la reine Victoria, l'informa Stéphane.

Fascinée, elle regarda de nouveau la reine puis remit les billets à Stéphane, réalisant qu'elle avait oublié quelque chose d'important.

— De l'argent ! Il vous en faudra un peu. Attendez !

Elle partit au pas de course.

Sans perdre de temps, Janine se planta devant son compagnon, les mains sur les hanches, le regard inquisiteur.

— C'est son destin, affirma Stéphane, il faut absolument qu'elle quitte cette maison. On est en septembre 1918. Dans quelques semaines, la grippe espagnole va rafler sa famille. Pourquoi penses-tu qu'elle seule a survécu ?

Les mains de Janine retombèrent vers le sol.

— Ah ! Parce qu'elle n'était pas là…

Marie-Claire revint avec un étui à chapelet en tissu.

— Tenez, il y a plus de cinq dollars.

Stéphane la remercia et empocha l'argent.

— Jo Larivière, l'ami de mon père, habite à deux pas, rue d'Orléans, au 2116.

Janine tressaillit: «Jo Larivière! Mais c'est le vieux bonhomme de l'hospice qui a parlé des souterrains à Laurent!»

Souvent, Janine voyait le vieil homme se balader dans le quartier, appuyé sur sa canne ciselée d'harmonieuses arabesques. Il était beaucoup plus âgé que son père et avait l'air fort sympathique. Pourtant son père, qui le connaissait de longue date, s'entêtait à ignorer les grands saluts que le vieux Jo lui adressait chaque fois qu'ils se croisaient.

Janine était curieuse de rencontrer le jeune Jo Larivière, mais, pour ce faire, il fallait se rendre rue d'Orléans et revoir la maison paternelle.

Marie-Claire eut peine à réaliser qu'elle voyait Janine et Stéphane pour la dernière fois. Ils étaient si adorables! Elle enviait leur chance d'avoir toute la vie devant eux alors qu'elle allait s'emmurer pour le reste de ses jours.

— Laurent va faire une de ces têtes en vous voyant!

Les deux femmes s'embrassèrent chaleureusement et Stéphane s'inclina pour poser ses lèvres sur la main de Marie-Claire.

— Un vrai gentleman, roucoula-t-elle en lançant un clin d'œil complice à Janine.

Après leur départ, Marie-Claire se retira dans sa chambre. Elle avait besoin de s'isoler pour se laisser aller à son chagrin. Comment s'en sortir sans trahir sa promesse?

Dans les heures qui suivirent, son esprit tenta en vain d'échafauder des stratégies dans le but d'alléger son serment, scénarios bien futiles devant le détour du destin qui l'attendait.

Non, Marie-Claire Duminisle ne deviendrait jamais religieuse…

Chapitre 2

Dimanche 15 septembre 1918

À Montréal, au début du xxᵉ siècle, le boom industriel avait provoqué la migration de centaines de familles issues de la campagne en quête de travail. Dans le futur Rosemont, la population était disséminée sur de vastes espaces. La plupart des gens vivaient du produit de leur terre, d'autres travaillaient dans les carrières ou les manufactures environnantes. Toutefois, une véritable lame de fond se préparait…

En 1902, le Canadien Pacifique, dont le carnet de commandes débordait, avait fait l'acquisition d'un immense territoire au sud du boulevard Saint-Joseph où avait été implanté un formidable réseau d'usines ferroviaires, mieux connu sous le nom de Shops Angus. En quelques années, plus de 7 000 ouvriers avaient été embauchés, souvent des travailleurs issus de la campagne qu'il fallait loger à proximité.

Par ailleurs, plusieurs promoteurs immobiliers avaient déjà flairé la bonne affaire en achetant des terrains voisins, terres soustraites à l'agriculture et divisées en lots à bâtir. Dans les journaux de l'époque, de grands encarts publicitaires avaient fait miroiter l'accès inespéré à la propriété privée dans un nouveau développement où l'on garantissait l'électricité, l'installation d'égouts et l'eau courante.

Les conditions d'achat étaient alléchantes[1] et c'est par centaines que les familles s'installèrent dans le secteur compris entre la 1re Avenue et le boulevard Pie-IX, construisant eux-mêmes leur maisonnette, souvent en recyclant des matériaux provenant de vieux wagons des Shops Angus.

La maison de la famille Duminisle avait été érigée à l'extrême est de la rue Dandurand, dans la portion attenante au futur Jardin botanique.

Situé en face de la majestueuse maison, s'élevait, depuis six ans, le petit couvent des pères franciscains. Doté de plusieurs cellules, de salles communes et d'une petite chapelle, ce sobre bâtiment en brique rouge allait, des années plus tard, devenir la Résidence Saint-François-Solano, un hospice pour vieillards.

Pour éviter les regards curieux, Marie-Claire Duminisle avait fait passer ses visiteurs par une porte de côté donnant sur une grande cour clôturée, assez vaste pour contenir un jardin, un pommier et une petite écurie. Une porte grillagée s'ouvrait rue Charlemagne, angle Dandurand.

---

1. Les lots, généralement de 8 mètres de façade sur 23 à 30 mètres de profondeur, étaient vendus entre 150 dollars et 175 dollars, pour lesquels les gens donnaient un premier versement de 10 dollars comptant, puis 4 dollars par mois, sans intérêt.

Stéphane sortit le premier, suivi de Janine qui souleva sa jupe pour éviter de trébucher. Une surface en bois accueillit leurs premiers pas : un trottoir constitué de planchettes accolées horizontalement les unes aux autres, bordant une chaussée de terre.

D'emblée, Stéphane fut frappé par la faible hauteur des constructions environnantes.

— Bonjour 1918, murmura-t-il en respirant à pleins poumons un alliage odorant de terre et de crottin de cheval.

— Ouuuh, ça sent la campagne ! fit Janine en grimaçant un peu.

— C'est vrai, mais je préfère ça à la puanteur de la pollution. Je me demande bien quand les rues ont été asphaltées. Ça doit être drôlement salaud quand il pleut.

Ils firent quelques pas en scrutant les alentours : on aurait dit un village campagnard au milieu duquel la grosse maison des Duminisle jurait par son faste bourgeois.

L'environnement leur paraissait tellement vaste par rapport à celui de leur époque respective, alors que tout l'espace était peuplé de constructions disparates.

— Regarde ça ! s'écria Janine, le doigt tendu vers le côté opposé de la rue Dandurand, où s'élevait une petite chapelle. C'est la première église Saint-François-Solano ! On l'a détruite pour bâtir une école.

Un sourire attendri arqua les lèvres de Stéphane. Cet humble temple surmonté d'un clocher miniature, de même que l'école qui l'avait remplacé, avaient disparu depuis longtemps du décor urbain. En 2000 s'élevait en lieu et place un gros immeuble à appartements sans âme qui dissimulait une partie du ciel.

Un vent léger fit frémir les rubans du chapeau de Janine. Le soleil brillait comme en plein été. La rue était déserte et un profond silence enveloppait tout l'espace. Un authentique silence dépourvu de la rumeur lointaine du flot incessant de la circulation automobile.

Un bruit de sabots derrière eux les fit se retourner en même temps : une charrette tirée par un cheval s'amenait, avec à son bord un moine et trois enfants de chœur. La carriole passa à côté d'eux et bifurqua vers la chapelle, soulevant un nuage de poussière.

Janine et Stéphane traversèrent la rue Dandurand en prenant garde de ne pas marcher dans le crottin laissé par le passage du cheval et s'engagèrent rue d'Orléans.

— Nous revoilà sur ta rue, Janine.

La jeune fille avala péniblement sa salive. Les battements de son cœur s'amplifièrent : la maison de son père se trouvait à deux pas.

La rue d'Orléans ressemblait à une petite rue villageoise à peine peuplée. De modestes maisons carrées au toit plat, revêtues de papier brique, de tôle ou de papier noir goudronné, bordaient le trottoir. Certaines étaient inachevées. Les lots de terre n'avaient pas tous trouvé preneur, de sorte que plusieurs maisons étaient construites à bonne distance les unes des autres, offrant un effet de vastitude encore plus frappant.

La maison de Jo Larivière était située du côté ouest de la rue. Avant de traverser, ils longèrent le terrain de l'hospice. L'espace non clôturé laissait voir un *buggy* et un tombereau et, derrière la bâtisse, un bout de terre cultivée au milieu duquel se dressait un érable.

— Regarde, il est là, ton beau jardin! dit Stéphane en prenant le bras de Janine pour attirer son attention.

Une bouffée de tendresse envahit la jeune fille lorsque son regard se posa sur l'érable. Le temps d'un soupir, Janine laissa sa pensée vagabonder vers ses jeunes années, à l'ombre de cet arbre où elle avait bêché et arraché les mauvaises herbes du grand jardin des sœurs franciscaines. Qu'il faisait bon vivre à cette époque d'insouciance! Et maintenant, que restait-il du jardin après le passage de l'incendie?

À part quelques gamins chahutant plus loin, la rue était déserte. Les voitures des marchands ambulants étaient dételées, le concert des marteaux s'était tu; même les employés de la Ville, armés de leur grand balai, étaient restés chez eux: on ne ramasse pas le crottin le jour du Seigneur.

— Où est donc tout le monde?

— C'est dimanche, Stéphane, n'oublie pas. Les gens sont rentrés de la messe maintenant, ils doivent être en train de dîner. Dans quelques heures, ils retourneront à l'église assister aux vêpres[2].

Stéphane s'arrêta devant la charpente d'une maison en construction. Une vieille échelle menant au toit s'appuyait sur la façade.

— Avec tout ce qu'il y a à faire, j'aurais pensé que les hommes seraient dehors en train de travailler sur leur maison.

Janine haussa un sourcil.

— Grand Dieu, tu n'y penses pas ! Personne n'oserait lever le petit doigt un dimanche.

Une étincelle amusée brilla dans son regard.

— On est pas mal loin de l'an 2000 avec vos dépanneurs ouverts sept jours sur sept !

— Ouais, concéda-t-il. Mais comment les gens pouvaient-ils y arriver avec si peu de temps pour bricoler ? C'est vrai qu'on s'entraidait beaucoup plus dans ce temps-là.

— Tu as raison : Laurent m'a raconté que tous les hommes du quartier avaient travaillé à la construction de la chapelle que nous avons vue tout à l'heure. En plus, l'argent de la quête a servi à payer les matériaux.

— Sans parler des gros bidous du père de Marie-Claire…

Ils arrivèrent devant l'unique maison à deux étages de la rue.

---

2. Office délimitant la fin de l'après-midi et le début de la soirée. Il marque le changement de jour liturgique, commémore la création du monde et en célèbre la beauté.

— Elle a dit : 2116, d'Orléans. C'est juste là, dit-il en désignant la porte du rez-de-chaussée.

Aucune auto n'était toutefois garée devant la maison. Où était donc la Ford de Charles Duminisle ? Un mauvais pressentiment assombrit l'humeur de Stéphane.

— J'espère qu'il est chez lui, sinon…

Il sentit une petite main glacée se blottir entre ses doigts.

Les yeux rivés sur la maison d'en face, Janine semblait tétanisée. La maison paternelle, peinte en blanc, toute pimpante, à peine reconnaissable avec sa porte et ses persiennes vertes, se dressait fièrement en bordure du trottoir en bois. Deux élégantes colonnes blanches soutenaient le petit toit surplombant le perron. Le parterre fleuri était encadré d'une clôture noire et blanche. Le violent contraste avec la maison de 1959, vieillie, aux couleurs défraîchies, avait frappé Janine en plein cœur.

La porte était légèrement entrouverte, comme une invitation du destin. Tout à coup, vif comme l'éclair, un bambin surgit, en poussant des cris de joie perçants. Surexcité, ses petits bras en l'air, il courut vers les marches du perron, débaula en riant aux éclats, se releva et se précipita dans la rue.

Lâchant la main de Janine, Stéphane fit un pas dans la rue, prêt à intervenir. Au même moment, un jeune homme sortit sur le perron :

— Eddy ! Attends, mon p'tit torrieu, que j'te pogne !

Cette réplique lancée sur un ton faussement menaçant fit redoubler les rires de l'enfant. En trois enjambées, l'homme cueillit le bambin et le brandit au bout de ses bras.

— Ah! Ah! Où tu pensais aller comme ça, mon p'tit vlimeux? Attends un peu que j'te mange tout rond!

L'homme poussa un long rugissement avant de bécoter avidement son fils dans le cou. Les rires du père et du fils s'entremêlaient, remplissaient tout l'espace. Un sourire apparut sur les lèvres de Stéphane: ce qu'il aurait donné pour être à la place de ce jeune papa, cet homme qui ressemblait tellement à Patrice...

Hypnotisée par la scène, Janine n'avait pas bronché. Ce jeune homme, beau comme jamais elle ne l'avait imaginé, ce gentil papa étreignant tendrement son fils, c'était Ernest Provencher, son père, avec 41 années de moins!

Une jeune femme sortit sur le perron. Dans ses bras, une petite blondinette qui ne devait pas avoir plus d'un an suçait goulument son pouce. La femme était vêtue d'une robe bleu ciel dont la jupe bombée sous un tablier immaculé laissait deviner une naissance prochaine.

— Allez, vous deux! Qu'est-ce que vous attendez?

— Ah, là, c'est pas d'ma faute, chantonna l'homme. C'est ce petit torrieu qui a pris l'bord.

La jeune femme déposa la fillette par terre et lui prit la main pour l'empêcher d'aller plus loin. Son regard croisa celui de Stéphane, qui salua la dame en soulevant son canotier.

Tout à coup, le visage de la jeune mère se figea :

— Monsieur ! Votre femme !

Le cri jaillissant de sa gorge surprit tout le monde. Stéphane se retourna et se précipita aussitôt vers Janine, effondrée sur le trottoir. Déjà, Ernest s'était élancé dans la rue, son gamin coincé sous le bras.

— Ça va pas, ma p'tite dame ?

Janine se souleva, mais la tête lui tournait trop pour qu'elle puisse se relever. Stéphane s'accroupit auprès d'elle.

— Ah, Janine, excuse-moi, murmura-t-il en l'attirant tout contre lui.

— Amenez-la ici ! lança la jeune femme sur le perron.

Stéphane fit un signe d'assentiment tout en aidant sa compagne à se relever.

— Allez, venez. Votre femme a besoin de se reposer.

Janine se leva en chancelant. Stéphane lui entoura la taille pour la soutenir, mais sentit sa résistance dès qu'il fit un pas vers la maison.

— Je sais, je sais, Janine, lui souffla-t-il à l'oreille, mais tu dois t'asseoir une minute. Tu es blanche comme un drap.

Ils traversèrent la rue pendant qu'Ernest entrait dans la maison en y entraînant son fils. Stéphane resserra son étreinte.

— Viens, je te promets que nous ne resterons pas longtemps.

Ils gravirent les marches du perron et furent accueillis par la femme d'Ernest.

— Entrez, un bon verre d'eau et un peu de repos vont vous faire du bien, vous verrez.

Après un dernier moment d'hésitation, Janine accepta l'invitation. Si elle n'avait pas été aussi étourdie, elle aurait fermé très fort les yeux pour traverser le vestibule et le couloir. Ne rien voir du cœur de cette maison qui, à l'image du jeune Ernest, respirait l'allégresse, un terrible bonheur qui lui lacérait les entrailles.

De son côté, Stéphane ne pouvait s'empêcher de jeter çà et là des regards furtifs aux deux pièces doubles latérales, le cœur chamboulé en identifiant les meubles des enfants, dont les débris reposaient désormais sous une bâche dans la cave.

Dans la cuisine, Ernest remplissait d'eau un grand pichet posé dans un évier profond. Sa petite fille était assise par terre au milieu de quelques jouets. Son fils, l'air grave d'un aîné conscient de son rôle, était agenouillé près d'elle pour l'amuser.

Stéphane chercha des yeux la trappe de la cave comme s'il avait voulu saluer une amie de longue date, mais elle était dissimulée sous une catalogne. En revanche, près de la fenêtre, une autre vieille connaissance lui sauta aux yeux : la berceuse de pépère Provencher ! Endimanchée de ses deux coussins fleuris, elle possédait le chic du neuf, la fraîcheur d'une jeune fille.

— Assoyez-vous, dit la femme d'Ernest en tirant une chaise devant Janine. Vous aussi, monsieur.

Sur la table, Ernest plaça deux verres et le pichet en fer-blanc. Stéphane versa de l'eau dans les verres en jetant un regard inquiet à sa compagne.

— Ça va, Janine ? Tu as mal au cœur ?

Elle secoua la tête. Sans lever les yeux, elle prit un verre et but lentement.

Stéphane se sentait impuissant devant ce désarroi qu'il ne pouvait interpréter. Certes, tomber sur la première famille de son père devait être tout un choc pour Janine, mais il lui semblait qu'autre chose la bouleversa davantage.

Ernest avait tendu une main vers lui.

— Je m'appelle Ernest Provencher et voici ma femme Élise, ajouta-t-il en glissant son bras autour des épaules de sa jeune épouse avant de désigner ses enfants : Et ces deux-là, c'est Édouard et Agnès.

Stéphane se leva à demi pour saluer ses hôtes.

— Je m'appelle Stéphane Gadbois et voici ma femme… Janine, dit-il en posant sa main sur le bras de sa compagne.

Au prix d'un effort considérable, la jeune fille leva les yeux vers Ernest qui soutint son regard, l'enveloppant d'un voile de douceur. Un pauvre sourire apparut sur les lèvres de la jeune fille. Pourquoi avait-il fallu remonter plus de 40 ans en arrière pour voir enfin un peu de bienveillance dans les yeux de son père ? Spontanément, son esprit évoqua le visage austère de ce dernier et son imagination fit le reste : les traits du jeune père se creusèrent, un pli amer apparut au milieu d'un front soucieux et des lèvres flétries esquissèrent un rictus hargneux. Qui aurait pu croire que cet homme au cœur plus sec qu'un vieux pruneau avait été jeune lui aussi? Jeune et resplendissant de bonheur…

— Vous ne voulez pas vous étendre un peu? offrit Élise.

L'attention de Janine glissa vers la femme de son père en s'efforçant tant bien que mal de ne pas détourner les yeux tant la douleur était vive. Élise se tira une chaise aux côtés de Stéphane.

— Vous deux, vous attendez du nouveau, c'est ça? demanda-t-elle gaiement.

Stéphane hocha imperceptiblement la tête, en se demandant s'il faisait bien. Sa main rejoignit celle de Janine.

Élise posa une main sur son ventre:

— Nous, c'est pour les Fêtes. Un beau cadeau de Noël, hein, Ernest?

Le jeune père se plaça derrière la chaise de sa femme et posa ses mains sur ses épaules.

— Ce sera notre troisième et on en veut 12!

Élise pouffa de rire en se tordant le cou pour adresser un clin d'œil à son mari.

Sous sa main, Stéphane sentit les doigts de Janine se raidir. Son regard n'avait pas quitté Élise, examinant ses cheveux, ses yeux, son sourire. Malgré elle, les larmes lui montèrent aux yeux.

La femme d'Ernest afficha un air inquiet:

— Voyons, ça ne va pas mieux ? Qu'est-ce qu'il y a ?

Un gros soupir souleva la poitrine de Janine.

— Ma… mère est morte il y a quelques jours et… vous lui ressemblez tellement…

La jeune femme parut peinée :

— Ah, comme c'est triste ! Elle s'appelait comment votre maman ? Nous sommes peut-être parentes.

— Juliette Laf…

La main de Stéphane se crispa sur ses doigts et Janine saisit tout de suite la mise en garde. Elle avala péniblement sa salive avant de murmurer.

— Ma mère était une Lafond, elle habitait à Québec.

Janine porta une main à son front.

— Mais… c'est vrai que… je ne me sens pas très bien. Vous avez raison, je crois que je devrais m'étendre un peu.

Empressée, Élise se leva de table, passa derrière Janine pour ouvrir la porte de la pièce attenante en disant :

— J'aurais bien aimé que mon père soit là, il est médecin. Allons, venez.

« La chambre de Patrice », songea Stéphane en accompagnant Janine.

La pièce semblait plus petite, sans doute à cause de la présence d'une énorme malle de voyage au pied du lit et de l'ajout, tout près de la fenêtre, d'une coquette coiffeuse en acajou que Stéphane reconnut aussitôt. Le décor avait une touche féminine indéniable, pourtant l'univers masculin y tenait quand même une bonne place avec sa commode en érable surmontée d'un miroir ovale, l'armoire sculptée de pointes de diamant et les tables de nuit assorties. « C'est fascinant ! Depuis plus de 80 ans, la plupart de ces meubles n'ont jamais quitté cette chambre », se dit Stéphane qui reconnut aussi la malle bleue de la cave sur laquelle était posé un sac de voyage en grosse toile grise.

Jusqu'au lit qui était le même : un beau grand lit à monture de cuivre recouvert d'une courtepointe aux teintes pastel.

Janine entra, les yeux résolument rivés sur le plancher. Elle retira son chapeau et s'étendit sur le lit moelleux.

— Et si vous mangiez un peu ? proposa Élise, toujours aussi avenante. J'ai fait de la bonne soupe tout à l'heure.

Les yeux mi-clos, la jeune fille refusa en dodelinant de la tête. Ne plus voir Élise, c'est tout ce qu'elle souhaitait. Qu'on lui donne le temps de se remettre du choc et d'apprivoiser la triste vérité : le mariage de ses parents était basé sur une vile imposture ! La ressemblance entre Élise et Juliette était beaucoup trop frappante pour qu'elle fût le fruit du hasard. En ce moment précis, jamais Janine n'avait autant haï son père.

Élise quitta la chambre en fermant la porte. Assis sur le lit, Stéphane caressait doucement les cheveux de Janine qui ouvrit des yeux brillants de larmes.

— Ah, Stéphane, chuchota-t-elle, cette femme, c'est vraiment le portrait de ma mère. On dirait sa jumelle.

Elle ferma les yeux quelques secondes, puis les rouvrit tout grand.

— Comprends-tu ce que ça veut dire ? ajouta-t-elle entre ses dents. C'est pas Juliette que mon père a épousée, c'est le sosie de sa première femme ! Ah, l'écœurant ! L'écœurant !

« C'est donc ça ! » Stéphane se sentait complètement démuni devant l'immensité de sa détresse. Il se pencha sur elle pour déposer un doux baiser sur son front.

— Repose-toi un peu. Ce n'est pas évident, mais essaie de te détendre. Moi, je vais m'informer au sujet de Jo Larivière et nous partirons d'ici dès que tu te sentiras mieux.

Ravalant ses larmes, Janine lui lança un regard perçant :

— Stéphane, dis-toi bien que je me sentirai mieux aussitôt que j'aurai quitté cette maudite maison !

Il sortit en laissant la porte entrebâillée.

Janine se recroquevilla sur elle-même. Il fallait qu'elle se calme, elle ne devait penser qu'au bien du petit Patrice qui s'épanouissait dans son ventre. En fermant les paupières, elle s'efforça d'occulter le visage de sa mère qui tentait de s'imposer à elle. Peine perdue ! Ses pensées lui ramenèrent cette recommandation de Juliette au moment où elle lui avait annoncé ses fiançailles avec Pierre : « Ne fais pas la même erreur que moi… Ne te marie donc pas pour les mauvaises raisons… »

« Votre erreur, maman, n'a pas été de céder à votre peur de rester vieille fille. C'est d'avoir fait taire votre petite voix qui vous avertissait que quelque chose n'allait pas. Pourquoi n'avez-vous pas insisté lorsque papa refusait de vous parler du passé ? »

« Je l'aimais tellement, répondit la voix de sa mère dans sa tête. Je me disais que je réussirais à lui faire oublier l'autre. »

Janine serra les poings : « Pauvre maman, les dés étaient pipés. Vous aviez perdu d'avance ! »

Stéphane avait rejoint les autres dans la cuisine.

— Ça va aller, elle va se reposer un peu.

Le petit Eddy était assis à la place de sa mère. On lui avait donné des crayons de couleur et du papier pour dessiner.

— Oh ! Le beau dessin ! s'exclama Stéphane en s'inclinant vers lui.

— C'est toi, fit le bambin, tout fier, en désignant un drôle de bonhomme dont l'énorme tête reposait sur deux traits verticaux.

— Wow, c'est vrai ? Eh bien, tu m'as fait pas mal beau.

Il s'inclina davantage.

— Ah ! Il manque juste une petite chose. Tu veux que je te la dessine ?

Eddy lui tendit la feuille de papier en hochant la tête avec enthousiasme.

— Merci, t'es pas mal fin.

Stéphane prit place à côté de l'enfant, choisit un crayon de couleur bleu et traça un nœud papillon sous la tête aux yeux démesurés.

— Voilà ! Maintenant, je suis vraiment chic.

Tout content, l'enfant descendit promptement de sa chaise pour montrer le dessin à sa mère.

— C'est vrai qu'il ressemble au monsieur, ton bonhomme, affirma celle-ci en glissant un regard complice à Stéphane. On va le coller dans ta chambre avec les autres.

— J'veux… dans ton coffre, exigea le petit.

— Oui, sois sans crainte, Eddy.

Attablé avec la petite Agnès sur ses genoux, Ernest siffla entre ses dents :

— Le coffre de maman ? Héééé, c'est tout un honneur, mon garçon.

Puis, adoptant un ton conspirateur, il murmura à Stéphane :

— Son coffre à trousseau en est plein… J'vous l'dis, si votre femme est comme la mienne, vous allez vous retrouver avec assez de dessins pour tapisser toute la maison.

Stéphane sourit d'un air entendu.

Ernest lui adressa un clin d'œil, puis bourra sa pipe.

— Je ne vous ai jamais vus dans le boutte, vous deux. D'où venez-vous ?

— Nous arrivons de Québec pour visiter ma sœur. Elle habite proche du parc Dominion.

Ernest saisit la main de sa fillette qui venait de se refermer sur quelques brins de tabac tombés sur la table pour les porter à sa bouche.

— Non, non, ma poulette, roucoula-t-il. C'est pas bon ça… C'est caca.

Délicatement, il écarta les doigts minuscules pour leur faire lâcher prise, puis déposa un petit baiser au creux de la menotte de son bébé.

La tendresse de ce geste remua Stéphane jusqu'au plus profond de lui-même : « Pas besoin de chercher de midi à 14 heures pour comprendre pourquoi il est devenu hargneux. C'est tellement épouvantable ! », pensa-t-il. Il serra les dents : « Dire que je sais tout ce qui va arriver et que je ne peux rien faire ! » Une folle envie de tout balancer, de prévenir Ernest du danger qui planait sur sa petite famille s'agitait férocement en lui. Il dut se mordre les lèvres pour s'imposer le silence. « Ta gueule ! Ferme ta gueule ! »

Élise devait disparaître pour que Janine voie le jour. Raisonnement froid, lucide, abominable…

Soudain, un cri aigu l'extirpa de son enfer. Taquine, la petite Agnès avait saisi la pipe de son père. Aussitôt, Élise parut en essuyant ses mains sur son tablier.

— Allez, donne-moi-la.

Ernest réussit à reprendre sa pipe et tendit l'enfant à sa femme avant de revenir à la conversation.

— Qu'est-ce qu'on disait déjà ? Ah, oui ! Vous devez vous rendre dans le bout du parc Dominion ? Ouais, c'est une méchante trotte ! Et vous comptez vous y rendre comment ?

Stéphane inspira profondément. Maintenant, lui aussi était pressé de quitter les lieux.

— Oui, c'est loin, je le sais. C'est pourquoi je venais voir Jo Larivière. Vous le connaissez?

Le regard d'Ernest Provencher s'éclaira.

— Jo? C'est mon voisin d'en face. Un maudit bon gars! C'est un parent à vous?

— Non, c'est un ami du mari de ma sœur. On voulait lui demander un *lift*.

Le père de famille fronça les sourcils:

— Un quoi?

— Euh… Je voulais lui demander de nous conduire là-bas.

Ernest parut désolé:

— Ouais… ben, il est pas là, le Jo. Je l'ai vu partir à matin avec sa femme et ses enfants dans le char du vieux Duminisle.

— Ah, bon, fit Stéphane, la mine déconfite. Et vous n'avez pas idée quand il reviendra?

— Ben, je suis pas dans ses culottes, au beau Jo! Il a peut-être pris le bord d'la campagne. Il a de la parenté dans le boutte de Saint-Paul-l'Ermite.

Décontenancé, Stéphane garda le silence. Le temps passait et il fallait retrouver Laurent coûte que coûte. Du coup, il regrettait les privilèges de son époque: «Maudite affaire! En 2000, joindre Laurent aurait été un jeu d'enfant: Marie-Claire l'aurait appelé sur son cellulaire. Pour nous rendre sur place? Bof! Une p'tite balade en autobus jusqu'au métro Pie-IX, puis quelques minutes à filer sur la ligne verte et bonjour Laurent!»

Tout à coup, une étincelle alluma son regard et un large sourire s'épanouit sur ses lèvres : « Mais oui ! Pourquoi pas ? »

— Dites-moi, Ernest, les p'tits chars, sur le boulevard Pie-IX, ils descendent bien jusqu'à la rue Notre-Dame ?

Chapitre 3

— Quoi ! Tu le défends ! J'en reviens pas !

— Je ne le défends pas, je te dis que je le comprends.

Vibrante de colère, Janine marchait à grandes enjambées. Comment Stéphane pouvait-il avoir la moindre compassion pour Ernest ? Cet égoïste avait mené la vie dure à tout son entourage.

— Voyons, Janine, reprit Stéphane derrière elle, tu ne réalises pas le malheur qui l'attend ?

Elle stoppa d'un coup sec.

— Et nous, ses enfants ? Nous étions vivants, nous autres ! Tu t'imagines peut-être qu'il nous a fait sauter sur ses genoux ? Non, monsieur ! À part nous engueuler, c'est à peine s'il faisait cas de nous ! On était des intrus dans sa maudite maison. On le sait ben, c'est pas pour nous qu'il l'a bâtie !

Stéphane ne riposta pas. Qui était-il pour juger ? Lui-même n'avait-il pas nourri du ressentiment envers son propre père ?

Il glissa une main sur l'épaule de la jeune fille :

— Allons, Janine, nous n'allons tout de même pas nous disputer !

— Écoute... Je suis loin d'être une sans-cœur, fit-elle en évitant son regard, mais ne me demande pas d'avoir pitié. Je... je suis trop à l'envers pour ça.

Stéphane acquiesça avant de lui saisir la main.

— Allons, viens, on a un tramway à prendre. Il ne faudrait pas rater ton frère.

Coin Masson et Pie-IX, ils aperçurent un tramway jaune cahoter vers le nord.

À cette époque, la ligne Pie-IX ne dépassait pas le boulevard Rosemont, situé à quelques coins de rue au nord. Rendu à destination, le conducteur descendait de son véhicule pour décrocher une longue barre de fer d'un piquet et s'en servait pour faire passer le rail dans l'autre cran, permettant ainsi à son véhicule de repartir en sens inverse.

— Quelle heure est-il ? demanda Janine.

Machinalement, Stéphane amorça un geste pour jeter un œil sur sa montre : « Oups ! T'es pas d'dans, mon vieux, il faut vivre avec son temps... » Avec un petit rire, il tira sur la chaîne de la montre de Laurent dissimulée dans le gousset de son gilet.

— Presque 1 h 30, dit-il. Je me demande combien de temps ça va nous prendre : les tramways ne roulent pas aussi vite que les autobus.

Un vent léger souffla, Janine croisa son châle contre sa poitrine en observant les alentours. Boulevard Pie-IX, nettement plus étroit que dans son souvenir, quelques cabriolets tirés par des chevaux circulaient. Le contraste avec la grande voie asphaltée de l'an 2000 était saisissant.

Le son grinçant d'un frottement métallique lui fit tourner la tête : le tramway 39 Pie-IX, coiffé de sa perche d'alimentation d'où jaillissait un joyeux feu de Bengale, ralentit et s'arrêta à leur hauteur.

Stéphane sentit son cœur s'emballer : « Wow ! Je vais monter dans un tramway ! Un vrai tramway ! » Sa seule expérience de ce genre de véhicule se limitait à une balade à bord d'une relique muséale autour d'un minuscule circuit. Il avait peine à croire qu'il s'apprêtait à payer son passage et se laisser doucement ballotter en admirant un paysage à peine urbain. Ému, il eut une tendre pensée pour son grand-père Gadbois, chauffeur à la Montreal Tramways, qui lui avait transmis sa passion avant de lui léguer sa collection de modèles réduits et de vieux tickets.

Le chauffeur actionna une manivelle pour ouvrir les deux portes étroites. Un petit escalier se déroula. Janine monta la première en soulevant sa jupe. Stéphane la suivit, jeta deux pièces de cinq cents dans la boîte de perception et reçut deux correspondances poinçonnées : deux précieuses pièces pour sa collection, dont il devrait malheureusement taire la provenance...

Deux rangées de bancs en osier espacées d'un mètre se partageaient l'avant du véhicule. À l'arrière, deux longues banquettes se faisaient face.

Un avertissement – *Défense de cracher ou de fumer dans ce véhicule, ou d'y monter avec pipe, cigarette ou cigare allumé* – avait été estampé à intervalles réguliers sur la partie supérieure des fenêtres. Toutes étaient munies de barreaux de fer horizontaux.

— C'est pour protéger les passagers imprudents, expliqua Stéphane à Janine. Tu as remarqué la largeur des rues ? Les tramways doivent partager la chaussée avec les voitures à cheval et les automobiles, c'est pour ça que les rails sont si rapprochés. Alors, imagine si quelqu'un sortait la tête ou un bras dehors au moment où un autre tramway arrive en sens inverse…

Le couple prit place sur un banc au centre du tram. Les nombreuses affiches publicitaires surplombant les rangées de sièges captèrent leur attention. En ce temps de guerre, certaines incitaient la population à acheter des bons de la victoire, d'autres exhortaient les conscrits récalcitrants à joindre les rangs de l'armée canadienne.

Stéphane remarqua l'une d'entre elles encadrée de rouge montrant plusieurs soldats qui marchaient au milieu d'un flot de drapeaux français et britanniques :

CANADIENS FRANÇAIS ! À l'heure du plus grand péril qui ait jamais menacé notre PAYS et l'HUMANITÉ, oublierons-nous les TRADITIONS qui ont fait la GLOIRE et l'ORGUEIL de notre RACE ?

D'autres publicités racoleuses vantaient la saveur de la cigarette Sweet Caporal, ou les vertus d'une quelconque potion miraculeuse, ou encore les bienfaits des petites pilules rouges *pour femmes faibles*.

Cette dernière réclame, où figurait une jolie femme au teint blafard, fit bien rigoler Stéphane qui, glissant un regard vers Janine, s'étonna de son absence de réaction. « Ouais, c'est vrai qu'en 1959, on pouvait encore gober ces âneries. »

Le tramway stoppa dans un long gémissement à l'arrêt suivant et le chauffeur fit monter un couple et une trâlée d'enfants endimanchés. Les parents s'installèrent à l'avant, laissant leurs petits prendre d'assaut les banquettes arrière.

Stéphane se retourna. Les enfants s'étaient agenouillés, le nez collé à la fenêtre, pour admirer le paysage.

— Décidément, certaines choses ne changeront jamais.

Janine ébaucha un sourire sans joie. Stéphane l'observait du coin de l'œil. « Si au moins elle avait accepté ma suggestion d'attendre mon retour chez Marie-Claire. Mais non ! Pas moyen de lui faire entendre raison. »

— Voyons, Stéphane ! avait-elle clamé. Sans moi, comment pourrais-tu retrouver Laurent ?

Il soupira longuement. « Elle avait raison, bien sûr, mais quand même… Si jamais il arrive quelque chose au bébé, son destin, le mien et celui d'une foule de gens seront compromis, mais on dirait qu'elle s'en fout. »

Il sentit la main de Janine effleurer son veston.

— Hé! Regarde.

Étirant le cou vers la fenêtre, il aperçut une forêt d'arbres matures.

— Le petit bois dont parlait Marie-Claire tout à l'heure. Dans les années 1930, on l'a rasé…

— … pour installer le Jardin botanique, enchaîna Stéphane, émerveillé.

Au coin de Sherbrooke, alors que le tramway s'arrêtait pour prendre d'autres passagers, il remarqua, à droite, la présence du château Dufresne dont on achevait l'édification.

— C'est fou de penser qu'hier, à quelques heures près, nous étions exactement au même endroit, souffla-t-il à l'oreille de Janine.

En songeant à la gigantesque soucoupe volante croisée la veille, la jeune fille fit une grimace.

Stéphane devina ses pensées :

— Quoi? Tu ne le trouves pas beau, notre Stade olympique? Il nous a pourtant coûté une beurrée!

— Ton époque manque de charme, Stéphane, répliqua Janine avec un geste de dédain. Il y a trop de béton et pas assez d'arbres, pis ça sent le diable. En plus, on ne se gêne pas pour démolir ou dénaturer les trésors du passé et construire d'énormes épiceries ou des places de stationnement!

Stéphane hocha la tête :

— Je suis en partie d'accord avec…

Les échos d'une dispute à l'arrière du tram parvinrent jusqu'à eux. À l'avant, les parents des gamins se retournèrent. Un jeune garçon s'élança en trombe dans l'allée avant de trébucher et s'affaler au sol en pleurnichant. Stéphane bondit de son siège pour l'aider à se relever.

— Allez, ce n'est rien, mon bonhomme, lui dit-il en lui ébouriffant les cheveux.

Intimidé, l'enfant renifla et alla rejoindre sa mère sans demander son reste.

La gentillesse de Stéphane avait touché Janine. Le bambin lui rappelait le petit Eddy, son demi-frère, qu'elle avait à peine regardé. «Il va bientôt mourir, comme Élise et Agnès… Maudit, papa, pourquoi n'en parliez-vous jamais? Notre vie aurait peut-être été différente si vous vous étiez ouvert…» Sa vive émotion, en apercevant Élise, l'avait fait sortir de ses gonds et elle s'en voulait de s'être emporté contre Stéphane. Levant la tête vers lui, elle remarqua son air perplexe:

— Qu'est-ce qu'il y a?

— Je suis en train de me demander si Marie-Claire connaissait le lien entre Laurent et ton père.

— N'oublie pas qu'il a changé son nom de famille.

— Je veux bien le croire, mais il n'a sûrement pas résisté à l'envie de passer devant la maison familiale pour jeter un coup d'œil.

— Et il a vécu tout près pendant trois ans… Il a dû croiser mon père souvent… J'ai bien hâte de savoir ce qu'il a pensé en voyant Élise…

— Allons, allons, poussez pas, y a d'la place pour tout le monde !

À bord du 89 Pointe-aux-Trembles, un gros tram vert, Janine et Stéphane avaient réussi à se faufiler jusqu'à la banquette arrière. Les passagers suivants s'entassèrent debout et une forêt de bras se tendirent vers des sangles en cuir suspendues au-dessus des têtes.

— *Everybody, move to the back !* Avancez en arrière ! s'époumona le conducteur.

Des jeunes, des vieux, des familles complètes s'agglutinèrent les uns sur les autres. L'atmosphère était à la fête. Tout le monde se rendait au parc Dominion passer du bon temps à ciel ouvert. Les jeunes s'amuseraient dans les manèges et les plus âgés assisteraient au dernier concert de la saison.

Enfin, le tramway s'ébranla à la suite d'un autre, suivi d'un véritable convoi de véhicules jaunes et verts pleins à craquer.

Pendant le trajet, un insupportable mélange de parfum et de transpiration monta au nez de Janine. Une nausée souleva son estomac. Même si toutes les fenêtres du véhicule étaient ouvertes, la jeune fille avait grande hâte de descendre pour prendre l'air.

Rayonnant, Stéphane vit défiler, rue Notre-Dame, les multiples boutiques artisanales aux devantures surmontées de larges auvents. C'était fou ce que cette aventure l'exaltait ! Il bomba le torse en songeant à sa témérité lorsqu'il avait descendu les échelons du terrible puits. Aurait-il bondi au beau milieu d'un jeu vidéo pour sauver la princesse qu'il ne se serait pas senti autrement!

La main de Janine effleura la sienne.

— Je ne sais pas à quoi tu penses, mais tu es beau à voir.

— Ah! Janine, je n'ai jamais autant trippé de ma vie!

La voyant froncer les sourcils, il voulut se reprendre, mais dénicher un synonyme de «tripper» s'avérait impossible: aucun autre terme ne pouvait dépeindre avec autant de force ce qu'il ressentait.

Il se pencha vers elle:

— Ce qui nous arrive est tellement extraordinaire! Prends juste cette promenade en tramway: ça me donne une furieuse envie de retravailler mon mémoire. Et ce n'est pas peu dire…

La jeune fille lui répondit par un hochement de tête; son front était perlé de sueur.

— Hé! Ça ne va pas, toi!

— Pas trop. Il fait tellement chaud. Heureusement que je n'ai pas grand-chose dans l'estomac, parce que ça pourrait devenir dangereux.

Elle détacha le premier bouton de sa robe, se félicitant intérieurement d'avoir laissé l'odieux corset qui venait avec sa toilette.

Une quinzaine de minutes plus tard, le tramway s'immobilisa et le chauffeur se retourna pour hurler:

— *Dominion Park, everybody out!* Tout le monde descend!

Chapitre 4

Quadrilatère enchanté au bord du fleuve, le parc Dominion était une destination très prisée, une escapade en dehors de la ville pour la population montréalaise. On s'habillait chic pour s'offrir ce luxe.

Si les concerts, les vaudevilles, les numéros d'hommes forts et de trapèze, d'acrobatie, de magie et d'animaux savants animaient la plupart des espaces champêtres de l'époque, le parc Dominion se distinguait par l'addition du concept américain d'*amusement park*. Montagnes russes, grande roue, tourbillon, canaux aériens et, surtout, le Shoot-the-Chutes détournaient les foules avides de sensations fortes des loisirs plus paisibles.

Outre les manèges mécaniques, plusieurs attractions, toutes plus fascinantes les unes que les autres, étaient offertes dans une trentaine de stands longeant trois larges *boardwalks*.

Les gens se bousculaient à l'entrée en cette dernière journée de la saison. Pour l'occasion, tout le personnel était costumé et un énorme feu d'artifice était prévu en fin de soirée.

Situé au centre du parc, entre le carrousel et la grande roue, le Shoot-the-Chutes, ancêtre vénérable de La Pitoune, volait la vedette. On patientait longuement avant de s'asseoir dans la grande chaloupe qui dévalerait une descente abrupte vers un énorme bassin d'eau, sous l'œil réjoui d'une foule de curieux moins téméraires.

Quatre jeunes filles vêtues de mousseline se pressaient devant le minuscule kiosque pour défrayer leur passage. Quatre jolies têtes folles insouciantes des regards réprobateurs que leurs pépiements et gloussements provoquaient autour d'elles.

— Il est déjà là depuis un bout de temps. Mon doux, j'espère qu'il va rester ! lança l'une d'elles en désignant l'homme posté au sommet de la pente.

Leurs pièces de 10 cents jetées à la hâte, les jeunes filles se précipitèrent vers l'escalier étroit avec des cris de joie.

À l'ombre du mirador, son grand manteau rouge flottant autour de lui, un magnifique corsaire scrutait les environs de son œil unique. Son cache-œil, sa barbe de deux jours et sa belle tête échevelée, couronnée d'un tricorne, lui donnaient cet air canaille qui plaisait tant aux femmes.

Laurent Provencher aimait se retrouver à cet endroit pour admirer le point de vue : la grande roue, devant la ligne sinueuse des montagnes russes, le carrousel tournant au son d'un orgue de Barbarie, le train miniature, le restaurant, le grand kiosque abritant une fanfare dont les notes saccadées d'une marche militaire parvenaient jusqu'à lui.

Laurent fit demi-tour vers le fleuve et respira l'air du large à pleins poumons. Une goélette voguait au loin.

« Quelle merveille ! »

Si seulement il avait pu l'admirer de ses deux yeux, mais il n'y avait pas de risque à courir : ici, tout le monde le croyait borgne… C'était le meilleur moyen qu'il avait trouvé pour se préserver des rafles de l'armée en mal de chair à canon…

Tournant le dos au Saint-Laurent, il porta son regard sur la rue Notre-Dame : au-delà de l'entrée du parc en forme d'arc de triomphe, les tramways déversaient leurs passagers par centaines.

Un sourire amusé arqua ses lèvres : « Il est revenu ! »

À proximité de la file d'attente qui s'étirait sur le trottoir, une petite foule s'agglutinait autour d'une voiturette rouge attelée à un gros cheval moucheté.

Laurent saisit sa longue-vue, coincée dans sa large ceinture : « Sacré Popol, t'as un maudit front de "beu" ! »

Les dirigeants du parc n'acceptaient aucun marchand ambulant sur leur territoire et Paul Giguère, propriétaire d'une rutilante voiture à patates frites, ne le savait que trop bien. Mais le magot amassé avant d'être chassé valait bien la bousculade.

Une cascade de rires tira Laurent de son observation : quatre jeunes filles à bout de souffle le considéraient avec intérêt. Galant homme, il retira son tricorne pour les saluer bien bas. L'une d'entre elles tenta de s'approcher de lui, mais fut aussitôt happée par le préposé au manège.

— Par ici ma p'tite dame, le pirate n'est pas compris dans l'billet !

Avec un rire tonitruant, il la fit monter, elle et ses trois compagnes, dans la chaloupe qu'il poussa aussitôt du haut de la pente. Des hurlements d'effroi firent sourire le beau corsaire qui s'étira le cou afin de suivre la vertigineuse descente de l'embarcation aboutissant dans le bassin sous un torrent d'éclaboussures.

L'employé du manège se frotta les mains avec une joie non dissimulée :

— Bouge pas d'là, mon Laurent, tu attires la femelle, j'haïs pas ça !

— Ouais, c'est ça ! Pis toi, t'en profites toujours pour tâter la marchandise ! lança l'interpellé.

Se tournant de nouveau vers le fleuve, Laurent retrouva le fil de ses pensées : « Dans 15 jours, je retourne chez moi… Chez moi, en 1959. »

Avec les accusations de vols et de meurtre qui lui pesaient sur le dos, il savait qu'il risquait gros, mais après toutes ces années, il avait besoin de revoir sa famille, son ami Jo Larivière et, surtout, retrouver Marie-Claire dont l'éloignement le faisait cruellement souffrir. « Si proche et si loin à la fois… » Car s'il avait eu beaucoup de mal à convaincre de son amour la Marie-Claire des années 1950, garder ses distances avec la plus jeune avait été encore plus difficile.

« J'ai eu tort de me confier à elle. En la laissant s'attacher à moi, j'ai failli tout gâcher. »

En avril, son départ précipité avait été une bonne chose : il était préférable de s'éloigner de la jeune fille avant qu'il ne soit trop tard. Marie-Claire devait absolument entrer au carmel afin que son destin s'accomplisse.

Depuis qu'il avait quitté son époque, en février 1957, Laurent était revenu deux fois dans le présent : la nuit précédant la fête des Mères, en 1957, et le soir de Noël de l'année suivante.

Au château, un réveillon improvisé s'était organisé auquel Jo Larivière avait été convié. Toutefois, la petite réception avait été assombrie par une mauvaise nouvelle : le meurtrier de Léopold Daveluy n'ayant pas été retrouvé, Laurent demeurait le principal suspect.

Démoralisé, le frère de Janine était reparti à l'aube sans donner signe de vie à sa famille. Depuis, il ne cessait de se le reprocher. Quand pourrait-il retrouver les bras de sa mère et le sourire de sa petite sœur ? Même son jeune frère Gaston lui manquait, lui qui pourtant avait le don de lui taper sur les nerfs. Quant à son père, c'était une tout autre histoire…

Quelques jours après sa première incursion dans le passé, Laurent avait arpenté le quartier, alors en pleine construction. C'était un magnifique samedi ensoleillé ponctué de coups de marteaux et de grincements de scies. Rue d'Orléans, une boule lui monta à la gorge quand il aperçut son père en train de peindre les persiennes de sa maison. Même de dos, il avait reconnu le jeune Ernest à sa carrure athlétique. Bouleversé, Laurent avait passé son chemin sans demander son reste.

Selon le vieux Jo Larivière, la maison paternelle avait d'abord été destinée au docteur Paul Létourneau, un ami de Charles Duminisle. En poste aux Shops Angus, le médecin avait engagé Ernest Provencher pour construire une maison qu'il souhaitait modeste. De fil en aiguille, Ernest avait fait la connaissance de sa fille, Élise, qu'il avait épousée quelques mois plus tard.

Dès qu'il avait vu cette femme, la similitude physique avec sa propre mère avait saisi Laurent : Jo n'avait pas exagéré la ressemblance… Pourtant, croiser Ernest dans la rue avec son fils Eddy sur les épaules l'avait troublé davantage. Chaque fois, une odieuse jalousie enfantine venait le tarauder. Chaque fois, Laurent devenait un orphelin laid et stupide délaissé en faveur d'un garçon plus beau, plus intelligent. Oui, chaque fois, l'aîné de la deuxième famille renouait avec le terrible sentiment d'abandon de son enfance.

Laurent s'était efforcé d'éviter son père pendant son séjour dans le passé, de peur de voir éclater son ressentiment. Toutefois, en mars 1918, un caprice du destin allait les mettre en présence l'un de l'autre…

Seul au château ce jour-là, Laurent avait ouvert la porte au jeune Ernest dont les traits crispés exprimaient une vive inquiétude : le petit Eddy souffrait d'une forte fièvre. Le docteur Létourneau, le père d'Élise, était-il là ? Malheureusement, le médecin était absent. Par contre, Laurent savait où le trouver. Le lendemain, Ernest était retourné au château pour remercier Laurent de son empressement. Leurs regards s'étaient croisés et une solide poignée de main avait été échangée…

⁓≈≈⁓

Au sommet du Shoot-the-Chutes, Laurent soupira : « Pauvre papa ! Dans quelques semaines, la grippe espagnole fauchera votre première famille… C'est terrible ! Qui suis-je pour vous juger ? Je ne sais même pas comment j'aurais réagi à votre place… »

Un formidable roulement de tambour l'extirpa de ses sombres pensées. Plus bas, une centaine de personnes s'élancèrent vers une petite scène aménagée à droite du bassin où se tenait un homme musclé entouré d'une panoplie d'haltères. Même si Laurent avait une vue privilégiée de l'événement, il détourna les yeux : il connaissait par cœur toutes les attractions présentées au parc Dominion, numéros qu'il jugeait nettement moins spectaculaires que ceux du parc Belmont des années 1950.

Il observa les gens défiler sur les trottoirs en bois. À voir les belles dames et les beaux messieurs, il était difficile d'imaginer qu'une partie du monde était encore plongée dans l'horreur de la Première Guerre mondiale.

La longue-vue sur son œil valide, Laurent scruta la foule : l'absence de jeunes hommes était tout de même remarquable. Il soupira : « Maudite conscription ! Dire que dans 21 ans, ça va reprendre de plus belle... »

Il glissa sa lunette dans sa ceinture en grimaçant : « Sans la protection de Charles, qui sait si aujourd'hui je ne croupirais pas au fond d'une tranchée... »

Le grand frère de Janine menait une existence palpitante, surtout depuis sa rencontre avec Charles Duminisle, qui avait fait de lui son bras droit. Ce Lafontaine, cet étranger venu de nulle part fascinait le père de Marie-Claire, autant par sa témérité que par l'étendue de ses connaissances du réseau souterrain.

Laurent appréciait son patron ; il jugeait toutefois que sa bonté d'âme et sa ferveur chrétienne attiraient la racaille autour de lui. « Pauvre Charles, une chance que Jo Larivière et moi veillons au grain. »

Une bouffée de tendresse l'envahit en songeant à son vieux complice de l'hospice : « Jo, vous m'avez toujours traité comme un fils, Dieu sait à quel point j'en avais besoin... »

— P'pa, c'est quoi, ce gros trou-là ? Pourquoi y a des barreaux ? On peut-tu descendre ?

— C'est rien ! T'avais pas d'affaire à ôter la planche que j'avais mise là !

La claque en arrière de la tête n'avait pas éteint la curiosité de Laurent. Le garçon de 15 ans avait soutenu le terrible regard de son père :

— Mais p'pa, pourquoi c'est là dans notre maison ?

— Parce que ! C'est toute ! Envoye en haut, mon p'tit verrat ! J'veux jamais pus te revoir icitte !

Ernest Provencher avait empoigné son fils par le collet pour l'entraîner vers l'escalier.

— Mais je voulais juste rendre service à m'man ! avait protesté l'adolescent, en désignant la boîte de pots de confiture au pied des marches.

Loin de l'apaiser, cette réplique avait attisé la fureur du père qui avait poussé son aîné dans l'escalier.

Dans la cuisine, Juliette s'était laissé tomber sur une chaise, pestant en silence contre ses jambes qui se dérobaient de nouveau. Dès les premiers éclats de voix, Janine, quatre ans, et Gaston, trois ans, avaient levé des yeux effrayés vers leur mère, mais celle-ci s'était dérobée à leurs regards, anéantie par le poids de sa faute.

Soudain, une tête échevelée avait jailli hors de la sortie de la cave. Bousculé par son père, Laurent avait trébuché sur la dernière marche et s'était étalé sur le plancher. Ernest avait surgi à sa suite. La lourde trappe était retombée avec fracas.

Apeuré, Gaston s'était blotti dans les bras de sa grande sœur. Les yeux rivés sur Laurent, Janine avait accueilli le bambin potelé contre son cœur en émoi.

Ernest s'était approché de sa femme en la fusillant du regard :

— Pourquoi tu l'as laissé descendre ? Tu sais bien que j'les aurais descendus, tes maudits pots !

La gorge serrée, Juliette avait baissé les yeux en silence. Le poing rageur de son mari s'était abattu violemment sur la table. Gaston avait poussé un petit cri qui s'était prolongé dans un sanglot.

— Pas moyen d'avoir la paix dans cette crisse de maison ! avait postillonné Ernest. J'peux même pas compter sur ma femme !

— Laissez maman tranquille ! avait aussitôt hurlé Laurent.

Impressionnée par l'aplomb de son aîné, Juliette avait vivement relevé la tête. Il lui fallait réagir vite avant que la situation ne dégénère :

— Va, Laurent, avait-elle dit d'une voix blanche, amène Janine et Gaston jouer dehors. Papa et moi allons nous expliquer calmement.

Le soir même, Juliette avait fait promettre à son fils de ne plus descendre à la cave et d'oublier ce qu'il avait vu. L'adolescent avait obéi bien malgré lui, ignorant que 13 années le séparaient de la stupéfiante vérité.

Laurent avait rencontré Joseph Larivière à l'hospice, en 1955. Grand, un peu courbé et presque chauve, Jo avait toujours souffert d'un sérieux handicap. Né borgne, il avait dû se contenter de petits boulots pour faire vivre sa famille. Au premier abord, il était toujours difficile de le regarder droit dans les yeux tant son regard était particulier : non seulement était-il aveugle de l'œil droit, mais la pupille de cet œil était blanche. Après un moment, on n'y faisait plus attention, car le caractère coloré du personnage éclipsait cette incongruité physique.

Bon vivant, quelque peu irrévérencieux au goût des religieuses qui l'hébergeaient, le septuagénaire avait tout de suite adopté Laurent, avec qui il avait trouvé une certaine complicité filiale. On les voyait très souvent attablés à la taverne de la rue Masson sous le regard inquisiteur des gens du quartier, se demandant bien ce que le vieux coquel'œil et le fils d'Ernest pouvaient bien avoir à se raconter.

C'était pourtant simple : Laurent s'intéressait au passé, et Jo était intarissable à ce sujet.

En 1910, après avoir quitté son village natal de Saint-Paul-l'Ermite, le jeune Jo s'était établi à Montréal et avait participé à l'édification du quartier Rosemont. Il avait connu tout le monde, du plus petit ouvrier au grand Charles Duminisle. D'ailleurs, le châtelain avait su tirer parti de la facilité de Larivière à se lier avec les gens pour en faire son intermédiaire auprès des nouveaux résidants, cela dans le but de resserrer ses liens avec eux. Tous deux y avaient trouvé leur compte : le philanthrope avait rassemblé un petit village composé de fervents catholiques et Jo avait pu étendre sa popularité.

Généreux de ses souvenirs, Jo avait longuement parlé à Laurent de la relation amicale qu'il avait entretenue avec Ernest, du temps où ils avaient été voisins et amis.

— Mais ça, mon p'tit gars, c'était bien avant le passage de la maudite grippe espagnole. Après la mort d'Élise et des petits, même un chien n'était plus le bienvenu chez ton père. Il en voulait à tout le quartier de n'avoir pas porté secours à sa famille. Si j'avais su… et surtout, si j'avais pu… Ma femme et mon plus vieux sont morts quelques jours après avoir attrapé cette cochonnerie. Moi-même, j'ai été malade comme un chien…

Au fil des mois, un solide lien de confiance s'était noué entre les deux hommes, et lorsque Laurent avait parlé du trou dans la cave de la maison paternelle, Jo Larivière avait décidé d'élargir le champ de ses confidences aux mystérieux Compagnons du Saint-Esprit.

— Tu sais, dans l'fond, le vieux Duminisle pis sa gang, c'était juste du monde riche à craquer, plus catholique que l'pape, qui se méfiait des Anglais de Montréal parce qu'ils étaient protestants.

Jo lui avait révélé l'existence d'un réseau souterrain reliant le château à certaines maisons d'adeptes, de même que la présence du faux puits dans le sous-sol de l'hospice, d'où partait un couloir reliant l'ancien couvent des franciscains à la maison d'Ernest.

Laurent avait été époustouflé :

— Comment ça se fait que personne ne soit au courant ?

— Oh, dans le temps, y a bien eu des rumeurs à ce sujet, mais ça fait des années que j'entends plus parler de rien.

— Des rumeurs ? Si mon père les a déjà entendues, pensez-vous qu'il aurait pu faire le lien avec le trou dans sa cave ?

Le vieux n'avait pas répondu tout de suite. Fuyant le regard de son jeune ami, il avait dessiné des arabesques dans une petite flaque de bière.

Devant ce silence inhabituel, Laurent avait froncé les sourcils.

— Jo ?

L'interpellé avait relevé la tête pour jeter des coups d'œil inquiets autour de lui avant de se redresser et d'émettre un petit rire nerveux.

— S'cuse-moi, l'jeune. Un moment, j'me suis cru encore en 1914... Y avait tellement de cachotteries dans ce temps-là. Ça frôlait presque la follerie.

Puis, croisant le regard insistant de Laurent, il s'était lancé :

— Mon p'tit gars, ton père connaissait parfaitement les passages... Il les empruntait chaque fois qu'il assistait aux assemblées des Compagnons.

Les yeux de Laurent s'étaient agrandis de stupeur :

— Quoi ! C't'une *joke* ?

— Est bonne, hein ? avait répliqué le borgne en ricanant dans son bock de bière.

— Arrêtez, vous êtes pas drôle ! Dites-moi la vérité.

Le sourire de Jo s'était effacé :

— Mais c'est la vérité, Laurent.

Laurent avait préféré taire ce secret lorsqu'il avait fait visiter le passage vers l'hospice à Janine, quelques semaines plus tard. Et même si, par la suite, il lui avait appris l'existence d'autres souterrains, jamais elle n'avait su ce qu'il avait vécu ce fameux dimanche matin, le 8 mai 1955...

Cette nuit-là, Laurent avait trouvé un nouveau couloir au fond du puits de l'hospice. Contrairement aux autres, la crevasse débouchant sur ce passage avait été habilement maçonnée. Heureusement, l'humidité avait rendu la surface friable, de sorte qu'il n'avait eu aucun mal à dégager l'entrée en quelques coups de pic. À l'aube, il était retourné se laver et se changer chez lui. Incapable de patienter jusqu'à la nuit suivante, il s'était de nouveau glissé dans la cave de l'hospice par un soupirail. Le cœur battant, il avait traversé un interminable couloir pour aboutir au fond d'un puits. Après en avoir gravi les échelons, il s'était retrouvé dans une autre cave haute de huit pieds. L'orientation en ligne droite, la distance parcourue et l'énorme bric-à-brac de chaises et de pupitres d'écolier parlaient d'eux-mêmes : il avait abouti dans le sous-sol de l'école Madeleine-D'Ailleboust, là où sa sœur Janine avait fait une partie de ses études.

N'y ayant jamais mis les pieds (chasse gardée des religieuses, l'établissement était littéralement interdit à tous les jeunes mâles du quartier), Laurent avait profité de l'occasion pour faire le tour du propriétaire. Le jour du Seigneur, il ne risquait pas de croiser qui que ce soit.

En gravissant le large escalier menant au rez-de-chaussée, il avait tendu l'oreille : des cris d'enfants ! Il avait consulté sa montre :

« Huit heures moins dix ? Ben voyons, qu'est-ce qu'ils peuvent bien faire dans la cour d'école, un dimanche matin ? »

Perplexe, Laurent s'était immobilisé. Puis, incapable de réfréner sa curiosité, il avait épousseté ses vêtements en poursuivant lentement son ascension, à l'affût du moindre bruit. Les couloirs du rez-de-chaussée étaient déserts. Il avait avancé sur la pointe des pieds. Les portes de la plupart des classes étant ouvertes, il avait jeté un coup d'œil dans l'une d'entre elles. Un détail surprenant l'avait frappé, une date tracée au tableau : *Mercredi, 8 mai 1914.*

Oubliant toute prudence, il était entré dans la classe. Une bonne odeur de lilas flottait dans l'air. Les murs étaient couverts d'images saintes, dont la photo d'un pape qu'il n'avait jamais vu. Il s'était approché pour lire le nom apposé au bas de la gravure en noir et blanc: «Comment ça, "Pie X"? C'est pas Pie XII, notre pape? Pourquoi afficher l'image d'un prédécesseur? Bizarre...»

De grands tableaux noirs occupaient deux murs de la pièce. Dans la partie supérieure de l'un, couraient les lettres de l'alphabet reproduites en majuscules et minuscules. Des tables de multiplication figuraient sur l'autre. Une trentaine de petits pupitres étaient rangés en cinq colonnes impeccables. Dans un trou pratiqué à droite de chacun d'entre eux, était fiché un encrier. Laurent avait froncé les sourcils: depuis longtemps, le stylo à bille avait remplacé la plume métallique. Pourquoi permettre encore l'usage des encriers?

De plus en plus préoccupé, l'intrus était retourné au tableau situé derrière l'estrade du professeur. Pourquoi avait-on inscrit une date passée? Si c'était pour un cours d'histoire, pourquoi avait-on écrit le mot *Dictée* juste en dessous?

Soudain, une folle évidence s'était imposée à son esprit. Une part de lui l'incitait à quitter rapidement la pièce, mais sa témérité l'avait poussé à vérifier un dernier détail. À l'école, dans son jeune temps, il fallait toujours inscrire la date du jour dans son cahier. Or, un cahier était ouvert sur tous les pupitres. Il s'empara fébrilement de l'un d'eux. D'une écriture laborieuse, une main enfantine avait reproduit, en bordure de la marge, la date du tableau avant de tracer le mot

«Dictée» au centre de la ligne suivante. Laurent s'était redressé d'un coup sec.

«Mercredi, 8 mai 1914!»

Avidement, il avait jeté des coups d'œil sur d'autres cahiers: toujours le même en-tête…

Soudain, il avait tressailli: à l'extérieur, une main agitait une cloche vigoureusement. Ne faisant ni une ni deux, Laurent était sorti de la classe pour se précipiter dans le couloir et était tombé face à face avec une religieuse accompagnée d'un homme plutôt grand. Aussitôt qu'elle l'avait aperçu, la sœur avait pointé un doigt accusateur vers lui:

— Qu'est-ce que vous faites ici, vous?

Interdit, Laurent était resté muet jusqu'au moment où il avait croisé le regard du compagnon de la religieuse, un regard si familier…

— Jo! Jo Larivière! s'était-il écrié.

La religieuse avait toisé le borgne:

— C'est un de vos amis, monsieur Larivière?

Sans laisser le temps à Jo d'ouvrir la bouche, l'intrus avait renchéri:

— Ben oui, Jo! Tu te souviens pas de moi? J'suis un ami du mari de ta sœur Germaine. C'est lui qui m'a dit que t'étais concierge ici, à l'école des filles.

Laurent parlait très rapidement, tentant désespérément de vendre sa salade.

— Écoute, Jo, y a pas d'ouvrage à Saint-Paul et Jean-Louis m'a dit de venir te voir de sa part. Il paraît que tu connais pas mal de monde dans l'boutte…

Jo Larivière avait haussé les sourcils. C'était vrai qu'il connaissait beaucoup de monde. En fait, il en connaissait tellement qu'il lui arrivait d'oublier le nom de quelques-uns. Il avait tout de même tendu une main amicale :

— Bonjour, euh… excuse-moi, mon vieux, j'me souviens plus de ton nom.

Soulagé, Laurent avait serré la main de son sauveur.

— C'est Laurent, Jo. Laurent Lafontaine, mais fais comme tout le monde, appelle-moi juste Lafontaine…

⌁

De retour en 1955, Laurent avait rêvassé, étendu sur son lit : l'idée de voyager dans le temps, comme Alexander Hartdegen[1], l'exaltait. « Si j'avais été mieux préparé, j'aurais pu rester plus longtemps, mais la prochaine fois… »

Le Jo de 1914 lui avait promis de l'aider à trouver du travail et Laurent n'allait pas rater cette chance. Il avait décidé d'attendre la nuit pour se faufiler dans le garde-manger de l'hospice et emprunter de nouveau le couloir vers l'école, puis attendre le matin pour aller frapper à sa porte.

Vers minuit et demi, il avait grimpé par-dessus la grille du potager des religieuses pour se glisser dans la

---

1. Personnage principal du roman de H. G. Wells, *La Machine à explorer le temps*, dont la dernière version a été publiée en 1924.

cave par un soupirail. Aucun recoin de la maison de retraite n'avait de secret pour lui depuis qu'il y œuvrait bénévolement : l'accès au puits de l'hospice méritait bien quelques heures de travail.

En entrant dans le garde-manger, une surprise l'attendait : le vieux Jo, attablé devant un jeu de patience.

— Salut, mon gars, avait-il dit en déplaçant un as. Tire-toi une bûche, je t'attendais.

Laurent était resté pétrifié. Certes, Jo était au courant de ses incursions dans les tunnels, c'était même lui qui l'avait encouragé à satisfaire sa curiosité, mais comment avait-il pu deviner qu'il viendrait cette nuit ?

Le vieillard l'avait fixé un long moment de son œil unique avant de retourner à son jeu de cartes pour déplacer un valet.

— Le type de l'école, c'était toi, hein ?

Laurent avait ouvert la bouche, incapable d'articuler un seul mot. Jo Larivière l'avait dévisagé comme s'il le voyait pour la première fois.

— Ben oui, c'était toi !

Il avait jeté négligemment ses cartes sur la table.

— Toi… dans mon passé… Bonyeu d'fer, Laurent ! C'est vraiment incroyable !

Soufflé, le fils d'Ernest s'était laissé choir sur une chaise.

— Vous… vous ne saviez pas que ce couloir menait dans le passé ?

— Pantoute ! Personne n'a jamais été au courant, ça, je peux t'le dire.

— Vous êtes sûr ? Vous m'avez pourtant dit que le réseau était connu de tous les Compagnons... C'est dur à croire que personne n'ait eu envie de l'explorer à fond.

— Peut-être, répondit Jo, mais si quelqu'un l'a fait, il n'est jamais venu s'en vanter.

Le vieillard avait désigné le gros couvercle en bois recouvrant l'entrée du puits.

— T'es passé par ici ?

— Oui. L'entrée du passage est au fond du trou.

— Ah ! Si nos saintes bonnes sœurs savaient ça ! avait ricané le vieil homme.

En cédant le bout de terrain aux franciscains, Charles Duminisle n'avait eu qu'une exigence : « l'ancien puits », sur lequel on édifierait le couvent, ne devrait jamais être comblé. Les ecclésiastiques avaient tenu promesse.

Avec son vieil ami, Laurent avait enfin pu se réjouir de sa fascinante découverte.

— Quand vous m'avez vu dans votre passé, vous souvenez-vous en quelle année c'était ?

Le vieillard avait fermé les yeux pour se concentrer.

— C'était après Pâques, en mai, je crois. En... 19...

Laurent avait vu les paupières de l'homme se crisper un moment, puis s'ouvrir d'un coup sec.

— Ça y est, je l'ai ! C'était l'année d'la Première Guerre.

— Le même mois et la même date qu'aujourd'hui, avait complété Laurent.

Jo Larivière avait gratté son crâne dégarni.

— C'est drôle, j'm'en suis souvenu tout d'un coup, à matin. C'est arrivé, paf! comme ça, pendant que je mangeais ma soupane. C'est quand même bizarre…

Laurent avait hoché la tête d'un air songeur.

— À bien y penser, ce matin, vous vous êtes rappelé de moi au moment même où je vous ai croisé dans votre passé, c'est comme si ce souvenir s'était ajouté instantanément à votre mémoire.

Jo avait plissé le front comme si ce geste l'aidait à mieux saisir l'explication de Laurent.

— En tous cas, mon p'tit gars, à cause de toé, j'ai ben cru que je dev'nais fou. J'avais beau me creuser la tête, j'me souv'nais pas pantoute avoir connu un dénommé Lafontaine. J'te jure que si mon beau-frère Jean-Louis n'avait pas déjà levé les pattes, je lui aurais téléphoné. Ça m'a trotté dans la tête toute la journée. Pis cette nuit, quelque chose me disait que t'allais venir icitte…

Il avait esquissé un sourire malicieux en touchant son front de son doigt noueux :

— Faut croire que l'bonhomme Larivière en a encore dans le ciboulot!

— J'y retourne cette nuit!

— Wô, le jeune! Pars pas en peur. Tu pourrais tout chambarder.

— Voyager dans le passé, Jo, vous ne pouvez tout de même pas me demander de renoncer à ça!

Malgré ses réticences, le vieil homme sentait la fébrilité de son jeune ami le gagner. Ah! S'il avait eu 20 ans de moins…

— Allez, Jo, tout ce que je vous demande, c'est de m'aider à me rapprocher du jeune Jo et de Charles Duminisle. Je vous promets d'être prudent, insista Laurent.

— Prudent, prudent… Et ton père dans tout ça? Tu oublies que j'étais son voisin d'en face.

— Comment voulez-vous qu'il sache qui je suis? Allez, donnez-moi un p'tit coup de pouce…

Jo avait soupiré : «Ouais… comme j'le connais, que je dise oui ou non, il fera à sa tête…»

Laurent n'était pas retourné dans le passé, cette nuit-là. Avec la complicité de son vieil ami, il élabora une stratégie pour renforcer ses liens avec le Jo du passé, grâce à qui il put dénicher de petits boulots sans trop attirer l'attention. Tout en poursuivant ses activités illicites au présent, Laurent fit plusieurs allers-retours dans le passé durant les deux années suivantes, profitant de l'opportunité pour prendre le pouls de la vie montréalaise du début du siècle, sans se douter que l'assassinat d'un homme ferait bientôt du passé son refuge…

—

— Hééé, le pirate! Youhou, Laurent! Coudon, t'es-tu sourd?

Éjecté de sa rêverie, Laurent baissa la tête vers la voix. Le gros Albert, affublé d'un costume de clown grotesque, l'appelait du kiosque au pied de l'escalier. Avec des gestes démesurés, celui-ci hurlait des paroles emportées par le vent. Voyant que son interlocuteur ne réagissait pas, il se résigna à monter.

Rendu au bout des marches et de son souffle, Albert reposa sa question :

— C'est... bien La...fontaine, ton nom ?

Le corsaire leva un sourcil interrogateur : à part ses patrons, personne ne connaissait son nom de famille.

— P't'être ben...

— Ben, si c'est toé, y a du monde qui te cherche dans l'parc.

Le sang de Laurent ne fit qu'un tour :

— Des gars de l'armée ?

Le bouffon esquissa un sourire qui en disait long.

— Plus dangereux que ça : une femme.

« Hein ? Quelle femme ? Marie-Claire, ici ? »

— Une maudite belle créature, à part de ça, ajouta Albert en traçant de ses deux mains des courbes harmonieuses. Un tout p'tit peu grassouillette, en plein comme j'les aime.

Laurent souleva son tricorne pour replacer impatiemment une mèche qui lui obstruait la vue.

— Ah, bon. Et cette fille, elle se promène comme ça, toute seule ?

— Ben non, justement. Y a un homme avec elle. Un homme plus vieux, assez en tous cas pour être son père.

Laurent fronça les sourcils. « C'est quoi, cette histoire-là ? »

Le balourd s'approcha de lui, un air lubrique scintillant dans le regard.

— Coudon, mon cochon, t'aurais pas manqué de respect à une demoiselle, par hasard ?

« Gros cave ! », murmura Laurent entre ses dents.

— Arrête de niaiser, pis dis-moi où ils sont !

— Quelque part, autour du bassin. Passe-moi ta longue-vue, j'vas te les trouver.

Après quelques instants, Albert désigna un banc public.

— Ils sont là ! Regarde, dit-il en tendant la lunette.

Appuyant la lentille sur son œil, Laurent aperçut le couple qui conversait en jetant des coups d'œil aux passants. Laurent pointa sa longue-vue vers l'homme au canotier. Le type, aussi costaud que lui, semblait assez grand : « Jamais vu ce gars-là. »

Laurent concentra son attention sur sa compagne. Il est vrai qu'elle semblait nettement plus jeune que son compagnon, un peu ronde et... Soudain, ses doigts se crispèrent sur la lunette. Sans quitter la jeune fille de l'œil, il ajusta l'objectif de son instrument. Aussitôt, son bras retomba mollement, et ses jambes fléchirent.

— Ah ! Ah ! Ça te dit quelque chose, hein ? lança Albert qui l'observait attentivement.

La longue-vue, échappée de la main de Laurent, avait roulé contre le mur du mirador. Il la ramassa et la pointa de nouveau vers le banc public : le couple avait disparu !

Fébrile, il scruta les environs.

— Voyons donc, on ne peut pas disparaître comme ça !

— Ils sont là ! lança Albert, les yeux plissés. Regarde à l'entrée du scénique.

La lentille se déplaça vers les montagnes russes. « Les revoilà ! »

Vivement, Laurent glissa son instrument à sa ceinture et s'élança dans l'escalier bondé, bousculant les gens montant en sens contraire. Albert lui emboîta le pas avec peine. Il rigolait :

— Hé, vieux, si t'étais si pressé, pourquoi t'as pas pris une chaloupe ?

Mais la voix railleuse se perdit au milieu d'un tollé s'élevant de l'escalier en bois.

Chapitre 5

Janine avait passé son bras sous celui de Stéphane. Totalement indifférents à l'effervescence de la foule, ils déambulaient sur le trottoir en bois bordant l'entrée des montagnes russes.

— Allez, il ne faut pas se décourager. On finira bien par le trouver.

— J'ai l'impression de chercher une aiguille dans une botte de foin, soupira Janine. Et puis, pour compliquer les affaires, les employés sont maquillés jusqu'aux oreilles.

— C'est vrai qu'on n'est pas chanceux de ce côté-là. Je pense que s'informer au sujet d'un certain Laurent ou même Laurent Lafontaine n'est pas suffisant. Nos prochaines questions devront être plus précises. Marie-Claire nous a simplement dit qu'il travaillait ici, mais que fait-il ? Tu as une idée, toi ?

— Sans doute la même chose qu'au parc Belmont : l'entretien des manèges.

Optimiste, Stéphane sourit.

— Parfait ! Nous cherchons Laurent, le type qui s'occupe des manèges. En même temps, on pourrait trouver moyen de manger un peu. T'as pas faim, toi?

Un son familier attira leur attention. Devant eux, s'amenait le train miniature du parc Dominion avec son tchou tchou convivial. Il s'arrêta à leur hauteur et les passagers descendirent pêle-mêle, pressés de découvrir de nouvelles attractions. Au même moment, quelqu'un tapa sur l'épaule de Stéphane.

— C'est moi que vous cherchez?

Janine sentit son cœur s'arrêter. «Enfin!»

Stéphane se retourna: un homme, un bandeau sur un œil, vêtu d'un justaucorps écarlate et coiffé d'un tricorne le salua d'un geste de la tête avant de fixer intensément le dos de sa compagne.

— Janie…

Immobile comme une statue de sel, la jeune fille sentit la chaleur d'une grande main sur son épaule.

— C'est moi, Janie. Ça y est, tu m'as trouvé… Allons, regarde-moi, ajouta-t-il en la faisant doucement pivoter vers lui.

En apercevant le corsaire, Janine écarquilla des yeux qui s'embuèrent d'un seul coup. Elle se blottit contre son frère. Son beau chapeau glissa et tomba au sol. Elle sanglotait sans retenue.

La gorge nouée par l'émotion, Laurent serra sa petite sœur contre lui alors que son regard perçant interrogeait l'inconnu qui l'accompagnait.

— Marie-Claire Duminisle nous a dit qu'on vous trouverait ici, l'informa Stéphane.

Le pirate secoua la tête.

— Mais, bon Dieu, qu'est-ce que vous faites ici ?

Janine se détacha de son frère en s'essuyant les yeux du revers de la main.

— J'étais à… à l'hospice, le feu a pris et j'ai dû me sauver par le passage souterrain.

— Le feu à l'hospice ? Comment ça ?

— C'est arrivé en pleine nuit, enchaîna Stéphane, le feu a pris dans la cuisine. Le rez-de-chaussée et tout le sous-sol y sont passés.

« En pleine nuit ? Qu'est-ce qu'elle faisait à l'hospice à cette heure-là ? » Décidément, Laurent comprenait de moins en moins.

— Suivez-moi, je connais un endroit tranquille, on pourra discuter en paix.

Il les conduisit aux limites sud du parc et les fit sortir par une porte grillagée ouvrant sur une falaise surplombant le fleuve : un espace réservé aux employés où quelques tables et une demi-douzaine de chaises droites étaient plantées dans la terre moelleuse hérissée d'herbes folles. Retirant son tricorne, il remonta son cache-œil en clignant de la paupière puis invita Janine et Stéphane à s'asseoir au bord de l'escarpement.

Une brise légère soulevait sa longue chevelure, alors qu'il considérait longuement sa sœur.

— C'est vraiment incroyable que tu sois là, souffla-t-il en l'attirant contre lui pour l'embrasser sur la joue. Mais veux-tu ben me dire par où t'es passée ?

Sans attendre la réponse à sa question, il relâcha son étreinte pour jeter un regard bienveillant à Stéphane, le détaillant de la tête aux pieds.

— D'abord, toi l'ami qui porte si bien mon habit du dimanche, puis-je connaître ton identité ?

Stéphane lui tendit la main :

— Stéphane Gadbois. Un ami de Janine.

Dès ce premier contact, Laurent sentit une onde chaleureuse passer entre eux.

— Janie, parle-moi un peu de ton ami, veux-tu ? demanda-t-il sans quitter Stéphane des yeux.

La jeune fille afficha un tendre sourire à l'adresse de Stéphane avant de raconter à son frère sa dispute avec son père, son séjour à l'hospice et sa fuite de l'incendie par le mauvais couloir. Laurent hocha la tête. Il avait déjà emprunté ce passage parallèle, mais puisqu'il débouchait dans le sous-sol de la maison familiale, il s'en était désintéressé.

— Quand j'ai voulu sortir de la cave, continua Janine, je me suis rappelée le cadenas. J'ai frappé et crié pour avertir le père. Finalement on m'a ouvert, mais arrivée dans la cuisine, je ne reconnaissais plus rien et... à la place de papa, il y avait Stéphane.

Elle s'interrompit pour dissiper le relent de panique qui l'avait de nouveau gagnée.

Laurent avait d'abord levé un sourcil étonné, puis un sourire entrouvrit ses lèvres charnues.

— Comme ça, Stéphane, tu appartiens au futur...

Stéphane hocha la tête et Janine écarquilla les yeux.

— Comment le sais-tu ?

Laurent leva une main :

— Attends, Janie, j'en sais encore plus. Tu dis que le feu a pris à l'hospice, il y a deux jours, à ton époque. Si j'additionne 41 ans à 1918, l'année où nous sommes présentement, ce devait être dans la nuit du 13 au 14 septembre 1959. C'est bien ça ?

Janine et Stéphane acquiescèrent en même temps.

— D'accord. Maintenant, si j'additionne 41 ans à 1959, ça nous donne 2000… Stéphane, tu arrives de l'an 2000, pas vrai ?

Stupéfaits, Janine et Stéphane hochèrent tous les deux la tête.

Ravi de pouvoir partager ses expériences des dernières années, Laurent leur conta son premier voyage temporel et sa rencontre avec le jeune Jo.

— Vous vous rendez compte ? En plus du réseau souterrain, il existe des passages reliant deux époques jour pour jour, mais avec 41 ans de décalage.

— Ou 82 ans, le multiple de 41, enchaîna Stéphane. Ce matin, nous avons découvert un passage au fond du puits de la maison de ton père et c'est en le suivant que nous avons abouti dans la cave à vin des Duminisle.

Le regard de Laurent s'illumina.

— Charles m'avait indiqué ce souterrain. J'ai été tellement surpris d'aboutir dans la cave de notre maison ! Puis, je me suis rendu compte que les boîtes de livres de maman, ses conserves et les outils de papa avaient disparu. J'ai monté l'escalier pour pousser la trappe, mais elle ne bougeait plus : elle semblait clouée au sol. Pourtant, même cadenassée, avant, elle se soulevait un peu quand je lui donnais un coup d'épaule.

Stéphane se pencha vers Laurent :

— C'est à cause de la tuile.

Le frère de Janine leva vivement les yeux vers lui.

— Quelle tuile ?

— Le plancher a été recouvert : la trappe est condamnée depuis des années.

— Ah, bon ? Depuis combien de temps ?

Stéphane resta muet. L'occasion de divulguer son escapade avec Patrice se présentait une seconde fois, mais il préféra hausser les épaules.

Avide de réponses, Laurent dévisagea sa sœur qui ne put rien lui apprendre non plus.

— Bah, tant pis ! fit-il, amusé d'apprendre que les trésors de la confrérie, péniblement hissés dans la cave de son père, des mois plus tôt, avaient traversé huit décennies vers le futur.

— Vous avez vu les caisses dans la cave ?

Au rappel des boîtes en bois, Janine se reprocha de nouveau d'avoir douté de l'honnêteté de son frère.

— Oui, nous les avons ouvertes, avoua Stéphane, un peu mal à l'aise. Nous cherchions à comprendre...

Il s'arrêta brusquement en songeant à un détail qu'il pourrait enfin élucider :

— Dis-moi, Laurent, pourquoi avoir peint des têtes de mort sur les couvercles ?

Le corsaire éclata de rire :

— Bah ! C'était juste pour éloigner les écornifleux. Faut croire que ça ne valait pas grand-chose… ajouta-t-il avec un clin d'œil.

Mais Stéphane était perplexe : si Laurent voulait tromper les voleurs, pourquoi avoir dessiné le symbole des Compagnons sur les caisses ? Il lui posa la question.

— C'était pour Marie-Claire, au cas où il m'arriverait quelque chose. Ouais… C'est sûr que j'aurais pu trouver une façon plus discrète de les identifier.

— Le père aurait pu les trouver.

Le visage de Laurent se rembrunit :

— Voyons donc, Janine ! rétorqua-t-il avec un geste tranchant de la main. Tu sais bien que le père évite comme la peste cette partie de la cave : tous ses souvenirs y sont entassés.

Il adoucit le ton :

— Le bonhomme a beau faire son *tough*, il a le cœur plus sensible que tu penses. Si tu l'avais vu…

— Mais je l'ai vu ! Et c'est pas comme si je l'avais souhaité, crois-moi !

Laurent fronça les sourcils. Discrètement, Janine glissa une main dans celle de Stéphane qui prit le relais :

— Marie-Claire Duminisle nous a envoyés chez Jo Larivière, qui devait nous conduire jusqu'ici. Malheureusement, il était absent…

Stéphane lui fit part de la faiblesse de Janine devant la maison paternelle, du chaleureux accueil d'Élise et d'Ernest et conclut son récit avec leur balade en tramway.

Personne n'ajouta quoi que ce soit. Un silence ponctué de cris de goélands se prolongea. Songeur, Laurent glissa un regard attendri à sa sœur qui affichait l'air renfrogné qu'il connaissait bien. «Oui, bien sûr, elle ne peut pas comprendre, elle est trop montée contre le père...» Il y avait tant à dire encore.

Janine soupira douloureusement. Les paroles de Laurent tourbillonnaient dans sa tête. «Comme ça, le père a le cœur sensible. Eh ben!»

D'où venait cette soudaine compassion? Laurent n'avait jamais été tendre pour leur père, au contraire. Frondeur, il était le seul à lui tenir tête. L'écho des incessantes querelles père-fils peuplait encore les souvenirs de Janine.

— Et Marie-Claire? Comment a-t-elle réagi en vous voyant?

Délaissant ses pensées amères, Janine relata leur expédition souterraine du matin et leur rencontre avec la fille Duminisle.

Stéphane se contentait d'acquiescer par hochements de tête. Il observait la sœur et le frère à la recherche de traits similaires, mais seules quelques mimiques leur conféraient un air de famille. Avec ses gracieuses rondeurs et ses yeux noisette, Janine devait tenir davantage des Lafontaine que des Provencher. À l'inverse, tout comme Patrice, Laurent avait les yeux bleus d'Ernest et la même forme de visage. Mais la ressemblance s'arrêtait là. Alors que Patrice avait hérité à la fois de la myopie et de la charpente grêle de Pierre Bilodeau, Laurent avait tout d'Ernest : sa largeur d'épaules, sa puissante musculature et son regard perçant allié à un charme dévastateur.

« Vraiment, ce type a été fabriqué avec des retailles de héros, se dit Stéphane avec une pointe de convoitise. J'ai rarement vu autant de charisme chez un gars. Pas besoin d'un t-shirt de Superman, j'te jure. Lui, il a juste à apparaître et pouf ! On est certain que tout va s'arranger. »

Malgré cette petite démangeaison envieuse, il était persuadé que Laurent saurait ramener Janine à son époque et cette réalité le chavirait…

Pour calmer son émoi, il tira sur la chaîne de sa montre de poche : 15 h 50. Son estomac réagit en gargouillant. Il se leva en époussetant son pantalon.

— J'ai une faim de loup ! Il doit bien y avoir un resto ici ?

— Un resto ? Si tu parles d'un snack-bar, tu le trouveras tout à côté du kiosque à musique.

— D'accord, je vous ramène un petit festin.

Laurent lui indiqua un sentier sur la gauche, puis revint auprès de sa sœur qui lui lança un coup d'œil narquois.

— Hum, je dois dire que tu es plutôt mignon, habillé comme ça. Si je n'étais pas ta sœur, je crois bien que je te chanterais la pomme.

Avec son physique avantageux, Laurent avait toujours plu aux femmes. Cependant, même s'il ne s'était pas fait prier pour profiter de leurs charmes, jamais il n'en avait ramené une à la maison.

Pourtant, à bien y penser, Janine réalisait que Laurent avait passé beaucoup de temps au château au cours des dernières années, avant sa disparition.

— Tu sais, Laurent, la jeune Marie-Claire… Il m'a bien semblé qu'elle te… enfin que tu ne la laissais pas indifférente. Je me demandais si de ton côté…

— Toujours aussi fouineuse, toi ! s'exclama-t-il pour masquer son embarras.

Devait-il tout dire ? Même s'il était proche de sa sœur, Laurent avait toujours été discret au sujet de ses conquêtes. Épris de liberté, il se voulait sans attache. Seule Marie-Claire comptait pour lui.

— J'ai des sentiments pour elle, admit-il. Et si tu veux tout savoir, j'étais déjà très attaché à elle avant de quitter mon époque.

— Ben voyons, elle est bien trop vieille pour toi, s'étonna Janine. Vous deviez bien avoir au moins 25 ans de différence !

— Qu'est-ce que ça peut ben faire ? Nous ne faisons de mal à personne. Au contraire, nous partageons le même besoin d'aider les gens.

— Oui, d'accord, mais tu connais le monde. On pourrait penser…

— … que je l'aime juste pour son argent ?

En voyant sa sœur acquiescer, Laurent s'enflamma :

— Ben oui, j'comprends! Surtout moi, Laurent Provencher, un assassin, un maudit voleur! La honte du quartier!

Soudain, à la pensée que sa situation judiciaire aurait pu évoluer depuis les derniers mois, il se calma pour questionner sa sœur, qui répondit:

— Ben non, rien de nouveau. Tu dois bien te douter que ta disparition n'a pas arrangé les choses…

Le visage de Laurent s'empourpra:

— Que voulais-tu que je fasse! Si j'étais resté, on m'aurait déjà pendu! Je n'avais aucune chance, tu le sais bien. J'ai fait ce qu'il fallait et je ne regrette rien.

Silencieuse, la jeune fille eut une pensée pour la Marie-Claire de son époque: elle aussi devait souffrir de la disparition de Laurent.

— La Marie-Claire de 1959 doit bien se demander où t'es rendu.

— Mais elle le sait, voyons…

Janine sentit une bouffée de colère la gagner:

— Quoi? Tu lui as donné de tes nouvelles? Pourquoi elle et pas nous?

Loin de l'impressionner, la fureur de sa sœur fit rire le pirate:

— Du calme, tigresse! lança-t-il, les deux mains placées devant lui comme bouclier.

En entendant le sobriquet dont il l'avait toujours affublée pour la taquiner, Janine réprima un sourire. Laurent prit les mains de sa sœur:

— Où penses-tu que j'étais les premiers jours où la police me courait après ?

Son regard était intense, sa voix prenante. Une lueur de compréhension illumina le regard de la jeune fille.

— Voilà. En plus, depuis que je vis dans le passé, Marie-Claire a des réminiscences, elle se souvient de moi.

Déroutée, Janine secoua la tête :

— Hein ? C'est quoi cette histoire-là ? Je ne comprends rien.

— Allons, calme-toi et prends le temps d'y penser. J'ai remonté le temps. Désormais, j'appartiens au passé de Marie-Claire et de Jo Larivière. Maintenant, tous les deux possèdent une double mémoire : celle qu'ils ont toujours eue et l'autre chargée de nouveaux souvenirs émergeant chaque fois que j'interviens dans leur vie.

Janine réfléchit. C'était si difficile de raisonner à l'envers du bon sens…

— Attends… Si tout ça est vrai, ça veut aussi dire que le père sait où je suis puisqu'il m'a vue…

— Logiquement, oui, mais en fait, non. Même s'il a ce genre de flash, le père ne pourra vraiment comprendre ce qui se passe tant qu'il ignorera que nous avons reculé dans le temps.

Satisfait que ses explications aient ramené sa sœur à de meilleurs sentiments, Laurent voulut conclure au sujet de la jeune Duminisle.

—Je veux que tu saches qu'il ne s'est absolument rien passé entre Marie-Claire et moi... Je veux dire à l'époque où nous sommes.

— Parce qu'elle doit rentrer chez les sœurs?

— Elle n'a pas changé d'idée, j'espère? répliqua vivement Laurent, une lueur d'affolement dans ses yeux.

— Non, mais elle se pose beaucoup de questions...

Janine lui fit part des conclusions tirées par Stéphane au sujet du maintien de l'entrée prochaine de la jeune châtelaine chez les carmélites.

— Ton ami a vu juste. L'épidémie fait déjà rage en Europe. Nous serons touchés d'ici quelques semaines, avec le retour d'une partie des troupes armées. C'est l'une des raisons pour lesquelles je vais rentrer à mon époque pour un certain temps. J'irai demeurer chez Marie-Claire et personne, à part toi, maman et Jo, ne saura où je suis. Maman me manque tellement. Comment va-t-elle?

Le regard de Janine se noya dans une profonde désolation.

— Maman est morte, Laurent.

Sans un mot, sans le moindre geste, Laurent continua à la fixer intensément comme s'il s'attendait à une rétractation. Janine baissa les yeux.

— Elle a fait une grave rechute, il y a deux ans: ses pertes d'équilibre étaient de plus en plus fréquentes jusqu'à ce qu'elle soit complètement paralysée d'une jambe. Les religieuses m'ont offert de la prendre à l'hospice, mais j'ai préféré arrêter de travailler pour m'en occuper. Tante Thérèse a eu une permission spéciale pour venir m'aider. À nous deux, on a essayé de lui rendre la fin moins difficile. Dans les dernières semaines, elle ne voyait plus que d'un œil et elle ne quittait plus son lit.

Laurent serra les poings et ses yeux se remplirent de larmes. Il se leva brusquement et fit quelques pas.

— C'est arrivé quand ?

— Ça fait une semaine aujourd'hui.

Laurent se mordit les lèvres. Ne plus revoir sa mère était trop cher payé pour ses années d'aventure. Il aurait dû donner signe de vie...

Il respira un grand coup.

— Le père, comment a-t-il pris ça ?

Janine soupira en haussant les épaules.

— Avec lui, on ne peut jamais savoir.

— Oui, c'est vrai... Et toi là-dedans ?

La jeune fille garda longuement le silence. Comment décrire la tempête d'émotions qui déferlaient en elle depuis quelques jours ?

— Laurent, la maison sans maman... je suis plus capable... Vivre toute seule avec le père, c'est au-dessus de mes forces.

— Comment ça, toute seule ? Et Gaston ? Y est pas là, Gaston ?

— Quelques mois avant la rechute de maman, il a rencontré une fille, une Américaine. Il s'est marié très vite. Il vit aux États, maintenant. Lorsqu'il est venu aux funérailles de maman, c'est la première fois qu'il revenait à Montréal.

Laurent rageait en songeant que sa sœur avait vécu tous ces mois difficiles sans son appui ni celui de Gaston. Mais comment en vouloir à son jeune frère, alors que lui-même s'était volatilisé en laissant la pagaille derrière lui ? Il s'approcha de Janine pour l'enlacer.

— Je suis tellement désolé, Janie…

Accablé de honte, Laurent réalisait qu'en se réfugiant dans le passé, il avait occulté autant sa véritable vie que ses responsabilités envers ses proches. Sans parler de la cruelle humiliation que ses actes criminels avaient dû leur infliger.

— J'ai tellement dû leur faire de la peine… Le meurtre de Daveluy… penses-tu que maman m'en croyait coupable ?

Janine s'écarta de son frère :

— Ben non, voyons. Elle n'a jamais douté de toi. Tu la connaissais, elle avait un don pour trouver des excuses et tout pardonner.

Aussitôt prononcées, ces paroles firent surgir une interrogation :

— Maman t'a-t-elle déjà parlé d'Élise ? De la ressemblance ?

La pointe de hargne dans la voix de Janine attrista Laurent.

— Jamais. Mais je me doute bien que papa a épousé maman à cause de ça. Par contre, je suis incapable de lui en vouloir.

Janine ouvrit la bouche pour répliquer, mais Laurent haussa légèrement le ton :

— Oui, je sais ce que tu vas me dire, Janie, mais moi ça fait quatre ans que je l'observe de loin. Je l'ai vu construire sa maison, blaguer avec ses voisins, donner de son temps pour bâtir la chapelle. Je l'ai vu sortir rayonnant de cette même chapelle, Élise à son bras, le jour de leur mariage. J'ai connu ses enfants… Je sais à quel point il y tient et surtout, je sais ce qui l'attend…

La jeune fille avait détourné les yeux comme si elle craignait d'être contaminée par les bons sentiments de son frère.

— Jo m'a tout raconté, enchaîna Laurent. Notre père… C'est épouvantable ce qu'il a vécu et je comprends pourquoi ça l'a détruit. Mets-toi un peu à sa place : tu pars un beau matin après avoir embrassé ton mari et tes deux enfants et tu reviens trois semaines plus tard pour te retrouver dans une maison vide. Vide, Janine ! Le père n'a même pas pu les revoir avant qu'on les enterre.

Janine releva la tête, les yeux interrogateurs.

— Trois semaines plus tard ? J'ai jamais su ça. Où était-il ?

— En Alberta. Le CPR l'avait envoyé, lui et une vingtaine d'ouvriers, mettre sur pied un atelier de menuiserie. Il devait y rester quelques semaines, le coup d'argent en valait la peine. Seulement, une quinzaine de jours après son départ, les premiers signes de la grippe espagnole sont apparus dans le quartier. Le docteur Létourneau, le père d'Élise, s'est dévoué corps et âme au chevet des malades. Malheureusement, il a attrapé la maladie et a contaminé son entourage. Élise n'a jamais pu pleurer son père, parce qu'elle est partie le même jour sans que personne le sache.

— Personne ? Voyons donc ! s'étonna Janine.

— C'est que pour enrayer l'épidémie, le Bureau d'hygiène provincial avait recommandé à la population de s'enfermer chez eux. Les gens étaient terrorisés et c'était chacun pour soi.

Janine sentit son cœur chavirer :

— Tu veux dire que personne n'a pris soin des enfants...

— Ils sont sans doute restés tout seuls avec le cadavre de leur mère avant de mourir à leur tour.

Laurent s'était tu en voyant les larmes briller dans les yeux de sa sœur. Le souffle coupé, la jeune fille revoyait la petite Agnès suçotant son pouce dans les bras de sa mère et Eddy, le fanfaron... le petit torrieu qui avait le don de faire rire son père. Instinctivement, sa main vint caresser son ventre comme si elle voulait rassurer le petit qu'elle portait.

Pendant les secondes qui suivirent, on n'entendit plus que les cris des goélands se disputant un reste de poisson au bas de la falaise.

— Qu'est-ce qui s'est passé ensuite ? murmura Janine en posant la main sur le bras de son aîné.

— C'est le curé qui s'est arrangé pour qu'on prévienne le père. Quand il est rentré à Montréal, toute sa famille était déjà en terre, car pour éviter la contagion, on enterrait rapidement les morts.

« Papa était sous le choc. Des voisins ont voulu l'empêcher de retourner chez lui, mais il n'y avait rien à faire. On aurait dit qu'il faisait tout pour attraper la grippe à son tour afin d'aller rejoindre les siens.

« Deux jours plus tard, Jo a vu de la fumée sortir de la maison : papa avait mis le feu après avoir détruit ses meubles à coups de hache. Jo s'est précipité pour éteindre l'incendie. Et ça, le père ne lui a jamais pardonné.

« La maison est restée vide pendant sept ans. Après son hospitalisation, le père est retourné travailler dans l'Ouest. Quand l'épidémie a été enrayée, Jo et quelques voisins ont désinfecté la maison et rafistolé les meubles les moins abîmés. Le reste, les lits des enfants, la vanité d'Élise et la chaise berçante ont été rangés au fond de la cave. Même s'ils étaient très endommagés, Jo ne voulait pas les jeter parce qu'il se disait qu'avec le temps, Ernest irait mieux et qu'il déciderait peut-être de faire quelque chose avec. »

Larivière avait aussi appris à Laurent qu'en 1926, le CPR avait réaffecté Ernest aux Shops Angus pour quelques mois. C'était à cette époque qu'il avait croisé Juliette. Cette rencontre lui avait rendu son sourire. Il s'était remarié après quelques mois de fréquentation et s'était réinstallé dans sa maison.

Janine ne comprenait pas pourquoi son père avait justement choisi de retourner dans la maison lui rappelant tant de douloureux souvenirs. Laurent le savait-il ?

— Jo supposait que c'était justement à cause de ça. Après s'être éloigné de tout ce qui lui rappelait Élise et les enfants, avec Juliette, notre père se croyait désormais assez solide pour rentrer chez lui et reprendre sa vie d'avant. Il a eu raison, du moins les premières années… Je suis venu au monde un an après le mariage et Émile, deux ans plus tard.

— Le petit ange de maman, murmura Janine. Jamais elle ne s'est remise de sa mort…

— Moi non plus, Janine. Après tout a changé…

— Oui, je sais.

Combien de fois Juliette lui avait-elle raconté ce malheur pour excuser le comportement de son père…

— Quel âge avais-tu lorsqu'il est mort ?

— Sept ans, mais je m'en souviens comme si c'était hier.

Un joyeux sifflotement mit fin à la conversation.

— Me revoilà ! lança Stéphane, les bras chargés de victuailles qu'il déposa sur une table bancale. Regarde ce que j'ai, Janine, dit-il en agitant trois boîtes rectangulaires illustrées de popcorn couleur caramel. Des Cracker Jack ! Je ne savais pas que ça datait de si loin que ça !

La bonne humeur de Stéphane ramena un pâle sourire sur les lèvres de Janine.

Stéphane dévisagea le frère et la sœur à tour de rôle.

— Qu'est-ce que vous avez tous les deux ? Vous vous êtes disputés ?

— Non, on était juste en train de se rappeler de très mauvais souvenirs, répondit Janine

— Ah...

Stéphane tira une chaise et invita la jeune fille à s'asseoir. En plus des Cracker Jack, il avait rapporté trois casseaux de frites, six sandwichs enveloppés dans du papier brun, des petits gâteaux saupoudrés de noix de coco et trois limonades, le tout entassé dans une boîte de carton blanc.

— C'est fou tout ce qu'on peut se payer avec une piastre ! s'exclama-t-il gaiement pour alléger la lourdeur de l'atmosphère. J'adore cette époque !

«Une vraie bouffée d'air frais !» Laurent, un sourire en coin, observait ce chic type tout en courbettes devant sa sœur.

Après avoir récupéré son tricorne pour s'en coiffer, il s'attabla à son tour en s'emparant du sandwich que lui tendait Stéphane.

— Maintenant, Janie, voyons voir comment on va s'organiser pour te renvoyer en 1959.

— On va devoir retourner au château ? s'informa Janine.

— Pas besoin, répondit-il en mordant dans son pain.

Il mastiqua sa bouchée, en prenant tout son temps, certain de faire enrager sa sœur.

— Alors ?

Laurent avala lentement le morceau et prit une gorgée de limonade.

— Avant, j'ai besoin de savoir exactement ce qui aurait dû se passer si tu avais emprunté le bon passage. As-tu une idée de l'heure qu'il était quand tu as quitté l'hospice ?

— Il devait passer minuit, je crois…

— En lisant *La Presse* sur Internet, j'ai appris quelques détails, mentionna Stéphane.

Laurent fronça les sourcils :

— Internet ?

Impatiente, Janine devança les explications avec un geste du revers de la main :

— Ah, c'est juste une invention du futur, une sorte d'encyclopédie qu'on peut voir dans une télévision. On n'a pas le temps de s'occuper de ce détail.

« Tu parles d'un détail ! », ricana intérieurement Stéphane avant de poursuivre :

— Le feu a débuté vers minuit et demi dans la nuit du 13 au 14 septembre. D'après le journal, Janine aurait emprunté le passage entre l'hospice et la maison…

Laurent sursauta :

— Minute ! Minute ! Comment ça se fait qu'on parle du passage dans le journal ?

— C'est Gaston, soupira Janine, il est allé bavasser à un journaliste.

— Co… comment a-t-il su ? Janine, ne me dis pas qu'il était au courant ! On s'était pourtant promis de…

— Je te jure que je lui ai rien dit ! Il a dû l'apprendre autrement.

— J'aimerais bien savoir comment...

« Gaston les espionnait. Il s'en était même vanté à Patrice », songea Stéphane, bien décidé à garder cette information pour lui au risque de compliquer les choses.

Il enchaîna :

— Donc, Janine se serait retrouvée dans la cave de 1959, mais comme la trappe était barrée, elle n'a pas pu sortir et votre père ne l'a pas entendue crier, parce qu'il était sur les lieux de l'incendie. Finalement, il a retrouvé Janine, le 17 septembre, au milieu de la nuit.

— Trois jours plus tard ! Voyons donc, ça n'a pas de bon sens ! Il était où, le père, pendant tout ce temps ?

Janine et Stéphane se dévisagèrent. Ni l'un ni l'autre ne s'était encore posé la question et le journal n'avait donné aucune explication à ce sujet.

— Bon, tant pis, on finira bien par le savoir un jour...

Avant de poursuivre, il avala une longue lampée de limonade. Ce qu'il avait à leur apprendre valait bien qu'il s'éclaircisse un peu la gorge.

— En juillet, j'ai trouvé un nouveau passage temporel dans le Vieux-Montréal. Il vous ramènera en 2000.

— Hein ! Comment t'as fait ?

— C'est une longue histoire, Stéphane, je te raconterai plus tard.

Janine était loin d'être impressionnée :

— C'est bien beau ça, Laurent, mais c'est en 1959 que je dois…

Feignant un air supérieur, Laurent leva la main pour la faire taire.

— Tout à l'heure, je vous conduirai à ce passage. Vous retournerez en 2000. Et Janine, demain dans la nuit, je viendrai te chercher pour te ramener exactement à l'endroit où tu aurais dû te trouver si t'avais pris le bon couloir.

— Tu ne viens pas avec nous ? s'étonna Janine.

— Il me reste une ou deux choses à faire ici, dont un saut au château pour m'assurer que Marie-Claire fera ce que je lui ai demandé. J'ai trop peur qu'elle change d'idée.

Stéphane était rassuré de savoir que Laurent rendrait visite à la jeune châtelaine.

— Après l'avoir vue, tu passeras par le couloir du château pour venir chercher Janine ?

— Voilà ! répondit Laurent. Maintenant que je sais à quelle époque il débouche, je vais en profiter. Tu n'auras qu'à allumer la lampe dans le puits et laisser la trappe ouverte.

Il se leva et, du doigt, il pointa la chaîne de montre de Stéphane.

— Quelle heure est-il ?

La montre indiquait 16 h 20.

— Parfait ! Je trouve une voiture et nous filons d'ici une petite heure. En attendant, vous pourriez visiter le parc. Il est un peu vieillot, mais c'est quand même bien. Tiens, Janine, toi qui adores les montagnes russes du parc Belmont, tu devrais essayer celles-ci, dit-il en désignant d'un large geste le manège qui se dressait derrière la grille.

— Euh… non, vaut mieux pas.

Janine eut un moment d'hésitation : avouer sa grossesse risquait de faire sortir Laurent de ses gonds, mais puisqu'elle avait décidé que ce bébé allait venir au monde, autant assumer son choix sans attendre.

— Dans mon état, ce n'est pas une très bonne idée.

Le visage de son frère s'allongea :

— Ton état ? Qu'est-ce que… Ne me dis pas que tu es en famille ! Qui t'a fait ça ?

Le visage empourpré jusqu'à la racine des cheveux, Janine regrettait déjà sa franchise. Laurent jeta un rapide regard vers Stéphane, mais ce dernier resta muet.

Laurent sentit la moutarde lui monter au nez :

— Alors, vas-tu enfin me dire le nom de ce salaud ? rugit-il en serrant les poings.

— C'est Pierre ! rétorqua Janine. Et ne t'en fais pas pour l'honneur de la famille : nous allons nous marier !

— Pierre ? Quel Pierre ?

— Pierre Bilodeau, c't'affaire !

Laurent haussa les sourcils.

— Pierre Bilo… Quoi ? Le p'tit cul avec qui tu jouais dans la ruelle ? Celui qui avait une peur bleue de Gaston ? Ben voyons donc !

«Ben oui, le marxiste-léniniste», faillit laisser échapper Stéphane, dissimulant un sourire triomphant.

— Oui, pis après? fulmina Janine, piquée au vif.

— Voyons, Janie, tout le monde sait que ce gars-là...

— Écoute-moi bien, Laurent Provencher! coupa Janine. Je te défends de dire quoi que ce soit contre Pierre, tu m'entends? Qui était là pour me soutenir durant ces deux dernières années? Toi? Gaston? Pis arrête de jouer au père avec moi. J'en ai assez d'un!

— Bon, bon, d'accord. N'empêche que le père, justement, va te passer tout un savon lorsqu'il va apprendre que t'attends un p'tit.

— J'voudrais bien! Il est plutôt mal placé pour me reprocher quoi que ce soit!

Laurent souleva son tricorne pour replacer son cache-œil. Quand Janine sortait ses griffes, mieux valait ne pas attiser le feu.

— Bon, rendez-vous à l'entrée du parc dans une heure.

Après avoir franchi la grille, Janine et Stéphane suivirent des yeux le grand pirate le temps de quelques pas, puis ils s'éloignèrent en sens inverse.

— Dis-moi, dans les années 1970, quand tu m'as connue, est-ce que j'avais encore mon sale caractère? demanda Janine, mal à l'aise de s'être de nouveau emportée.

Stéphane glissa un œil vers sa compagne.

— Eh bien, disons que dans mon souvenir, je n'ai vu personne oser te marcher sur les pieds. Est-ce que ça répond à ta question ?

Une heure plus tard, Janine et Stéphane franchirent les limites du parc pour retrouver Laurent. Après avoir fait un rapide tour des lieux, ils étaient tombés sur un petit bal, coincé entre deux pavillons. Ravis, ils avaient dansé la valse au son d'un orgue de Barbarie. Quelle belle façon d'achever leur incursion en 1918 !

À l'entrée, une file s'étirait toujours devant le kiosque à tickets. De l'autre côté de la rue Notre-Dame, ils aperçurent Laurent en train de griller une cigarette, appuyé sur l'une des portières d'une voiture.

Chapitre 6

— Wow ! Une Ford T[1] ! s'exclama Stéphane.

Le couple traversa la rue Notre-Dame.

— On va loin, comme ça ? demanda Janine à son frère.

Laurent, qui avait troqué son costume de pirate pour une tenue plus appropriée, jeta son mégot et ouvrit la portière arrière :

— Rue Saint-Paul, dans le Vieux-Montréal. Les dames s'assoient à l'arrière. C'est plus chic.

— Ça doit brasser là-d'dans, maugréa-t-elle avec une petite grimace.

— Plus que la Chevrolet du père, mais beaucoup moins qu'un *buggy*.

Janine prit place sur la banquette en cuir noir qu'elle jugea un peu dure.

---

1. Produite à 14 619 255 exemplaires en 20 ans, la Ford T a été la première voiture fabriquée en grande série grâce à l'introduction du travail à la chaîne. Offrant une tenue de route exceptionnelle et très facile à conduire, le véhicule coûtait 825 dollars à son lancement, en 1908. Poussant à l'extrême les règles de la fabrication en série, Henry Ford ne cessa de baisser son prix tant et si bien qu'au lendemain de la Première Guerre mondiale, plus d'une voiture américaine neuve sur deux était une Ford T.

— C'est vraiment une Ford T ? Elle ne ressemble pas à celle qu'on a vue dans le film de Laurel et Hardy… Voyons, c'était quoi le titre déjà ?

— *Perfect Day*. C'est la décapotable, le modèle classique que tu as vu. Je préfère celle-ci, parce qu'elle est fermée et plus confortable.

Stéphane fit le tour de la voiture d'un œil admiratif, s'inclina pour examiner les roues de type bicyclette avec leurs rayons en bois et leurs jantes étroites enrobées d'un épais pneu.

— Le *boss* du parc me la prête pour quelques heures. C'est un coupé Passenger, ça roule partout, dans les champs, dans la neige, un vrai char d'assaut, affirma Laurent. Tu veux voir le moteur ?

Le capot s'ouvrait par le côté. Stéphane s'étonna de la simplicité du moteur composé d'une culasse amovible moulée d'une seule pièce.

— Elle est facile à conduire ?

— Un jeu d'enfant, quand on sait comment la faire démarrer et qu'on a saisi le fonctionnement du système de pédales, répondit Laurent en refermant le capot.

Il s'inclina devant la calandre et tourna fermement la manivelle. Le moteur démarra en pétaradant. Les deux hommes se glissèrent sur la banquette avant.

Après avoir fourni une brève explication sur la conduite de la célèbre voiture à Stéphane, Laurent quitta le bord de la chaussée et s'inséra dans la circulation.

La route risquait d'être longue au milieu de ce défilé hétéroclite de tramways électriques, voitures automobiles, carrioles et tombereaux. Laurent profita du voyage pour raconter ses péripéties depuis son départ de Rosemont, en avril dernier.

Traqué par l'armée, il avait accepté de travailler pour Adélard Magnan, un ami de Charles Duminisle. Richissime homme d'affaires, mécène et membre des Compagnons du Saint-Esprit, Magnan possédait plusieurs carrières à Montréal et détenait des actions dans Montreal Railway Tramway Power, propriétaire du parc Dominion.

Toutefois, malgré son imposante fortune, le financier ne pouvait pas tout s'offrir : confiné à un fauteuil roulant depuis une virulente attaque de poliomyélite dans son enfance, il sortait peu, menant toutes ses affaires de sa grande maison située au cœur du Vieux-Montréal.

— J'habite chez lui. On s'entend bien. Il adore l'histoire, c'est son seul loisir avec les ventes aux enchères grâce auxquelles il a constitué toute une collection d'écrits remontant à la Nouvelle-France.

— Ah, oui ? lança Stéphane, intéressé. Quel genre de documents ?

— Des lettres, des registres fonciers, des titres de propriété, beaucoup d'écrits tournant autour de la Société Notre-Dame…

— Les fondateurs de Ville-Marie ?

— C'est ça, répondit Laurent, regardant rapidement derrière lui avant de changer de voie. Tu t'y connais en histoire ?

— Un peu, oui : je l'enseigne.

— Hé ! Tu tombes à pic, toi ! s'exclama l'autre en jetant un bref coup d'œil à son passager. Aurais-tu déjà entendu parler de l'existence d'un réseau souterrain du temps de Maisonneuve ?

L'historien leva un sourcil perplexe :

— Tu parles de passages comme ceux de Rosemont ? s'informa-t-il.

— Oui, des souterrains reliés à des puits, creusés par les premiers habitants de Ville-Marie.

Derrière, Janine soupira en levant les yeux au ciel :

— Mais pour l'amour du ciel, pourquoi faire ?

— Ben, pour se sauver des Sauvages, c't'affaire ! lui répondit Laurent, légèrement agacé.

« Les Sauvages… Oups ! On n'en est pas encore à la langue de bois… », sourit intérieurement Stéphane, avant de revenir au vif du sujet :

— Désolé, mon vieux, c'est la première fois que j'entends parler de ça.

— Ah, fit l'autre, visiblement déçu. Mon patron y croit dur comme fer, pourtant.

— Ah, bon ? Sur quoi se base-t-il pour en être si sûr ?

Laurent stoppa à une intersection.

« Pas de feux avant la fin des années 1930 », se souvint Stéphane en remarquant le policier gesticulant pour réguler la circulation.

— L'an passé, Adélard a mis la main sur une carte datant de cette époque. Je l'ai vue. Bon… À dire vrai, c'était beaucoup plus l'esquisse d'un plan qu'une carte officielle. On y voyait des couloirs reliés à trois puits : le premier, creusé dans la crypte de la première église Notre-Dame ; le deuxième dans le sous-sol du premier séminaire – celui de la rue Saint-Paul –, et le dernier dans la cave de l'ancien Hôtel-Dieu.

— Vraiment ? Écoute, Laurent, j'ai étudié à fond cette époque, c'est vrai que l'Hôtel-Dieu était fortifié et entouré d'une palissade, mais je n'ai jamais rien lu au sujet de souterrains.

Dans la rue, le policier fit signe à Laurent qui repartit.

— Pourtant, monsieur Magnan n'en démordait pas. Il m'a même chargé d'aller constater par moi-même.

— Comme je te connais, tu n'as pas été difficile à convaincre, supposa Janine.

— Ça, c'est sûr, surtout lorsque j'ai su qu'il avait loué l'ancien local de Frothingham and Workman, le gros magasin de fer construit sur les fondations du premier séminaire des sulpiciens[2].

Stéphane émit un sifflement admiratif.

— La bâtisse est désaffectée depuis qu'elle a passé au feu, il y a trois ans, enchaîna Laurent. Monsieur

---

2. Cet ordre religieux fut fondé en France dans la foulée du grand mouvement d'évangélisation et de rénovation chrétienne qui s'est développé au xviie siècle. Les Messieurs de Saint-Sulpice, arrivés au pays en 1687, se virent concéder toute l'île de Montréal et assurèrent le ministère et le développement de la ville naissante.

Magnan m'a assuré que j'y trouverais un puits creusé d'où partait un passage souterrain aboutissant dans le sous-sol de l'église Notre-Dame, pas celle que vous connaissez, mais une autre, plus ancienne, située perpendiculairement à la basilique qui s'élève aujourd'hui.

Soudain, l'auto fit une brusque embardée. Janine faillit passer par-dessus la banquette et Stéphane se frappa la tête à la portière. « Et vive les ceintures de sécurité ! », songea-t-il en se massant une épaule.

— Désolé, fit Laurent. Ce devait être un trou, ça arrive un peu trop souvent. Tu dois t'ennuyer des belles rues asphaltées de ton époque, hein, Stéphane ?

— Truffées de nids de poule ? Tu parles ! ironisa l'autre.

Laurent fronça les sourcils.

— Des nids de poule ? C'est quoi, ça ?

Stéphane s'adossa à la banquette avec un sourire railleur.

— Des trous dans le budget de la Ville !

Il rit de bon cœur de sa blague, alors que les deux autres affichaient un air incompréhensif en secouant la tête.

— Finalement, le fameux puits, l'as-tu trouvé ? demanda Janine dont la curiosité allumait le regard.

Captivé, Stéphane tendit l'oreille.

— Eh oui ! Après trois jours à déblayer la cave. Il était à moitié comblé et c'est en le dégageant que j'ai trouvé un passage, pas celui de la carte, mais un nouveau qui m'a mené au pied d'un puits jamais répertorié.

Il était creusé dans la cave d'un commerce voisin : une boutique de tailleur. Aussitôt, monsieur Magnan a offert une forte somme à l'occupant pour qu'il déguerpisse. Ensuite, j'ai pu répertorier plusieurs crevasses dans ce fameux puits. J'en ai exploré quelques-unes, mais aucune ne débouchait, sauf celle que vous allez emprunter pour revenir en 2000.

Stéphane tomba des nues : « Voyons ! C'est malade, cette histoire… »

Un son strident retentit, suivi d'un long hennissement. Devant, une Buick avait calé au beau milieu de la rue. Exaspéré, l'infortuné chauffeur s'acharnait à tourner sa manivelle. Derrière, un cheval attelé à un tombereau s'agitait en réagissant à l'incroyable concert de klaxons autour de lui. Laissant son moteur tourner, Laurent se précipita hors de son véhicule et saisit fermement le cheval par la bride. Agrippé à ses rênes, le charretier le remercia d'un signe de tête.

Peu après, la Buick redémarra. Calmé, le cheval fit quelques pas hésitants, Laurent lâcha la bride, salua le charretier et revint en serrant les mâchoires.

— J'ai ben cru que le cheval prendrait le mors aux dents ! Ça serait pas nouveau !

— Ouf, des tramways, des autos et des chevaux qui se partagent la route, c'est pas évident, constata Stéphane.

— Ouais, à qui le dis-tu ! Je me demande ce qu'on attend pour interdire les chevaux sur les grandes voies publiques. J'haïs ça, conduire dans ces conditions, il faut avoir les yeux tout le tour de la tête. Je préfère prendre les p'tits chars.

Janine s'impatientait. Elle brûlait de connaître la suite des événements.

— Laurent, comment monsieur Magnan a-t-il réagi quand tu lui as parlé du souterrain ?

— Le passage vers le futur ? J'ai gardé ça pour moi, même si ça m'a fait de la peine de le décevoir en lui disant qu'aucun passage n'aboutissait. Maintenant, il insiste pour que je poursuive mes recherches du côté de l'ancien emplacement de l'Hôtel-Dieu[3].

— Il rêve en couleur, ton monsieur, reprit Stéphane. Même si ces passages avaient déjà été creusés, ça m'étonnerait qu'il en reste la moindre trace : deux incendies ont ravagé l'hôpital et, avant la construction des quais, le quartier a été inondé plusieurs fois.

— Je m'en doutais, mais je ne voulais pas lui faire perdre ses illusions… Il lui reste si peu de temps à vivre… La grippe…

— Ah… lui aussi ? se désola Janine.

Laurent acquiesça d'un air sombre.

Plus personne n'ajouta quoi que ce soit, mais chacun songeait à la même chose : la Grande Tueuse[4] leur soufflait dans le cou. Quelques semaines seulement les séparaient du cauchemar.

---

3. Fondé en octobre 1642, l'hôpital Hôtel-Dieu a d'abord été situé dans le Vieux-Montréal pour être relocalisé, entre 1859 et 1861, à l'angle de l'avenue des Pins et de la rue Saint-Urbain.

4. Nom donné par les historiens au fléau de la grippe espagnole.

Stéphane s'efforçait de dissiper son malaise en observant la circulation vers l'est.

— Pourquoi tout ce trafic ?

— Ah, c'est à cause des feux d'artifice au parc Dominion ce soir.

« Et je dois absolument y être… », poursuivit Laurent dans sa tête. En effet, le gérant du parc lui avait prêté sa Ford à la condition qu'il revienne à temps pour aider les artificiers à installer leurs dernières fusées. « Il faut aussi que je prenne le temps de jaser avec Adélard. Demain, ce sera sans doute la dernière fois que je le verrai… » Une vague de tristesse monta en lui : que de deuils à vivre en quittant 1918…

— La maison de mon père… c'est toi qui l'as achetée ? demanda-t-il à Stéphane pour chasser ses idées noires.

— Non, elle est encore dans la famille. Je connais Patrice, le fils de Janine, depuis le primaire. Il m'a invité à demeurer chez lui en son absence.

— Ah, bon, répondit l'autre, laconique.

Janine sentit les battements de son cœur s'accélérer, il valait mieux détourner la conversation avant que l'épineux sujet de sa grossesse revienne sur le tapis. Elle s'approcha de la banquette avant.

— Le petit pommier planté dans la cour… Si tu savais comment tu as fait plaisir à maman…

Laurent afficha une mine réjouie.

— Vrai ?

— Je me suis toujours demandé comment tu t'y étais pris.

Sur le point de dépasser une carriole, Laurent diminua légèrement sa vitesse.

— Ce matin, tu as sans doute remarqué le pommier dans la cour des Duminisle. Eh bien, celui de maman poussait tout à côté. Il était tout petit, mais Charles trouvait qu'il nuisait à la croissance du gros. La veille de la fête des Mères, il m'a demandé de l'arracher. Après l'avoir déterré, j'ai attendu la nuit pour lui faire remonter le temps. Ensuite, j'ai pris la pelle dans le hangar du père et j'ai creusé un trou.

— Seigneur ! Avec la chambre des parents donnant sur la cour ! Imagine si papa t'avait entendu…

— Pas de danger, tu sais bien que le père dort comme une bûche. Souviens-toi de mes virées nocturnes dans la cave.

— C'est vrai. Maman non plus ne s'en est jamais rendu compte.

— C'est sûr, elle dormait aussi dur que lui. Tiens, rappelle-toi la fois où Gaston est rentré saoul comme une botte.

Janine s'esclaffa :

— Ah, mon Dieu, oui ! Il était vert comme une asperge, il a été malade toute la nuit.

— Pauvre Gaston ! Sa première brosse. Je le vois encore agenouillé devant la bolle. Il pensait en crever. Maudit qu'on a ri !

Devant, Stéphane ne put s'empêcher de soupirer d'envie devant cette complicité fraternelle dont il ignorait tout.

— En passant, as-tu trouvé mon médaillon ?

Pour toute réponse, la jeune fille déboutonna le col de son corsage pour exhiber le bijou. Laurent haussa les sourcils :

— Cache ça ! Qu'est-ce qui t'a pris de le porter ?

Stéphane se redressa sur son siège :

— Pourquoi ? C'est si grave que ça ?

Laurent réfléchit un moment, puis se détendit.

— Ben non… Sous la robe, ça va, et probablement qu'en 1959, ça irait aussi. Seulement ici, en 1918…

— C'est *hot*, compléta Stéphane.

— *Hot*, tu dis ? Les membres de la confrérie sont plutôt chatouilleux au sujet de leur identité.

— En tous cas, c'est quand même grâce à ton médaillon que Marie-Claire a su qui j'étais, affirma Janine en reboutonnant son col. Heureusement, parce que sans elle, nous ne t'aurions jamais retrouvé.

— Ça, c'est vrai, renchérit Stéphane. Au point de départ, nous ne devions pas descendre si creux dans le puits, nous cherchions tes repères.

— Les guenilles ? Je les ai enlevées. Je ne voulais pas prendre de chance. Je me méfiais de certains Compagnons…

— Les écornifleux dont tu parlais tout à l'heure ? Marie-Claire nous a raconté que les membres de la confrérie circulaient par les passages souterrains.

— Oui, chaque semaine, quand ils se réunissent au château pour l'office religieux.

— Eh, Seigneur! Si le père avait su ça, j'te dis qu'il l'aurait bouché, son puits…

Laurent ébaucha un sourire: comment Janine allait-elle réagir à la bombe qu'il s'apprêtait à lâcher?

— Papa n'aurait jamais fait ça… Il était l'un d'entre eux.

Stéphane leva un sourcil et Janine sursauta:

— Quoi? Laurent, arrête de niaiser!

— Je te jure que c'est vrai, Janine, insista-t-il en levant la main droite. T'as aucune idée de qui était notre père dans son jeune temps.

Elle secoua la tête.

— Voyons donc! Le père ne croit en rien. J'ai eu un mal de chien à le convaincre d'assister aux funérailles de maman.

Laurent se tourna vers sa sœur.

— Là, tu penses à l'Ernest de 1959, moi je te parle de celui de 1916. Penses-y une minute: un petit menuisier de rien du tout amoureux d'une fille de médecin, un notable du coin à part de ça! Comment penses-tu que notre père a pu le persuader de lui donner sa précieuse fille en mariage?

Perplexes, Janine et Stéphane se taisaient.

— Et si je te disais que le médecin en question était l'un des commandeurs des Compagnons du Saint-Esprit, est-ce que ça t'aiderait un peu?

Les yeux de Janine s'arrondirent:

— Papa aurait embarqué là-dedans pour s'attirer les bonnes grâces du docteur?

— Eh oui! Notre père a vendu son âme à Dieu pour les beaux yeux d'Élise. Fallait qu'il l'aime, hein?

Stéphane fronça les sourcils; quelque chose clochait dans le récit de Laurent:

— Ce médecin devait bien avoir une fortune personnelle? Pourquoi voulait-il s'établir dans une maison d'ouvrier?

— À cause du puits, voyons! répondit Laurent. Tu comprends, Stéphane, les puits ne devaient pas tomber entre de mauvaises mains. La confidentialité des membres de la confrérie en dépendait.

Exaspérée, Janine leva les bras:

— Mais, grand Dieu, pourquoi tant de chichis, ce n'était quand même pas le Ku Klux Klan?

— Non, non, fit Laurent, retenant un rire, mais pour les Compagnons, pratiquer la charité à la face du monde ne vaut rien aux yeux de Dieu. Le vœu de discrétion, si on peut l'appeler ainsi, occupe le sommet de leur charte.

— Et toi là-dedans? s'énerva Janine. Ne me dis pas que tu en fais partie!

— Oh, moi, c'est une tout autre histoire… Rappelle-toi à quel point le réseau souterrain m'intriguait. Quand j'ai su que je pouvais remonter le temps, j'ai sauté sur l'occasion d'en apprendre plus, mais pour ça, il me fallait gagner la confiance de Charles Duminisle.

Il leur rapporta sa discussion avec Jo Larivière, dans le garde-manger de l'hospice, le soir de sa découverte du passage vers le passé.

— Jo s'est un peu fait tirer l'oreille, mais finalement il a accepté de m'aider. C'est ainsi que j'ai su que Charles voulait acquérir toutes les maisons construites sur les anciens puits. Après m'en avoir dressé la liste, Jo m'a conseillé de la montrer au jeune Jo qui m'a introduit auprès de Charles.

— Vraiment ? Et ils t'ont cru ? s'étonna Janine, incrédule.

Laurent lui fit un clin d'œil :

— Si tu savais tout ce qu'on arrive à faire avec un peu d'aplomb, ma p'tite sœur... Il suffisait d'avoir une bonne histoire à raconter. Je me suis inventé un autre père de qui je tenais la liste de tous les puits qu'il avait, jadis, répertoriés sur les terres du riche fermier qui l'employait.

— La liste des caisses en bois ! lança Stéphane.

Laurent le fixa d'un coup d'œil.

— Ah, vous l'avez trouvée ?

— Oui, nous avons tout de suite fait le lien avec les souterrains. Qu'as-tu dit à Charles Duminisle à ce sujet ?

— Je lui ai dit que mon père en connaissait l'existence sans en savoir la véritable origine. Bref, je suis resté assez évasif pour éviter de prendre le champ.

— Mais, Laurent, comment ça se fait que le vieux Jo connaissait toutes ces adresses ? demanda Janine.

— Ben, parce qu'il était membre de la confrérie.

Janine leva les yeux au ciel :

— Lui aussi ! Coudon, c'est pire qu'une gang de Chevaliers de Colomb ton affaire ! Il y avait combien de membres dans le quartier ?

D'un geste dédaigneux de la main, Laurent balaya la remarque de sa sœur.

— Une bonne trentaine, les derniers de l'île de Montréal. Ce sont des gens très bien, Janine, je n'aime pas du tout entendre des farces là-dessus !

La jeune fille rougit et baissa les yeux.

« On dirait un père grondant sa fille, songea Stéphane, c'est vraiment particulier, ces deux-là. »

Laurent raconta qu'avant son départ définitif pour le passé, Jo et lui avaient consulté les registres de décès à la paroisse afin d'obtenir les coordonnées des victimes de la grippe espagnole, dont une grande partie était des Compagnons.

« Ça correspond tout à fait à ce que j'ai lu hier », songea Stéphane, se rappelant ses recherches sur Internet.

— Laurent, as-tu su pourquoi les membres de la confrérie ont été touchés plus que les autres ?

— Jo croit que c'est à cause du réseau souterrain : dès le début de l'épidémie, les membres ont commencé à se rassembler toutes les nuits pour prier.

Stéphane sentit son sang se glacer dans ses veines.

— Attends ! Si j'ai bien compris, Charles Duminisle s'organisait pour installer ses adeptes dans des maisons construites sur un puits. Ensuite, tu nous as dit que la grippe espagnole avait surtout touché les membres de la confrérie. En présentant ta liste, ne crois-tu pas avoir condamné plein de gens et, par le fait même, changé le cours de l'histoire?

—Attention, Stéphane, ne confonds pas tout, répliqua Laurent. Souviens-toi de la liste que tu as retrouvée, les adresses sont écrites à l'encre et les noms à la mine. Je les ai ajoutés plus tard, avant de la remettre dans la boîte. Donc, entre 1916 et 1918, à l'aide de cet inventaire et, appelons ça mon front de "beu", j'ai fait d'une pierre deux coups: je suis entré dans les bonnes grâces de Charles et je lui ai facilité les choses. De toute façon, les maisons du quartier avaient déjà commencé à être prospectées: des membres, inconnus dans le quartier, se présentaient aux propriétaires munis de permis de la Ville – faux, bien sûr –, prétendant vouloir inspecter leur cave. Lorsqu'ils trouvaient un puits, ils en informaient Charles. Quelques mois plus tard, un bailleur de fonds se présentait avec une offre alléchante. Quand je suis arrivé dans le décor, les Compagnons avaient déjà pris possession de cinq maisons. Et, justement, ces cinq maisons étaient sur ma liste, ce qui validait mes dires. Je lui en ai indiqué quatre autres et Charles a acheté trois d'entre elles: une dans la rue Jeanne-D'Arc, deux autres dans la rue Bourbonnière. Les gens qui les ont habitées par la suite étaient ceux du registre paroissial, je m'en suis assuré. Une seule maison n'a pas été vendue, celle située rue Masson.

—Au coin de la 2e Avenue?

Stéphane lui fit part de l'article déniché dans les archives de *La Presse* au sujet de la découverte des mystérieuses voûtes, rue Masson.

— Oui, le vieux Jo m'en avait parlé. Seulement, Émilien Rathier était un coriace, je n'ai jamais pu mettre le pied dans sa cave. Charles Duminisle lui a offert le gros prix, mais le bonhomme a décliné l'offre.

L'automobile croisa la future rue Berri, l'une des portes d'entrée du Vieux-Montréal.

— La gare Dalhousie! Ça y est, on arrive! s'exclama Stéphane, le nez à la vitre.

— Ah, que tu dois te régaler, monsieur le professeur d'histoire! Que dirais-tu d'un petit détour vers le port?

Le véhicule tourna dans la rue de Bonsecours, délimitée par la petite chapelle de la Visitation.

Stéphane aperçut le gigantesque silo à grain en béton planté dans le fleuve. Élevée en 1912, derrière le marché Bonsecours, cette bâtisse monstrueuse était alors considérée comme l'un des plus gros réservoirs à grain du monde.

Il grimaça et pensa : « C'est tellement laid! En plus, ça cache toute la vue du fleuve. Quand on l'a rasé, à la fin des années 1970, personne ne s'en est plaint. »

Ils roulèrent devant le marché Bonsecours, toujours le même, à part les halles aux étals recouverts de toiles grossières le ceinturant.

« Dommage que ce soit dimanche, se désola Stéphane, j'aurais bien aimé vivre un jour de marché. »

Il désigna une série de constructions à deux étages situées sur le côté nord de la rue Saint-Paul.

— Cette rangée d'hôtels existe encore en 2000. Ce coin est presque identique.

— On va voir l'hôtel de ville ? suggéra Laurent en s'engageant place Jacques-Cartier.

À part quelques badauds, la place était déserte. Pourtant, deux fois par semaine, l'endroit se remplissait d'un indescriptible enchevêtrement de charrettes et tombereaux débordant de produits du terroir provenant des campagnes environnantes. Ces petits villages, bordant les limites urbaines, s'appelleraient un jour Cartierville, Ahuntsic, Montréal-Nord, Saint-Laurent ou Longue-Pointe.

À première vue, l'environnement semblait inchangé depuis les 150 dernières années. La plupart des constructions longeant la place dataient du xixe siècle et la colonne Nelson ornait déjà le sommet de la rue depuis 1809.

Les yeux tout le tour de la tête, Stéphane ne tenait plus en place.

— Laurent, pourrions-nous nous arrêter une petite minute ?

Aussitôt, le frère de Janine coupa son moteur et se stationna en face du futur hôtel Nelson.

— T'en peux plus, hein ?

Stéphane fit quelques pas en lançant un regard à la ronde : une foule de détails témoignant du décalage temporel lui sautaient aux yeux.

«Ça fait drôle de voir tous ces poteaux et leurs fils de bord en bord de la rue.» Son regard bifurqua vers les toits mansardés pourvus de tiges métalliques: «Et tous ces paratonnerres!»

Sur le pavé poussiéreux, une pomme de salade avait roulé dans le crottin.

«Les jours de marché ont disparu, c'est bien dommage... Heureusement, on a gardé les amuseurs publics, les artisans ambulants et les musiciens. On pousse encore la ritournelle. Les paroles sont les mêmes: l'amour, la mort, la patrie... En fin de compte, les hommes passent, mais les émotions restent les mêmes», conclut-il, philosophe.

Laissant son frère dans la voiture, à tripoter son tableau de bord, Janine avait rejoint Stéphane.

Sa mine émerveillée le rendait si séduisant. Elle brûlait d'envie de glisser son bras sous le sien, mais avec Laurent dans les parages, il valait mieux retenir ses élans langoureux. «J'aurai ma revanche! Un beau jour, nous reviendrons ici nous promener à la face du monde!», songea-t-elle avec fougue. Mais aussitôt, sa belle envolée se fracassa contre une évidence incontournable: cet éventuel retour place Jacques-Cartier allait de pair avec l'addition de plus de 40 années à ses 21 printemps. Non, elle ne voulait pas y penser. Pas tout de suite...

Comme s'il avait deviné ses pensées, Stéphane s'était retourné vers elle, l'enveloppant d'un voile de tendresse.

« Aura-t-il encore ces yeux-là lorsqu'il retrouvera une vieille femme avec une vingtaine de livres de plus ? », pensa-t-elle, mortifiée.

On entendit une porte claquer.

— On a bien raison d'appeler ça le Vieux-Montréal, déclara Laurent. Je ne vois pas tellement de changements à part l'absence de poteaux électriques.

Stéphane le dévisagea :

— Ah bon ? Moi, j'en vois plein. C'est vrai que j'ai plus de décalage que toi, mais regarde un peu la publicité peinte sur la façade des maisons. Tu vois comment le tout est clairement lisible ? Eh bien, en 2000, il n'en reste presque plus de traces.

Il pointa du doigt le bout de la rue :

— Tu vois la tour, là-haut à gauche ? C'est le nouvel immeuble de La Sauvegarde. Il a été construit il y a quelques années : avec ses 10 étages, c'est présentement le plus haut édifice de la ville.

— Avec son nom peint sur le mur, on ne peut pas le manquer, fit Janine en observant le sommet de l'immeuble.

— L'inscription est encore visible en 2000, lui précisa Stéphane.

Laurent s'approcha de Stéphane pour désigner la vitrine d'une maison-magasin[5] présentant des chapeaux et des manteaux de fourrure.

---

5. Ces maisons urbaines, « façon Nouvelle-France », apparurent au début du xixe siècle. Conçues pour l'habitation et le commerce, elles arboraient, au rez-de-chaussée, de très grandes fenêtres, divisées en carreaux (*show window*).

— Ce genre de magasins existe-t-il toujours ?

— Disons que la fourrure n'est plus tellement populaire depuis que Brigitte Bardot et les groupes écologiques se sont emparés de la cause.

« Ah, c'est vrai, le mot "écologique" ne doit pas lui dire grand-chose », présuma Stéphane en observant l'air ahuri de Laurent.

— Brigitte Bardot ? La vedette de cinéma ? Non, tu dois sûrement parler de quelqu'un d'autre…

Stéphane étouffa un petit rire : en 2000, il lui était difficile d'imaginer Brigitte Bardot en sex-symbol.

— Eh oui ! C'est bien la même. Dans les années 1960, elle a fait tout un raffut contre les chasseurs de bébés phoque. Ah, j'te dis qu'on en a entendu parler !

— Hé ! Hé ! La belle B.B., c'est son actrice préférée, hein, Laurent ? chantonna Janine, la bouche en cœur. Dis donc, le frère, je n'ai jamais retrouvé ton *scrapbook*, l'aurais-tu traîné avec toi, par hasard ?

L'autre haussa les épaules d'un air suffisant.

— Et toi ? T'es ben en pâmoison devant ton cher Elvis et je ne t'ai jamais écœurée avec ça.

« Ça y est ! Les voilà redevenus frère et sœur », observa Stéphane avec un sourire moqueur.

Il s'éloigna un peu pour replonger dans son envoûtante contemplation des maisons aux coquettes fenêtres surmontées de petits auvents, ancêtres des restaurants et cafés de l'an 2000. « La rue me paraît plus large.

Pourquoi ? » Fermant les yeux, il superposa en pensée l'ancienne et la nouvelle place Jacques-Cartier. « Ah oui, je comprends : pas encore de restaurants, donc pas de terrasses. »

Il sentit la main de Janine sur son bras :

— Stéphane, regarde l'hôtel de ville, ce n'est pas du tout la même bâtisse.

— C'est parce qu'il a brûlé... qu'il brûlera en... voyons, euh... en 1922. On a dû refaire tout l'intérieur. Par contre, on a conservé une partie de la façade d'origine.

En effet, le majestueux édifice public, inspiré de l'architecture française du Second Empire, avait un étage en moins et les quatre toits brisés, situés à chaque extrémité de la couverture, imposaient leur stature monumentale. Au centre, là où aujourd'hui on peut apercevoir une horloge surmontée d'un campanile, s'élevait une tour haute de quatre étages surmontée d'un drapeau.

Levant les yeux vers le deuxième étage, Stéphane ne put résister à une petite incursion dans le futur :

— Vous voyez le balcon ? Eh bien, un de ces jours, un grand chef d'État fera tout un scandale là-haut. Vous saurez me le dire.

« Décidément, t'adores ça faire ton smatte, hein, mon Stef ? » Cette pensée le fit sourire. N'empêche qu'il aurait bien donné une journée de sa vie pour assister en personne au célèbre « Vive le Québec libre ! » du général de Gaulle.

Laurent avait regagné son auto et Stéphane en profita pour prendre les mains de Janine dans les siennes.

— Ça va ? Tu n'es pas trop fatiguée ?

— J'ai l'impression d'avoir vécu une semaine entière en une seule journée.

La Ford arriva à leur hauteur. Ils montèrent. Laurent tourna rue Notre-Dame vers l'ouest. En face de l'immeuble de La Sauvegarde, Stéphane aperçut le vieux palais de justice et son annexe qui subsistaient toujours en 2000.

En 1922, la construction du nouveau palais, dirigée par l'architecte Ernest Cormier, avait forcé la démolition de la majorité des maisons-magasins aux toits pentus et garnis de lucarnes qui bordaient présentement la rue.

Stéphane posa la main sur le bras de Laurent :

— Pour répondre à ta question de tout à l'heure, je te dirais que quelques magasins de ce genre existent encore à mon époque. En général ce sont des boutiques-cadeaux et de petits restaurants. Le Vieux-Montréal est très touristique maintenant... Oh ! Ça c'est drôle !

L'auto stoppa coin Saint-Laurent, devant un large édifice de six étages identifié au nom d'une entreprise.

— Leeming Miles Co, lut Janine.

— Il y a un McDo ici en 2000. J'y vais luncher de temps en temps.

Laurent haussa un sourcil :

— Un McDo ?

— C'est une chaîne de restauration rapide, un fast-food, comme on dit. Depuis une trentaine d'années, les McDonald ont poussé comme des champignons non seulement à Montréal, mais partout dans le monde.

— Quant à se payer le luxe de manger au restaurant, pourquoi ne pas prendre tout son temps ?

— Parce qu'en 2000, les gens sont toujours pressés, répondit Stéphane.

La Ford tourna sur le boulevard et croisa la rue Le Royer où s'alignaient de grands bâtiments commerciaux, les magasins de l'Hôtel-Dieu, justement nommés ainsi puisqu'ils occupaient toute la superficie de l'hôpital fondé par Jeanne Mance.

Laurent prit à droite, rue Saint-Paul, où deux rangées des maisons-magasins se suivaient à la queue leu leu. Chapeliers, tailleurs, horlogers et ébénistes y exposaient leurs marchandises derrière de larges vitrines. Après quelques pâtés de maisons, le frère de Janine s'engagea dans l'impasse qui perçait l'alignement et arrêta son moteur.

— Voilà, nous y sommes. Le passage que vous allez emprunter est tout près.

Ils descendirent. Devant eux s'élevaient les ruines d'un édifice de quatre étages dont toutes les fenêtres avaient été grossièrement placardées. La façade était percée de trois portails et une porte cochère donnait accès à une cour arrière.

« Nous sommes sur l'emplacement du premier séminaire des sulpiciens », songea Stéphane, ému.

— Mes patrons ont loué cette bâtisse l'an passé, leur rappela Laurent. Le contrat expirera lorsque les sulpiciens décideront de reconstruire.

— Brrr! Ça n'a pas l'air très invitant, bredouilla Janine en serrant son châle sur sa poitrine.

— Tu l'as dit, lui répondit son frère en sortant un trousseau de clés de sa veste. Venez, la maison dont je vous ai parlé est juste à côté.

Ils firent quelques pas vers le trottoir. En face, Stéphane reconnut la place Royale : un petit quadrilatère clôturé commémorant sobrement l'endroit où Maisonneuve avait débarqué en 1642. Derrière, s'élevait la maison de la Douane, qui deviendrait un jour la boutique-cadeau du musée Pointe-à-Callière.

Stéphane posa sa main sur le bras de Janine pour attirer son attention :

— Dans les années 1990, cet emplacement sera recouvert de granit et deviendra un site cérémonial.

— Ben oui. Ça c'est bien ton époque! lança Janine avec un soupir exaspéré. Au diable la verdure, vive le béton!

Stéphane voulut répliquer, mais Laurent, à la porte de l'ancienne boutique du tailleur, leur faisait de grands signes.

En se retournant vers le commerce à la vitrine masquée de vieux journaux, Stéphane s'exclama :

— Hé! C'est le Café Saint-Paul, ça!

— Peut-être à ton époque, mon vieux, mais aujourd'hui, c'est loin de l'être. Venez, ajouta-t-il en insérant une énorme clé dans la serrure en fer forgé.

Ils entrèrent dans une large pièce aux murs recouverts de tablettes poussiéreuses.

— Et voici la fameuse boutique.

Laurent contourna le long comptoir du mur du fond et prit une autre clé dans son trousseau.

— C'est par là, dit-il en introduisant sa clé dans la serrure de la porte de la cave. Je vais vous guider dans le passage jusqu'à l'autre puits. Lorsque vous en sortirez, vous serez revenus en 2000. De mon côté, je dois retourner au parc pour le feu d'artifice. J'y passerai une partie de la nuit afin d'aider les gars à démonter les installations. Demain matin, je ferai un saut chez Adélard: je dois téléphoner à Marie-Claire pour lui annoncer ma visite.

En fait, Laurent se doutait bien que la Marie-Claire de 1959 avait vécu de nouvelles réminiscences lorsque Janine et Stéphane étaient passés au château, quelques heures plus tôt. Le coup de fil passé à son alter ego de 1918 était aussi destiné à rassurer l'« autre Marie-Claire » sur le sort de Janine.

— Ensuite, je viendrai te chercher à la fin de la nuit, pour te ramener en 1959. Il te reste donc un peu plus de 24 heures avant ton retour.

Son ton se voulait rassurant, dépourvu des appréhensions qui le minaient: l'incendie de l'hospice avait-il causé d'irréparables dégâts? Dans quel état allait-il retrouver le puits? Il lui fallait prendre le temps de l'inspecter.

Il ouvrit la porte, mais au moment de descendre l'escalier, une autre inquiétude surgit. Il se retourna vers sa sœur:

— Dans les prochaines heures, tu dois absolument résister à l'envie d'en apprendre davantage sur ton avenir afin de ne rien compromettre.

— Je veux bien, Laurent, mais n'oublie pas: je suis enceinte et je sais que je vais me marier avec Pierre...

Laurent se massa le front, l'air embêté.

— Ouais, ça, on ne peut l'effacer... L'important sera de reprendre le cours de ta vie dès ton retour sans rien changer.

«Épouser un homme aux hommes et vivre avec mon père, rien que ça!», ragea-t-elle intérieurement.

— Autre détail non négligeable: le lien entre Stéphane et ton fils. Vous en avez parlé ensemble?

— Pas le choix, répondit Stéphane. Quand elle est arrivée, il a bien fallu que je lui donne une explication sur ma présence dans la maison.

— Je comprends, mais ça vient compliquer les choses. Janine, tu dois oublier tout ça. Et, dans quelques années, lorsque tu croiseras de nouveau Stéphane, tu devras t'efforcer d'agir comme si de rien n'était.

«Le 4 novembre 1971, le jour de la grosse tempête... Il aura 11 ans, et moi 33, compléta Janine en pensée. Mon Dieu, je ne peux pas croire que je vais le voir devenir un homme et fréquenter des filles. Ça va être insupportable!»

Soudain, une évidence s'imposa: «San Francisco! C'est sans doute pour m'éloigner de lui que j'ai choisi de rejoindre Pierre!» Le retour à Montréal de son alter ego au moment même où elle voyageait dans le temps confirmait cette réalité: «Son cauchemar est terminé, elle s'apprête à le retrouver!»

Laurent observait sa sœur. Pourquoi ce sourire? Avait-elle vraiment saisi l'importance de ce qu'il venait de lui dire?

— T'es où, là?

— Avec l'autre moi, celle de 2000.

— Rassure-toi, fit Stéphane en voyant pâlir Laurent, elles ne se sont pas rencontrées. La Janine de l'an 2000 vit à San Francisco.

— J'en sais pas plus, Laurent! intervint aussitôt la jeune fille.

Leurs regards se croisèrent, mais en voyant sa sœur détourner rapidement les yeux, une sourde angoisse mêlée de tristesse étreignit Laurent. Si l'arrivée de Janine l'avait ébranlé, maintenant, la complicité qu'elle entretenait avec Stéphane ne lui disait rien de bon. Aucun doute, ces deux-là lui cachaient une partie de la vérité. Le lien de confiance avec Janine s'était émoussé. Il n'était plus le maître du jeu dans cette aventure, trop de choses lui échappaient.

La main de Janine dans son dos l'extirpa de ses pensées.

— Je me demande juste… Penses-tu que l'autre Janine a des flashs du passé comme Marie-Claire et Jo ?

— Tu parles de réminiscences ? Non, car elle a déjà vécu tout ça.

— Ces réminiscences, c'est un peu comme une impression de déjà-vu ? s'informa Stéphane, fasciné par ce phénomène dont lui avait parlé Janine pendant leur visite au parc.

— On pourrait dire ça. Mes amis m'ont dit qu'elles émergeaient souvent à leur réveil ou pendant des moments calmes, mais elles peuvent aussi être foudroyantes lorsqu'un fait présent en rappelle un autre de leur passé éloigné. Pendant mes deux ans d'aller-retour dans le passé, Marie-Claire et Jo se sont habitués à accueillir tout doucement leurs nouveaux souvenirs afin de se concentrer pour en apprendre davantage. Ils me suivent depuis plus de quatre ans, ils se rappellent mes gestes, mes paroles. Ils savent que tu as remonté le temps, Janine…

— À ce point-là ? s'étonna la jeune fille.

— Bien sûr. Et même si je me suis mis dans un beau pétrin en me confiant à la jeune Marie-Claire, et même si elle pourrait m'en vouloir de l'avoir poussée à s'éloigner de sa famille, elle comprend déjà que c'était la seule chose à faire.

Sur la première marche de l'escalier, Laurent ramassa une lampe de poche. Janine et Stéphane le suivirent.

— Ouais, on ne peut pas dire que tu sois habillée pour la circonstance, remarqua Laurent en observant sa sœur soulever sa robe pour descendre les dernières marches.

— Bah ! J'en ai vu d'autres, affirma-t-elle en relevant sa jupe pour la nouer avec son châle.

Le puits, d'une dimension plus étroite que celui de la rue d'Orléans, était situé à l'arrière de la maison. La cave était complètement vide, à part quelques objets appartenant à Laurent : une seconde torche électrique, un sac à dos militaire, un paquet de guenilles, un câble moyen et un rouleau de fil électrique au bout duquel était raboutée une ampoule nue.

Stéphane alluma la deuxième lampe pour examiner le fond du puits. Où allaient-ils aboutir ?

— Comment peux-tu être certain que le passage nous mènera en 2000 ?

Assis au bord du trou, Laurent allongea le bras vers le fil électrique, vissa l'ampoule pour l'allumer et la fit descendre dans le puits.

— Je l'ai exploré en juillet. Je suis même sorti dehors quelques minutes.

— Quelques minutes ? Là, tu m'étonnes, mon frère ! se moqua Janine. D'habitude, t'es plus curieux que ça !

— Ah, j'ai bien l'intention d'y retourner, répondit-il, songeur, préférant taire l'amer souvenir qu'il avait gardé de cette intrusion dans le futur…

Il s'était retrouvé place d'Armes, sous un soleil cuisant, un samedi après-midi. La basilique Notre-Dame, le Grand Séminaire des sulpiciens, l'édifice de la Banque de Montréal, le monument dédié à Maisonneuve, rien n'avait bougé même si tout avait changé : l'odeur, les sons ambiants, les gens. Surtout les gens, leur façon de parler, de se vêtir, de se déplacer rapidement comme si le feu était pris quelque part. Et tous ces étrangers que Laurent avait pris pour des touristes alors que la plupart étaient des immigrants.

Il sentit un écho du passé dans la présence de quelques calèches rue Notre-Dame. Toutefois, le vrombissement continu de la circulation automobile assourdissait le claquement lent des sabots des chevaux sur l'asphalte et une indéfinissable odeur couvrait les émanations de crottin.

Tout à coup, une envolée de klaxons tapageurs fendit l'air et une longue voiture d'une blancheur éclatante se gara devant le parvis de la basilique. Stupéfait, Laurent compta six fenêtres sur un seul côté. Le chauffeur ouvrit la dernière portière et, sous le martèlement d'une musique tonitruante, un couple de futurs mariés descendit. D'autres automobiles se rangèrent au bord de la chaussée. Bien que leur petite taille offrît un contraste saisissant avec le luxueux véhicule, c'est leur profil aérodynamique qui fascina le voyageur du temps.

Il était rendu dans le futur, mais à quelle époque ? Des yeux, il chercha une boîte à journaux. N'en voyant aucune, il décida de fouiller les poubelles. Avec sa chemise d'un blanc douteux et sonpantalon poussiéreux, on allait le regarder de travers. Tant pis ! Il ne pouvait tout de même pas aborder le premier venu pour lui demander en quelle année il était…

Il visita deux poubelles avant de mettre la main sur un quotidien. La date de publication lui coupa les jambes. Il s'effondra sur un banc, complètement dépassé. Relevant la tête, il regarda le ciel sans nuage comme s'il pouvait y trouver une explication. Le criant besoin de partager son exploit le fit plonger dans les méandres les plus noirs de sa solitude. Cette vie d'aventures, Dieu sait combien il l'avait rêvée, mais, ce jour-là, il ne ressentait que le vide qu'elle avait creusé autour de lui. Accusé de meurtre dans le présent, poursuivi par l'armée dans le passé, inadapté au futur, indésirable où qu'il fût, Laurent ne savait plus dans quel port accoster pour enfin déposer ses bagages…

⌁

— Et nous allons nous retrouver en 2000, jour pour jour ?

La question de Stéphane ramena Laurent à des considérations plus terre-à-terre.

— Exactement : même heure, même jour.

—J'espère que nous n'allons pas nous retrouver dans la cave d'une maison habitée, s'inquiéta Janine.

Pour toute réponse son frère lui décocha un petit clin d'œil malicieux :

— Ne t'en fais pas, ma p'tite sœur, je ne t'envoie pas chez l'diable.

Chapitre 7

Vendredi 15 septembre 2000

La place d'Armes grouillait de touristes japonais fraîchement débarqués d'un luxueux autocar. Au pied du bronze de Chomedey de Maisonneuve, un guide leur rapportait les exploits du fondateur de Montréal. Le soleil tardant à se coucher, il était encore possible de prendre de bonnes photos.

La messe de 18 h terminée, quelques croyants sortaient de la basilique Notre-Dame. Les touristes pouvaient maintenant entrer afin d'admirer les splendides vitraux du temple.

Soudain, une femme et un homme, vêtus en costumes d'époque poussiéreux, surgirent de l'église en riant aux éclats. Le canotier de l'homme s'envola sans qu'il fasse aucun geste pour le récupérer. Le couple s'élança vers les marches de ciment et se précipita dans la côte de la Place-d'Armes en jetant des regards furtifs derrière eux.

— Le voilà ! lança Stéphane, la main tendue vers sa compagne.

L'agent de sécurité jaillit en trombe de la basilique, s'arrêta sur le parvis pour souffler un peu avant de reprendre sa course, bousculant quelques Japonais au passage. Le feu de la rue Saint-Jacques était encore vert, il avait le temps de traverser, mais brusquement, un point de côté le paralysa. Il s'arrêta net. Encore une fois, son patron allait lui reprocher son surplus de poids.

Les fuyards avaient pris de l'avance. « Pis d'la marde, qu'ils aillent chez l'yable ! », maugréa-t-il, une main sur son côté douloureux.

Tant pis ! Il ne saurait jamais ce que ces deux-là fabriquaient dans le sous-sol.

Janine et Stéphane avaient dévalé la pente jusqu'à la rue Viger sans se retourner. Devant eux, se dressait l'hôtel Holiday Inn, joyau du quartier chinois. Janine eut à peine le temps de jeter un regard étonné au toit de pagode, que Stéphane l'entraînait déjà vers la gauche.

— Viens, on entre ici !

Ils s'engouffrèrent dans un édifice où une marée de gens entraient et sortaient à pleines portes. Stéphane gagna une petite cage de verre renfermant un homme en uniforme.

— Deux… passages… s'il vous plaît, haleta-t-il en extirpant de sa poche de veston un billet de 20 dollars.

Le changeur lui remit la monnaie et deux tickets. Stéphane en glissa un dans la fente du tourniquet qui se déclencha avec un bruit sec. Hébétée, Janine fit un pas en avant. Sans un mot, Stéphane reprit son manège et franchit le tourniquet à son tour.

Un grondement caverneux se fit entendre. Stéphane jeta un bref regard vers la porte menant dehors.

— On l'a semé. Viens! lança-t-il à Janine en s'emparant de sa main.

Ils descendirent une dizaine de marches, au moment où un énorme train bleu surgit à toute vitesse d'un tunnel arqué. Le long convoi s'immobilisa et deux portes coulissantes s'ouvrirent devant eux. D'un seul mouvement, la foule sur le quai prit les wagons d'assaut.

Jouant des coudes, Stéphane réussit à dénicher un siège double alors que le métro démarrait au son d'un mélodieux «la si doooo».

— Hé, hé! On l'a eu, murmura Stéphane à l'oreille de Janine.

Ahurie, cette dernière regardait autour d'elle, alors que le train filait à toute vitesse vers sa prochaine destination. À peine émergée d'une époque engourdie par la guerre, voilà que l'an 2000 l'accueillait dans un tourbillon insensé.

Le cœur palpitant, Stéphane se sentait plus vivant que jamais. Un sourire entrouvrit ses lèvres lorsqu'il songea à leur folle équipée: «Descendre dans le bas de la ville en tramway pour remonter en métro! S'il fallait que je raconte ça, on me croirait mûr pour l'asile!» Son regard bifurqua vers la jeune fille: avec sa mine déconfite, elle semblait si vulnérable.

Autour d'eux, les gens leur jetaient des regards amusés, l'air de dire : « Mais d'où sortent-ils, ces deux-là, attifés de la sorte et tout crottés ? »

« Station Champ-de-Mars », annonça une voix féminine venue de nulle part. Le métro s'arrêta sur un autre quai, y déversa quelques passagers, puis il reprit sa course. Le siège perpendiculaire au leur s'était libéré, permettant à Janine d'examiner l'affiche apposée sur le mur du wagon : la publicité d'une école technique où l'on apercevait une rutilante automobile devant laquelle se tenait fièrement une jeune fille en bleu de travail, coiffée d'un casque jaune. *Je l'ai faite moi-même en 12 mois !*, affirmait la légende sous la photo.

« Si au moins j'étais née 30 ans plus tard », songea-t-elle en soupirant.

— Comment tu trouves mon métro ? s'informa Stéphane.

— Écoute, je n'ai pas de mots… Il roule tellement vite !

— Il prend en moyenne deux minutes pour passer d'une station à une autre.

— C'est une vraie merveille ! Il y a beaucoup de stations ?

— Regarde le plan là-bas.

Sur le mur d'en face, elle vit une affiche parcourue de quatre gros traits de couleur jaune, vert, orange et bleue où chacune des stations était identifiée : Sherbrooke, Mont-Royal, Laurier, Rosemont et… même Longueuil !

Janine ouvrit de grands yeux :

— Depuis le temps qu'on nous le promet. J'aimerais bien que mon père voie ça.

— Ah! il le verra, répondit Stéphane avant de lui chuchoter à l'oreille : Seulement, il lui faudra patienter jusqu'en 1966 pour l'inauguration.

« Station Berri-UQÀM », annonça la voix du métro. Le train stoppa sur un quai un peu plus animé que les autres.

— Berri-U… quoi ?

— UQÀM, répondit Stéphane, ou Université du Québec à Montréal.

— Ah bon, se contenta-t-elle de dire, son attention détournée par la marée humaine s'engouffrant dans leur wagon.

Une femme voilée se précipita sur le siège adjacent au leur, en hissant un gamin sur ses genoux. Un adolescent coiffé d'une casquette à l'envers, une drôle de planche à roulettes à la main, se faufila tout près d'eux, une pointe de pizza dégoulinante dans l'autre main. Plaqués contre les portes du fond, deux amoureux s'enlaçaient, tout à fait indifférents à la foule qui s'entassait pêle-mêle pendant que deux jeunes Asiatiques bloquaient les portes automatiques pour permettre à un retardataire d'entrer.

« Hé! Voulez-vous lâcher les portes! », rugit une voix nasillarde amplifiée. Sitôt les portes closes, le train repartit vers la prochaine destination.

— Impressionnant, hein ? souffla Stéphane à l'oreille de Janine en déposant un baiser sur sa joue.

— Ça respire, c'est plein de vie ! Je ne suis pas prête d'oublier ce moment, murmura la jeune fille avant de poser la tête sur l'épaule de son compagnon.

Stéphane ferma les yeux. Comment se résoudre à voir partir la femme qu'il avait cherchée toute sa vie ? Il ouvrit les yeux. Les petits amoureux écrasés contre les portes du wagon s'embrassaient maintenant.

— Jusqu'où allons-nous ? demanda Janine en s'écartant un peu de lui.

— Station Laurier.

Leurs regards s'accrochèrent intensément l'un à l'autre. Le visage de Stéphane se rapprocha de celui de Janine.

— Sais-tu ce qu'il y a d'abominable à mon époque ? murmura-t-il.

— Non, quoi ? répondit Janine, les yeux noyés dans son regard.

— Il n'y a plus de moralité nulle part, chuchota-t-il, faussement réprobateur. Vois-tu, en l'an 2000, rien ne m'empêche de...

Cette déclaration se termina sur les lèvres de la jeune fille, qui accueillit le furtif baiser avec un petit rire nerveux.

— Tu es fou, murmura-t-elle en reposant la tête sur son épaule.

Déstabilisé par son propre geste, Stéphane se mordit les lèvres : « Oui, complètement fou. Attention, danger mon vieux ! Tu perds la tête ! »

Le trajet se poursuivit en silence. Tout contre lui, Stéphane sentit la tête de Janine s'appesantir. À la station Laurier, il dut la réveiller : leur équipée rocambolesque l'avait épuisée.

Un taxi hélé à la sortie les ramena rue d'Orléans. Toutefois, au moment de descendre, Stéphane se ravisa :

— Monsieur, pouvez-vous nous déposer en arrière ?

Il se pencha vers Janine :

— Je n'ai pas mes clés. Patrice a caché un double dans le hangar.

Le chauffeur roula jusqu'à la rue Masson, tourna dans la ruelle et laissa ses passagers devant la cour. Ils entrèrent, mais devant la porte du vieux hangar, Stéphane dut déclarer forfait.

— Merde ! J'avais complètement oublié le cadenas.

Janine arbora un sourire moqueur.

— Hum ! Placer une clé de *spare* dans un hangar barré, c'est pas ben ben pratique.

— Ouais, pas fort, je le sais, bougonna-t-il. Il faut trouver un moyen de faire sauter ce maudit cadenas.

— Pas besoin, lui dit Janine en lui faisant un clin d'œil.

Elle gravit les deux marches du perron. Sous la poulie de la corde à linge, la boîte à épingles jadis installée par son père était toujours là. Janine ouvrit le couvercle, y plongea la main et brandit une petite clé brunâtre en jubilant.

Dans le hangar, un véritable bric-à-brac les attendait : un vieux banc de scie, deux bonbonnes de plongée, une bicyclette en piteux état et une curieuse montagne recouverte d'une bâche verte. En la soulevant, Stéphane découvrit deux sacs de couchage et une petite tente roulée dans un étui, le tout déposé sur une vieille chaise en bois.

« Si la cave n'avait pas été condamnée, Patrice aurait pu descendre pas mal de choses », songea-t-il en dégageant la bicyclette.

— La clé devrait être dans la vieille boîte à tabac de ton père.

D'un regard circulaire, il essaya de repérer le contenant.

— Je la vois, elle est là-haut! lança Janine, reconnaissant la boîte en fer-blanc.

Stéphane l'aperçut sur une tablette. Pour l'atteindre, il dut déplacer le banc de scie et l'équipement de camping. Le retrait complet de la bâche lui réserva toute une surprise :

— Wow! La chaise berçante de ton père!

La jeune fille s'approcha, l'air interrogateur. Stéphane enleva la tente et les sacs de couchage, découvrant deux coussins au tissu délavé.

— Tu es sûr? Je ne l'ai jamais vue chez nous.

— Ah non? s'étonna Stéphane. Pourtant, dans les années 1970, elle était dans la cuisine, à la place du buffet.

Large et robuste, la berceuse semblait avoir été fabriquée pour durer éternellement. Aussitôt émise, cette pensée éveilla en lui un souvenir :

— Tu ne te rappelles pas ? En 1918, elle était dans la cuisine de ton père.

Janine secoua la tête :

— Tout ce dont je me rappelle, c'est que je voulais partir de là au plus vite.

« Ça, c'est sûr, se dit-il. C'est quand même bizarre qu'elle ne l'ait jamais vue. »

Abandonnant sa réflexion, Stéphane ouvrit la boîte en fer-blanc renfermant trois pipes. Une forte odeur de tabac s'en dégageait : Patrice n'avait qu'à retirer le couvercle pour retrouver le souvenir de son grand-père. « Cré pépère, vous m'avez tellement manqué… » Ému, Stéphane se pencha pour humer les effluves du passé.

— Ah, voilà la clé, dit-il en saisissant un porte-clés en argent terni.

Refusant l'aide de Janine, il remit tout en place, cadenassa la porte puis sortit dans la ruelle au pas de course vers l'avant de la maison.

Janine s'assit à la table de pique-nique. Son regard se posa sur le grand pommier de Laurent. Comment assimiler l'énorme dose d'émotions vécues depuis ces deux dernières semaines alors que certitudes et doutes se tiraillaient inlassablement dans sa tête ? Elle soupira bruyamment.

Son séjour à l'hospice lui avait permis de remettre sa vie en perspective : rompre ses fiançailles et retourner aux études était la meilleure décision. Néanmoins, le ciel en avait décidé autrement. Oui, le ciel, car, contrairement à son père, Janine était croyante, même si elle était critique vis-à-vis de l'Église catholique. Seulement, ce soir, propulsée 41 ans dans le futur, Janine commençait à douter. Depuis toujours, elle s'était adressée à un Dieu de bonté : son bon Jésus juste et miséricordieux. Pendant les deux dernières années, chaque fois qu'elle avait demandé son soutien, elle avait senti sa présence apaisante. Alors, pourquoi lui tournait-il le dos aujourd'hui ?

Aux yeux de l'Église, se donner « hors des liens du mariage » était le pire péché d'entre tous, mais son châtiment n'était-il pas démesuré ? « Ça donne quoi de faire une bonne vie si à la première faute, je suis condamnée à l'enfer ? » Elle serra les poings. « Pourquoi m'avez-vous garrochée ici ? Un mariage obligé, c'était pas encore assez ? Vous vouliez me mettre en pleine face tout ce que j'allais rater ? »

Si seulement Ernest lui avait ouvert la trappe, cette nuit-là ! Si seulement elle n'avait pas connu Stéphane ! Si seulement son cœur voulait bien la laisser tranquille !

Elle croyait entendre sa tante : « Dieu t'aime, ma p'tite fille, c'est pour ça qu'il t'envoie cette épreuve. » Allons donc ! Dieu, son Dieu, son bon Jésus à elle ne pouvait pas être aussi cruel !

Rageuse, Janine se leva d'un bond. Ses yeux braqués vers le ciel lançaient des éclairs : « Mais où êtes-vous donc ? Existez-vous encore en 2000 ? » Dieu s'était-il éteint, faute de fidèles pour l'adorer ?

Un Dieu inexistant ou un Dieu sans cœur ?

Le son métallique d'un loquet. À la porte, Stéphane lui envoya la main et Janine, lui adressant son plus beau sourire, conclut sa singulière prière : «Seigneur, j'ai mené une vie pas mal raisonnable pour ce que vous m'offrez en échange. Alors, tant pis! En 2000, vous n'existez plus!»

Dans la cuisine, Janine examina sa robe. La dentelle de l'ourlet était maculée de boue.

— Regarde-moi ça, un vrai désastre. Heureusement, je n'ai pas besoin de la rendre à Marie-Claire.

Elle se laissa choir sur une chaise ; aussitôt, le poids de sa fatigue l'accabla de nouveau. Mais elle cligna des yeux et se releva promptement. Il restait trop peu de temps pour qu'elle le gaspille à dormir.

— Tu as faim ? demanda Stéphane, la tête dans le réfrigérateur.

— Je ne sais pas trop. Pour le moment, j'ai beaucoup plus envie d'une douche, précisa-t-elle en se dirigeant vers la chambre de Patrice.

Elle réapparut, quelques minutes plus tard, vêtue de la robe de chambre de son fils et, sur son bras, sa jolie chemise de nuit achetée la veille. Posté devant l'évier, Stéphane lui tournait le dos. Avec sa haute stature, on aurait dit Laurent, mais la tendresse fraternelle n'avait rien en commun avec ce qu'elle éprouvait pour celui qui l'avait délivrée de la cave. Silencieuse, elle admira ses larges épaules, ses bras puissants et s'attarda effrontément sur le pantalon marine arrondi par la courbure de ses fesses.

Pierre ne l'avait jamais troublée à ce point. Cette pensée ricochant sur son amertume intensifia son sentiment d'urgence. Elle voulait Stéphane. Tout son corps réclamait cet homme à la fois viril et vulnérable. Elle avait envie de se perdre dans ses 40 ans ; se laisser dominer par sa maturité, se laisser couler corps et âme dans ce désir viscéral, cette impudeur infâme.

— Prendrais-tu un café ?

Stéphane s'était retourné pour lancer sa question, croyant Janine encore dans sa chambre. En l'apercevant devant lui, il tressaillit. Surprise, elle détourna vivement les yeux.

— Euh, oui… non… Je sais pas, bredouilla-t-elle avant de tourner les talons pour s'enfuir dans la salle de bain.

— Rien à manger ? insista-t-il, s'interrogeant sur la réaction de son invitée.

La jeune fille avait entrouvert la porte :

— La même chose qu'hier, s'il en reste encore.

Après avoir déclenché la cafetière, Stéphane prépara deux assiettes. Puis, il alla se changer. Le nœud papillon redevint bout de tissu et le bel habit de Laurent fut suspendu dans la penderie. Une bonne douche serait la bienvenue avant d'aller dormir.

Revêtu d'un jean et de l'un de ses inévitables t-shirts, il revint vers la cuisine. Mais à l'entrée, il s'arrêta net, frappé d'une évidence : la chaise berçante de pépère, elle n'était peut-être plus dans la maison en 2000, mais son souvenir subsistait ! Rapidement, il gagna la chambre de Patrice afin de vérifier son hypothèse.

— Qu'est-ce que je devrais voir de spécial ? demanda Janine quelques minutes plus tard.

Dès sa sortie de douche, Stéphane l'avait entraînée devant le portrait que Pierre avait fait d'elle, quelques semaines avant la naissance de Patrice.

Revêtue de son nouveau vêtement de nuit, la jeune fille avait laissé ses cheveux tomber sur ses épaules. Derrière, Stéphane s'était penché sur elle, humant un doux parfum de savonnette.

— Regarde un peu sur quoi tu es assise, dit-il en glissant une main sur son épaule.

La berceuse ! Sur la toile, Pierre avait représenté Janine assise dans la chaise du hangar !

Elle se retourna, l'air interrogateur.

— Ah... Mais alors...

— Eh bien, je crois que tu ne devrais pas tarder à la revoir à ton retour en 1959. Elle devait être quelque part dans la cave jusqu'au jour où quelqu'un l'a remontée.

— Ça devait être avant qu'on recouvre le plancher de la cuisine pour condamner la trappe, déduisit-elle. C'est vraiment bizarre. Les tuiles étaient-elles là quand tu étais jeune ?

— Euh... peut-être. Je ne m'en souviens plus, répondit Stéphane, pris au dépourvu.

— Hum, j'ai comme l'impression que tu en sais plus que tu ne veux m'en dire...

La main sur la bouche, elle étouffa un bâillement.

— Excuse-moi, je suis tellement fatiguée, mes yeux se ferment tout seuls.

— Moi aussi, je suis crevé. La journée a été épuisante.

Ils s'attablèrent devant les brochettes de porc réchauffées au four à micro-ondes et Janine apprit enfin l'utilité de la fameuse boîte à boutons :

— C'est formidable, ce truc. Et moi qui croyais que c'était une boîte à pain... En tout cas, jusqu'au moment où j'ai aperçu le fil.

Ils rirent tous les deux de cette méprise.

Stéphane revint sur leur journée. La balade en tramway et la visite du parc d'amusement l'avaient ravi.

— C'est dommage que le parc Dominion n'existe plus, se désola la jeune fille. Je serais curieuse de voir ce qu'on a fait de cet endroit. Penses-tu qu'on pourrait y retourner demain ?

Coin Notre-Dame et Haig, dès qu'il était descendu du tramway, Stéphane avait reconnu le quartier qu'il avait habité quelques mois avec Nathalie, à l'époque où elle avait ouvert son animalerie dans un centre commercial situé non loin du métro Langelier.

— Oh, ça ne vaut vraiment pas le coup. Je suis certain qu'on pourra trouver une activité plus intéressante.

Pas question de l'amener là-bas admirer les grillages de la base militaire de Longue-Pointe, les hangars gris du Centre de formation des pompiers et les affreux réservoirs du parc de stockage pétrolier.

À son grand soulagement, Janine n'insista pas. Appuyée sur un coude, la joue dans la main, elle avait grand mal à garder les yeux ouverts. Stéphane la considéra en souriant :

— Le lit va être bon, si je comprends bien ?

— Seigneur, il est à peine 9 heures ! C'est bien trop tôt pour aller dormir, soupira-t-elle en se levant de table.

— Je n'ai pas non plus l'intention de traîner bien longtemps. Aussi bien s'organiser pour être en forme demain. N'oublie pas qu'il nous reste encore toute une journée, souligna Stéphane d'un ton dégagé qui le surprit lui-même.

« Seulement une journée… », l'entendit-il murmurer lorsqu'elle quitta la pièce d'un pas chancelant.

Vingt minutes plus tard, Stéphane, vêtu d'un seul boxer, s'affala devant la télévision. Le doigt sur la télécommande, il cherchait désespérément un jeu télévisé, un documentaire, un film, n'importe quoi qui pourrait détourner ses pensées de Janine.

Dans le coin inférieur droit de l'écran apparut le symbole des Jeux olympiques : les Jeux de Sydney ! On rediffusait les cérémonies d'ouverture. Stéphane s'y attarda quelques minutes, puis recommença à zapper en soupirant. Il tomba sur un vieux film de Sergio Leone. Contre toute attente, Henry Fonda, chapeau sur les yeux et cigarillo à la bouche, réussit enfin à capter son attention.

Un long hurlement le fit sursauter :

« Janine ! », songea-t-il instantanément.

Stéphane s'élança vers la chambre et entra sans frapper. Elle était recroquevillée dans le lit, tout échevelée, la tête enfouie dans l'oreiller qu'elle serrait contre son ventre. Stéphane s'assit à ses côtés.

— Voyons, voyons, qu'est-ce qu'il y a ? lui murmurat-il à l'oreille en glissant son bras autour de ses épaules.

Elle le dévisagea, les yeux dilatés d'horreur.

— Le feu… J'ai eu si peur. Du feu partout… Ma jaquette brûlait et je ne pouvais plus bouger.

Sa voix s'étrangla et elle se mit à pleurer à chaudes larmes comme une enfant. Stéphane la berça doucement.

— C'est fini, là… C'est fini, ce n'était qu'un mauvais rêve. Ne crains rien, je suis là maintenant.

Janine se lova contre lui. Après un moment, elle finit par se calmer. Les yeux fermés, elle savourait la chaleur de l'étreinte. Elle ne voulait pas quitter les bras de Stéphane, ce petit coin de paradis.

— Ça va mieux ? murmura-t-il dans ses cheveux.

— Si je dis oui, vas-tu me laisser toute seule ?

Stéphane s'écarta d'elle un moment pour la regarder.

— Et si tu te levais un peu ? Ça pourrait aider à dissiper ton cauchemar.

Elle poussa un long soupir.

— Ça ne changera rien. Je… je sais que je vais avoir peur de m'endormir, bredouilla-t-elle d'une voix étouffée. Reste avec moi…

Stéphane se figea : malgré son désir pour elle, le bon sens lui dictait de prendre ses distances.

Janine devina son malaise.

— Juste dormir ensemble. Qu'est-ce qu'il y a de mal là-dedans ?

Avait-elle seulement une idée de l'effet qu'elle produisait sur lui ? Mais que faire d'autre ? « Je pourrais attendre qu'elle s'endorme. Ensuite, j'irai dormir dans mon lit, ce sera mieux ainsi. »

— Bon, laisse-moi quelques minutes et je reviens.

Stéphane se leva prestement et retourna au salon éteindre le téléviseur avant d'aller se changer dans sa chambre. Non, il n'avait pas de pyjama. Ne trouvant rien de décent à se mettre, il décida d'enfiler son jean et de remettre son t-shirt. Il passa ensuite à la salle de bain se brosser les dents et en profita pour replacer sa chevelure hirsute. Son peigne tremblait dans sa main : « Du calme, du calme, mon vieux. »

Il revint auprès de Janine qui se redressa sur un coude.

Pourquoi s'était-il rhabillé ? Il était tellement chou avec son jean et son air embarrassé. « J'espère juste qu'il ne me prend pas pour une Marie-couche-toi-là », songea-t-elle. Il est vrai que sa demande était plutôt audacieuse, mais qu'importe ! Avoir été jusqu'au bout sans amour avec Pierre, n'était-ce pas plus répréhensible que de s'endormir chastement tout contre l'homme qu'elle aimait vraiment ?

Stéphane s'assit au bord du lit, n'osant pas s'étendre sans permission.

— Qu'est-ce que tu faisais pendant que je dormais ?

— Bof, je regardais la télévision.

Elle lui désigna l'oreiller à côté du sien. Leurs regards se croisèrent et ce que Stéphane vit le détendit suffisamment pour qu'il réponde à l'invitation. Pourtant, son malaise revint dès qu'il posa la tête sur l'oreiller. Pour se donner contenance, il grimaça un sourire qu'il jugea aussitôt ridicule.

— Elle est en couleur maintenant, articula-t-il difficilement.

Voyant Janine froncer les sourcils, il ajouta :

— La télé, elle est en couleur depuis plus de 30 ans.

— J'adore la télé ! Demain, j'aimerais bien voir ça.

— Ouais… Je ne sais pas trop. Comme ton frère a dit…

— Ben oui, Laurent et ses recommandations ! rétorqua Janine, les yeux au plafond. Je voudrais bien le voir à ma place. Si on l'écoutait, je passerais ma dernière journée enfermée entre les quatre murs de cette maudite maison.

Stéphane hocha la tête d'un air contrit.

Janine leva les yeux vers la mosaïque de photographies, cette grande fresque réunissant tous les membres de sa famille, réalisée par son fils peu avant son départ pour le Vietnam.

— Moins j'en sais et mieux ça sera ! Il est un peu tard, tu ne trouves pas ? Ma vie est là-haut et même si je le voulais, je ne pourrais rien changer. Alors qu'il aille au diable, le beau Laurent !

Ce ton amer surprit Stéphane.

—Je pensais que... t'aimais Pierre et que t'avais hâte de connaître Patrice.

La jeune fille reposa sa tête sur l'oreiller en soupirant.

—Je suis certaine que si je n'avais pas eu Pierre, j'aurais été incapable de passer à travers les deux dernières années, mais... c'est juste un ami. Mon meilleur ami peut-être, mais de là à me marier avec lui...

«Elle n'est donc pas amoureuse de lui!» Stéphane eut grand mal à contenir sa joie. La petite joie équivoque de celui qui espère.

—Je n'ai eu personne avant Pierre, souffla Janine en posant une main sur la joue de Stéphane.

Le rouge lui monta aux joues, mais elle ne détourna pas les yeux.

— Avant toi, je... je ne savais pas ce que ça voulait dire, aimer quelqu'un...

Leurs regards s'accrochèrent pour une parcelle d'éternité. Doucement, les doigts tremblants de la jeune fille glissèrent jusqu'aux lèvres de Stéphane. Ces lèvres qui s'entrouvrirent pour effleurer les doigts d'un baiser avant de murmurer:

—Janine... On ne peut pas. C'est impossible...

Aussitôt, la magie se dissipa. D'un geste brusque, la jeune fille se redressa dans le lit.

— Alors, il vaut mieux que je reparte le plus vite possible!

La réplique brutale frappa Stéphane comme un coup de poing. D'un geste buté, Janine avait repris son oreiller pour l'étreindre de nouveau en se balançant d'avant en arrière. Stéphane s'assit à son tour. Craignant d'avoir tout gâché, voulant à tout prix dissiper l'odieux malaise, il amorça un geste pour enlacer la jeune fille qui se raidit et tenta de s'écarter. Stéphane la retint contre lui.

— Moi aussi, Janine... Je le ressens. Je le ressens, et très fort, lui susurra-t-il à l'oreille.

Il la sentit se détendre.

— Mais tu sais bien que cette situation n'a pas de bon sens : c'est une distorsion du temps qui n'aurait jamais dû se produire...

Il n'avait que lui à blâmer : dès qu'il avait senti son trouble, il aurait dû se rappeler avec qui il était.

— J'ai eu tort de t'embrasser tout à l'heure dans le métro.

Délaissant son oreiller, Janine s'était blottie contre Stéphane. Des larmes roulaient sur ses joues. Il avait raison, oui, bien sûr qu'il avait raison. Que faire maintenant de ce sentiment si puissant, de cet amour inespéré ? L'abandonner sans même y goûter ?

Luttant de toutes ses forces contre ses sentiments et l'éveil d'une libido endormie depuis des mois, Stéphane cherchait avec difficulté une excuse pour se lever. Puis, se rappelant le film de Leone, il relâcha son étreinte.

— Il y a un vieux western spaghetti à la télé. Tu veux voir ça ?

Comme il l'avait espéré, l'expression fit réagir la jeune fille :

— Spaghetti ? Pourquoi spaghetti ?

Ils arrivèrent à temps pour assister à la scène de la vengeance de l'homme à l'harmonica.

— *Il était une fois dans l'Ouest*, c'est d'après moi le meilleur film de Sergio Leone.

Remplie de bonne volonté, Janine prit place sur le sofa à une bonne distance de Stéphane qui, du coin de l'œil, l'observait : l'image en couleur, la dimension de l'écran, la musique enivrante semblaient la captiver. Après quelques minutes, il lui offrit une tisane qu'elle accepta. Dans la cuisine, pendant que la bouilloire chauffait, il nettoya le comptoir et rangea les assiettes sales dans le lave-vaisselle. Lorsqu'il revint au salon avec deux tasses fumantes, il retrouva Janine assoupie. Il déposa les tasses sur une table basse et se pencha pour lui glisser à l'oreille : « Viens. Tu seras mieux dans ton lit. »

Elle entrouvrit les yeux et leva la main pour saisir celle que Stéphane lui tendait. Dans la chambre, elle se laissa border sans un mot.

— Je laisse la porte ouverte et un peu de lumière dans la cuisine. Dors bien et ne t'inquiète pas, je ne serai pas loin, chuchota Stéphane en la quittant.

Sa tisane terminée, il s'étendit tout habillé sur son lit. Après une heure à se retourner, il comprit que le sommeil ne viendrait pas. Il se releva en pestant, retourna devant la télé sans l'allumer. Tout à coup, il entendit Janine l'appeler de sa chambre.

En l'apercevant se redresser dans la pénombre pour ouvrir les couvertures, il capitula : son immense soif de tendresse avait dompté sa raison. Il entra dans la chambre et se glissa près d'elle. Étendu sur le dos, il saisit le bras de Janine pour l'inviter dans ses bras. Elle se lova tout contre lui. Stéphane déposa ses lèvres sur ses cheveux. Enivré par leur doux parfum, il ferma les yeux. Maintenant, il pouvait dormir.

Chapitre 8

Mercredi 16 septembre 1959

La grisaille s'était accrochée aux derniers jours, le quartier Rosemont ployait sous les nuages et la désolation. Un vent frisquet soulevait une odeur âcre provenant des débris calcinés de la Résidence Saint-François-Solano.

À voir l'état de la bâtisse, il était difficile de croire que l'incendie avait fait si peu de victimes. L'aile ajoutée en 1925 avait été dévastée, le feu et l'eau avaient chassé la trentaine de vieillards, la plupart en perte d'autonomie et sans famille.

Seule la construction d'origine, abritant le parloir, les cellules des religieuses et la chapelle, avait été miraculeusement épargnée grâce au violent orage qui s'était abattu sur Montréal à la fin de cette nuit-là.

Très vite, les secours s'étaient organisés et Marie-Claire Duminisle avait ouvert les portes de sa grande maison. Dès le lendemain, une armée de bénévoles y affluèrent avec un seul but : dénicher un abri transitoire pour les pensionnaires, dont une demi-douzaine hébergés par la châtelaine. La plupart des religieuses avaient été relogées dans d'autres résidences de la communauté et les vieillards avaient trouvé asile dans leur parenté ou chez des gens charitables du quartier. Sept personnes étaient demeurées au château : un vieux couple, Jo Larivière et quatre religieuses, dont sœur Saint-Esprit, la supérieure de l'hospice, et sœur Marie-des-Saints-Anges qui tenaient à rester à proximité de l'hospice. Le pire était passé, disait-on, toutefois un mystère demeurait entier : qu'était devenue Janine Provencher ?

En dépit du secret imposé par la supérieure à la congrégation, l'arrivée impromptue de la nièce de sœur Marie-des-Saints-Anges, une semaine plus tôt, n'était pas passée inaperçue. Derrière chaque porte, le long des couloirs de l'aile des chambres, le bavardage allait bon train. L'occasion était trop belle et le besoin de divertissement trop grand pour s'abîmer dans le silence imposé par la charité chrétienne.

La nuit de l'incendie, un rassemblement de curieux massés autour de l'hospice en flammes avaient été témoins d'une scène affligeante : un homme survolté avait bousculé les pompiers pour s'élancer au cœur du brasier. Tous avaient reconnu l'imprudent, mais qui pouvait affirmer être lié d'amitié avec un homme aussi hargneux ? Ernest Provencher avait été difficilement maîtrisé. Le feu s'était emparé de sa chemise, il avait été brûlé à l'épaule. Malgré ses protestations, on l'avait embarqué dans une ambulance pour l'expédier à l'hôpital où on lui avait administré une forte dose de calmants.

Le lendemain matin, celui que tout le voisinage croyait dur comme le roc n'était plus que l'ombre de lui-même : étendu dans son lit et ses yeux vitreux fixant le plafond. Le médecin avait diagnostiqué un violent choc nerveux.

À l'aube, les pompiers avaient retrouvé trois cadavres dans les ruines de la résidence, mais la fille d'Ernest demeurait introuvable. Pendant deux jours, on avait vainement ratissé les décombres. Il est rare qu'un incendie ne laisse aucune trace de ses victimes. Tout le quartier se perdait en conjectures.

Aujourd'hui, les funérailles des trois victimes devaient avoir lieu en l'église Saint-François-Solano, située à quelques pâtés de la résidence sinistrée.

Au château, Marie-Claire Duminisle se préparait pour la cérémonie. Assise à sa coiffeuse, la vieille demoiselle contemplait son reflet dans la glace, celui d'une dame d'âge mûr aux traits tirés. Pas de maquillage pour dissimuler sa tache de vin, coquetterie bien futile alors qu'il lui tardait de s'agenouiller à l'église. Dieu pourrait-il lui venir en aide ? Que faire de tout ce qu'elle savait ? Combien de temps encore pourrait-elle garder son secret ?

Depuis quatre ans, de troublantes impressions la ramenaient constamment dans sa jeunesse en présence de Laurent au moment même où il voyageait dans le passé. Tout comme pour Jo Larivière, la réminiscence surgissait très clairement, tel le rappel d'un événement récent, puis s'estompait peu à peu pour devenir un lointain souvenir.

Avec le temps, Marie-Claire et Jo s'étaient aguerris à ce curieux phénomène, tant et si bien qu'ils purent suivre le périple de Laurent lorsqu'il quitta définitivement les années 1950.

Tous les soirs, les deux amis se rencontraient afin d'échanger autour de leurs «nouveaux souvenirs». C'était leur façon à eux de rester en contact avec Laurent. Marie-Claire appréciait la présence de Jo. Elle avait besoin qu'il soit là. Lui seul était en mesure de comprendre les tendres sentiments qui l'unissaient au fils d'Ernest.

À partir du mois d'avril 1959, leurs réminiscences se raréfièrent, alors qu'en 1918, Laurent avait quitté la maison de Charles Duminisle pour fuir l'armée canadienne. En mai, le coup de fil qu'il donna à la jeune Marie-Claire rassura son alter ego : sain et sauf, Laurent s'était refait une nouvelle identité et travaillait au parc Dominion. Ensuite, plus rien jusqu'au 15 septembre, la veille...

En début d'après-midi, un flash fulgurant avait surgi dans l'esprit de Marie-Claire. Jour pour jour, 41 ans plus tôt, elle avait eu une longue conversation avec un couple mystérieux qu'elle avait surpris dans la cave à vin : un homme d'une quarantaine d'années et une jeune fille prénommée Janine – la sœur de Laurent !

Électrisée, elle s'était efforcée à retrouver son calme pour noter en vrac toutes les pensées qui avaient afflué en elle avant qu'elles ne s'estompent, puis elle s'était précipitée dans la chambre de son vieux complice.

—Jo! La sœur de Laurent... je sais où elle est! avait-elle chuchoté en lui tendant son bout de papier. Je l'ai vue ici, dans la cave. Elle m'a même parlé de l'incendie... Il y avait un homme avec elle.

Jo s'empara du papier où des mots avaient été gribouillés à la hâte : *médaillon Janine incendie puits hospice homme du futur passages parc Dominion confrérie Magnan auto Jo.*

Le vieil homme avait esquissé un sourire triomphant, son œil valide pétillant de malice.

— Laurent a dû parler des passages à sa sœur. J'vois pas d'autre chose... Le vlimeux! Il m'avait pourtant promis... Il fait toujours à sa tête, pis... y fait maudi-tement ben!

Il avait parcouru la liste de Marie-Claire en se massant le menton hérissé d'une barbe de trois jours.

— "Homme du futur"? Qu'est-ce que tu veux dire par là?

—Je te l'ai dit, Janine était en compagnie d'un homme. Il m'a dit qu'il venait de l'an 2000.

— Bonyeu d'fer!

Jo avait saisi fermement les épaules de la châtelaine. Il n'y avait plus de temps à perdre.

— Maintenant, Marie, il faut absolument que tu te souviennes du plus possible de détails. Premièrement, tu dois te calmer… On… on doit se calmer… Allez, étends-toi sur le lit, ferme les yeux et prends de grandes respirations.

Peu à peu, Marie-Claire était parvenue à se détendre suffisamment pour résumer l'essentiel de cette incroyable rencontre. Au pied du lit, Jo n'avait perdu aucune de ses paroles, se retenant de l'interrompre de peur que les souvenirs ne s'effacent complètement.

Marie-Claire avait ouvert les yeux sur un Jo à l'air complètement ahuri.

— Et ce type… le gars du futur. Qui c'était?

— Je n'arrive pas à me souvenir de son nom, avait-elle répondu en s'assoyant au bord du lit.

Jo avait fait quelques pas vers la fenêtre donnant sur l'hospice. En écartant le rideau, il avait vu des badauds discuter sur le trottoir.

— La fille d'Ernest et le gars… tu as dit que tu les avais envoyés chez moi pour que je les conduise au parc Dominion dans le char de ton père… Mais Marie, avait-il ajouté en se retournant vers elle, moi je n'ai aucun souvenir de ça.

— Tu es sûr?

— Si ton père m'a prêté son char, j'ai dû en profiter pour emmener les enfants à Saint-Paul.

En proie aux mêmes appréhensions, les deux amis s'étaient dévisagés: où était la sœur de Laurent maintenant?

— Bon, d'accord, admettons que vous ne vous êtes pas croisés, ils ont dû trouver un autre moyen pour descendre dans le bas de la ville, puisqu'ils ne sont pas revenus au château, supposa Marie-Claire, refusant de glisser dans le défaitisme.

— Ouais, t'as raison, mais c'est plate pareil… Si je les avais amenés moi-même, on ne se poserait pas tant de questions.

— Nous aurons des nouvelles bientôt. Laurent saura nous contacter.

Le cœur lourd, Marie-Claire se coiffa d'un petit chapeau noir à voilette. Plus que jamais, l'absence de celui qu'elle aimait se faisait cruellement sentir. Depuis quelques mois, elle traînait une morosité que seul un grand rêve parvenait à dissiper : fonder une école dans un petit village du Cameroun. Si, à son retour, elle arrivait à convaincre Laurent de la suivre, cette mission éducative pourrait bien être le passeport vers sa liberté. Le véritable meurtrier de Daveluy courait toujours et même si on le retraçait, Laurent devrait tout de même faire face à la justice pour vols. Combien d'années de prison devrait-il purger ? Dans ce cas, la fuite était préférable et de loin. De nouveau, l'aventure prendrait le pas sur l'amour et Marie-Claire ne se sentait plus la force de le voir repartir.

Avant de partir pour les funérailles, Marie-Claire vint frapper à la porte de Jo, mais n'obtint pour toute réponse qu'un énorme ronflement. Sachant qu'il avait passé une mauvaise nuit, elle décida de le laisser dormir.

***

Lorsque le curé Lafrenière, un homme costaud à l'allure sévère, se présenta dans le sanctuaire, l'assistance se leva d'un seul élan.

— *In nomine Patris, et Filii, et Spiritus Sancti. Amen.*

Tout le voisinage était présent. Une vingtaine de religieuses occupaient la rangée centrale. On avait même aperçu le député de la circonscription.

— *Confiteor Deo omnipotenti et vobis, fratres, quia peccavi nimis cogitatione, verbo, opere et omissione. Mea culpa, mea culpa…*

Le grand orgue du jubé resta muet. Seule la voix de stentor du prêtre résonnait dans le temple.

Dans l'atmosphère teintée d'austérité et de recueillement, plusieurs regards inquisiteurs fixaient le premier banc de la rangée d'extrême droite où prenait place sœur Marie-des-Saints-Anges qui étouffait ses sanglots dans un mouchoir pressé contre ses lèvres. Elle était là, assise à l'écart, toute seule sur son banc assez long pour accueillir trois autres personnes.

Des têtes, certaines nues, d'autres chapeautées, se retournaient au moindre claquement de porte, au moindre bruit de pas et d'un peu partout s'élevait le bourdonnement d'un même chuchotement.

«Où est Ernest Provencher? S'il avait mis un peu de religion dans sa vie, tout ça ne serait peut-être jamais arrivé.»

Marie-Claire Duminisle occupait un banc au bout de l'une des rangées de l'allée centrale. Elle soupira en baissant les yeux sous sa voilette. Tout à l'heure, sur le parvis de l'église, elle avait été abordée par une voisine des Provencher, qui lui avait appris le retour d'Ernest de l'hôpital.

«Si au moins, il savait...» Le souvenir du service commémoratif dédié à toutes les victimes de la grippe espagnole, tenu 41 ans plus tôt, lui revint à la mémoire. C'était la première fois depuis des semaines qu'une telle cérémonie avait lieu puisque le gouvernement avait ordonné la fermeture des églises, de crainte de voir se propager l'épidémie.

Marie-Claire se revit complètement effondrée devant l'autel, vêtue de sa robe de novice, ne sachant plus si elle avait envie de croire à quelque dieu que ce soit. Après l'office, elle s'était précipitée chez elle pour arracher sa bure qu'elle avait brûlée dans la cheminée du grand salon.

— *Kyrie eleison. Kyrie eleison. Christe eleison. Christe eleison.*

En lui faisant jurer d'entrer au couvent malgré ses réticences, Laurent lui avait sauvé la vie. «Le destin devait suivre son cours... s'était-elle cent fois répété. Si je ne l'avais pas connu, je serais entrée au carmel pour en sortir quelques semaines plus tard.»

Ses pensées retournèrent à Ernest Provencher. En 1918, sa propre douleur l'avait rapprochée de sa souffrance à lui et, bien qu'ils ne se soient jamais adressé la parole, elle aurait souhaité lui apporter un peu de réconfort. Quelques heures plus tard, lorsque Jo lui avait appris qu'Ernest avait quitté le quartier, cette soudaine désertion s'était additionnée à sa peine.

Le son de la clochette, invitant les fidèles à s'asseoir, tira Marie-Claire de sa funeste songerie. L'homélie fut brève : le curé remercia le ciel d'avoir épargné les survivants, recommanda les défunts à Dieu et louangea les bénévoles. La disparition de Janine passa sous silence. Était-ce parce qu'il ne savait pas trop comment aborder la question ou par pure mesquinerie envers la brebis galeuse de la paroisse ?

— *Credo in unum Deum*, lança-t-il du haut de sa chaire pour clore son prêche.

L'assistance se leva pour répondre à l'appel.

Après le Credo, un silence de cloître plana sur l'assistance. Dos à la foule, le célébrant procédait à la liturgie eucharistique en marmonnant des paroles incompréhensibles.

Un léger grincement suivi d'un claquement se fit entendre. Des pas résonnèrent. Une trentaine de têtes se retournèrent.

Chapeau à la main, un jeune homme élancé au teint blafard s'avança dans l'allée de droite pour s'arrêter au banc de la religieuse esseulée qui se poussa pour lui céder sa place. Négligeant la génuflexion rituelle,

Pierre Bilodeau se glissa auprès de la tante de sa fiancée.

Marie-Claire pinça les lèvres. « Pauvre petit jeune homme... »

Les chuchotements des paroissiens avaient repris de plus belle, mais se turent subitement devant le regard noir que le curé leur adressa en se retournant.

— *Dominus Vobiscum*, lança-t-il d'un ton menaçant.

— *Et cum spiritu tuo*, répondit la foule penaude.

Le prêtre revint devant son autel pour bredouiller une autre prière.

Tout à coup, la lourde porte d'entrée grinça de nouveau et des pas rapides ponctués du toc-toc d'une canne se rapprochèrent du sanctuaire. Marie-Claire, plongée dans un profond recueillement, tressaillit vivement lorsqu'on lui empoigna le bras.

Jo ! Son œil flamboyait sous sa casquette, il semblait survolté.

— Viens, sortons d'ici !

Rouge de confusion, la vieille demoiselle quitta sa place. Son malaise jurait à côté des coups d'œil effrayants que le borgne lançait à tous les curieux osant le dévisager. Les deux amis franchirent la porte au moment où le curé aboyait ses trois *Sanctus*.

Quelques minutes plus tard, en voyant revenir la châtelaine, seule et radieuse, plus d'une mauvaise langue en perdit son latin.

Jo Larivière avait mieux à faire que d'assister aux funérailles. Quelques minutes plus tôt, à son réveil, une fulgurante réminiscence avait émergé dans son esprit : Élise, la première femme d'Ernest, l'avait interpellé de son perron pour lui parler du couple qu'elle avait recueilli, la veille.

— Ils vous cherchaient, Jo. La femme était en famille. Elle a eu une sorte de malaise. On les a fait rentrer pour qu'elle se repose. On a jasé un peu. L'homme avait l'air d'un bon gars.

Le Jo de 1918 avait froncé les sourcils : malgré la description que lui faisait sa voisine d'en face, il n'avait aucune idée de qui il s'agissait.

Dans son lit, le vieux Jo n'avait pas bronché. La mention d'une femme enceinte le rendait perplexe. Il avait refermé les yeux et s'était concentré intensément. Peu à peu, un détail de la conversation lui était revenu, un détail crucial, presque tangible : le mari de la femme s'appelait Stéphane !

Retrouvant un élan de jeunesse, il avait bondi de son lit :

— Bonyeu d'fer ! On tient notre gars du futur !

Chapitre 9

Samedi 16 septembre 2000

Il avait plu une partie de la nuit, mais dès le petit matin, le soleil avait percé la couche nuageuse. Maintenant, il embrasait le ciel.

Rue d'Orléans, un vieil homme déambulait en tirant péniblement un panier à roulettes bourré de victuailles. Le vrombissement d'un moteur se rapprocha dans un puissant crescendo qui culmina au coin de la rue Dandurand. Terrifié, le vieux tourna vivement la tête vers l'Alfa Romeo qui venait de s'engager dans sa rue. L'auto dépassa le vieillard, s'arrêta devant un espace libre et se gara rapidement.

Derrière le volant, une jolie femme, cheveux courts bruns aux reflets cuivrés, coupa le moteur, enleva ses verres fumés avant de saisir un paquet de du Maurier sur le siège du passager. D'un doigt, elle fit sauter le couvercle de son Zippo et rapprocha la flamme de sa cigarette. Sa main tremblait. Après quelques bouffées, elle se redressa, écrasa sa cigarette et abaissa le pare-soleil. La petite glace lui renvoya un teint blafard et un regard désabusé. En soupirant, elle fouilla dans son sac à main et sortit une trousse à maquillage. Quelques coups de pinceau, un peu de rimmel et une couche de rouge à lèvres ravivèrent sa beauté ensorcelante. Satisfaite, elle battit des cils et remonta le pare-soleil.

Sous les yeux admiratifs du vieillard au panier, elle se glissa hors de son auto, une nouvelle cigarette coincée entre les lèvres, son sac à main au bras et une enveloppe brune à la main. D'un geste vif, elle lissa sa jupe moulante, avant de faire claquer ses talons aiguille sur le trottoir. Avec son port altier, sa silhouette élancée et sa plantureuse poitrine, on aurait dit une vedette de cinéma. Tout dans sa démarche semblait une invitation à qui voulait bien la contempler.

Elle s'arrêta devant la petite maison blanche, jeta les yeux sur l'adresse griffonnée sur son enveloppe et, d'un pas décidé, gravit les marches du perron.

Après un premier coup de sonnette infructueux, la femme sonna de nouveau puis consulta sa montre : « Dix heure trente, il n'est tout de même pas encore couché. »

La première sonnerie avait tiré Janine du sommeil. Elle sortit du lit et quitta la chambre. La cuisine embaumait le café frais. Elle entendit Stéphane fredonner sous la douche.

Au deuxième coup de sonnette, la douche se tut.

— Prends ton temps, je vais ouvrir, lança-t-elle contre la porte de la salle de bain.

Une troisième sonnerie retentit.

— Voilà, voilà, dit-elle en déverrouillant la porte.

La visiteuse afficha une mine étonnée. Ses yeux allèrent de son enveloppe à l'adresse civique.

— Stéphane Gadbois, c'est ici ? demanda-t-elle sans autre préambule.

— Il est sous la douche, répondit Janine, retenant son souffle.

L'étrangère considéra la jeune fille d'un air suffisant.

— OK, je vais l'attendre, rétorqua-t-elle en s'avançant vers Janine avec un geste dédaigneux de la main comme si elle voulait chasser une mouche.

Elle contourna son hôte et s'avança dans le couloir, laissant Janine bouche bée devant un tel sans-gêne. Dans la cuisine, la femme tira une chaise et s'assit en déposant son enveloppe brune et son sac à main sur la table.

— Il y a un cendrier dans cette maison ? lança-t-elle en brandissant sa cigarette.

De plus en plus agacée, Janine dévisagea l'intruse au chemisier audacieusement échancré.

— Quoi ! Tu veux ma photo ? s'exclama l'autre avec un geste impatient qui fit se détacher un petit cylindre de cendre de sa cigarette.

Fulminante, Janine ouvrit une porte d'armoire et revint avec une assiette ébréchée qu'elle posa sur la table d'un geste retenu. Sans la remercier, l'étrangère secoua sa cendre et tira une nouvelle bouffée en détaillant Janine de la tête aux pieds, un sourire condescendant aux lèvres.

Tout à coup, son visage s'éclaira. Elle se leva précipitamment en écrasant sa cigarette.

— Stef!

Janine se retourna. À la porte de la salle de bain, Stéphane en jean, torse nu, les cheveux humides, avait les yeux braqués sur l'inconnue.

— Qui t'a donné mon adresse? lança-t-il d'un ton cassant qui surprit Janine.

Les bras tendus, la femme s'élança vers lui.

— Oh, Stéphane, ça fait si longtemps!

Il eut un brusque mouvement de recul.

— Va-t'en, Nathalie, tu n'as rien à faire ici!

Les yeux mouillés, suppliants, Nathalie agrippa son mari pour se presser contre lui.

— Tu n'as pas le droit de me faire ça! Je t'aime! S'il te plaît, reviens à la maison. On va repartir à zéro. Tu vas voir, j'ai changé, pleurnicha-t-elle avant d'enfouir son visage dans le cou de l'homme qui resta les bras ballants.

Le cœur battant, Janine, plaquée contre le mur, entendit Stéphane pousser un soupir exaspéré.

Vaincue, Nathalie releva la tête et aperçut la jeune fille dont elle avait oublié la présence. Humiliée de s'être ainsi donnée en spectacle, elle s'arracha brusquement de son époux.

— C'est qui, elle? cracha-t-elle.

Retrouvant son air hautain, elle examina de nouveau Janine de haut en bas.

— Voyons, Stef, ne me dis pas que c'est ta nouvelle blonde! s'esclaffa-t-elle.

Bouillante de rage, Janine ouvrit la bouche, mais Nathalie ne lui laissa pas le temps de riposter:

— Heille, toi! J'ai des choses à discuter avec mon mari. Alors, fais de l'air, veux-tu? ordonna-t-elle en répétant son geste méprisant de la main.

C'en était trop! Hors de lui, Stéphane empoigna le bras de sa femme.

— Là, ça va faire! Crisse-moi ton camp!

— Aïe! Tu me fais mal! hurla Nathalie en se dégageant.

Elle retourna vers la table, s'assit avec autorité et, pointant son mari du doigt, elle s'adressa à sa rivale:

— Je veux lui parler! vociféra-t-elle d'une voix de crécelle. Est-ce trop demander de vouloir un peu d'intimité avec MON mari?

« Seigneur! Cette fille est complètement folle! », se dit Janine en tournant le dos pour regagner sa chambre.

— Non, reste!

La jeune fille se retourna. Stéphane tendit un bras vers elle. Ses yeux exprimaient une telle tendresse que, sans hésiter, Janine revint vers lui.

Ulcérée, Nathalie se raidit: le geste de Stéphane avait anéanti ses dernières illusions. Son pouvoir de séduction et ses tactiques manipulatrices n'avaient plus de prise sur lui. Il ne lui restait plus que la cruauté des mots :

— C'est ça, reste avec ta toutoune ! C'est tout ce que tu mérites ! rugit-elle, le visage convulsé de haine.

Stéphane encaissa sans sourciller, mais Janine le sentit se crisper.

— Va-t'en, Nathalie, souffla-t-il d'une voix lasse.

Les épaules de l'intruse s'affaissèrent. Elle s'empara de l'enveloppe brune sur la table et la jeta à la tête de Stéphane, puis empoigna son sac à main. Toc ! Toc ! Toc ! Ses talons martelèrent rapidement les lattes en bois du couloir. Elle ouvrit la porte à la volée et sortit sans la refermer. Stéphane se précipita à sa suite et donna un coup de pied dans la porte qui se referma avec fracas. De la rue parvint le ronflement d'un moteur qui démarra et fila en accélérant dans un bruit d'enfer.

Stéphane revint dans la cuisine et saisit la grande enveloppe que lui tendait Janine. Il en sortit ses papiers de divorce qu'il jeta sur la table avec un hausse-ment d'épaules. Vidé de son énergie, il fit quelques pas dans le couloir et entra dans le salon en invitant Janine à le suivre. Sonnés comme deux rescapés d'une terrible tornade, ils se laissèrent tous deux choir sur le sofa.

Des scènes semblables, Stéphane en avait vécues des centaines depuis 12 ans. Le nombre de fois où il avait voulu rompre ne se comptait plus. Seule-ment, laisser Nathalie signifiait aussi et surtout se mettre à dos les Lamarche : cette famille qui l'avait accueilli si chaleureusement, cette famille qu'il avait cru sienne.

— Elle n'a pas pris ses médicaments, balbutia-t-il. Il n'y a plus personne pour le lui rappeler. Elle s'en sacre ! Mais… il fallait absolument que je la quitte… J'étais en train de devenir fou.

Sa voix s'étrangla. Il baissa la tête. Janine vit ses épaules tressauter. Le cœur chaviré, elle caressa ses cheveux encore humides.

— Personne n'a le droit de te traiter comme ça, murmura-t-elle.

La douceur de cette voix vibra comme un écho du passé. Stéphane redressa la tête et considéra la jeune fille, frappé par une troublante sensation de déjà-vu : il a 15 ans, sa mère passe son temps à l'engueuler. Elle le déteste et son père se fiche de lui. Il se sent si seul. Désemparé, il claque la porte de chez lui pour trouver refuge chez Patrice. Janine Bilodeau l'accueille, le réconforte. Qu'il fait bon pleurer dans ses bras. Il l'aime tellement. Il l'a toujours aimée…

Stéphane cligna des yeux. Les années 1970 étaient loin et madame Bilodeau avait fait place à une jeune fille dont les yeux brillaient d'amour pour lui. Bouleversé, il détourna la tête.

Il sentit la main de Janine glisser sur son dos, son souffle tiède tout contre son oreille le fit frissonner. Pourquoi se détourner de la fontaine lorsqu'on meurt de soif ?

Il s'inclina vers elle, leurs lèvres se trouvèrent et se frôlèrent dans de petits baisers timides.

— Oh, Stéphane, murmura-t-elle, je t'aime, je t'aime tellement !

En entendant un sanglot étouffé, il la pressa contre lui.

— Ne pleure pas, ma douce. Ne pleure pas.

— Embrasse-moi, je t'en prie, souffla-t-elle dans son cou.

Il se redressa, prit son visage entre ses mains et se pencha de nouveau vers elle. Leurs lèvres s'effleurèrent et se joignirent enfin. Puis celles de Stéphane s'entrouvrirent et Janine sentit la douceur d'une langue sur ses lèvres. Jamais Pierre ne l'avait embrassée ainsi.

Ils restèrent longuement allongés sur le sofa à s'embrasser, à se perdre dans cette délicieuse dimension où le temps n'avait pas encore prise. C'était si bon cette intimité, ce partage, ce goût de l'autre…

Soudain, une sonnerie fendit l'air. Stéphane se redressa, le regard noyé dans celui de la jeune fille.

— Ah, qu'ils aillent tous au diable ! grogna-t-il avant de retourner se coller contre Janine.

Mais le son strident retentit encore, devint insistant. Les amoureux se dévisagèrent : Nathalie ?

— Bon, je ferais mieux d'y aller, soupira Stéphane en se levant.

La porte s'ouvrit sur un homme dans la cinquantaine affichant un large sourire.

— Jess ? Que viens-tu fai…

« Oh merde ! », poursuivit-il dans sa tête.

— Ben, il est presque 10 h, ce n'est pas l'heure qu'on avait convenue ? répondit le nouveau venu en retirant sa cigarette de sa bouche.

— Ouuui, mais…

Dans le salon Janine se releva, étourdie de sensations voluptueuses. Son pouls avait grand mal à retrouver un rythme régulier. Une voix masculine lui parvint du vestibule. Curieuse, elle jeta un coup d'œil dans le couloir et vit un homme élancé aux cheveux longs, le nez chaussé de petites lunettes rondes.

« Mon Dieu, on dirait un des types du groupe de musique dont Stéphane m'a parlé l'autre fois… Les Bea quelque chose… »

— Ah ! Ah ! Bonjour mam'zelle ! la salua joyeusement Jess avant de chuchoter à l'oreille de Stéphane : Mouais… je comprends maintenant pourquoi tu m'as oublié…

Réalisant tout à coup qu'elle était encore en robe de nuit, Janine rougit jusqu'aux oreilles. Stéphane avait l'air aussi embarrassé qu'elle.

— Je te présente Jess. C'est lui qui m'hébergeait avant que j'emménage ici, précisa-t-il.

« Ah, oui, le musicien… », songea la jeune fille en esquissant un sourire crispé.

En fait, pour ses fans, Phil Jessen, alias Jess, claviériste et compositeur renommé, était la vibrante incarnation de la musique.

Jess tendit une main amicale vers la jeune fille qui, lorgnant l'air confus de Stéphane, décida de se présenter elle-même :

— Enchantée, moi c'est Ja... nie.

Puis, ne sachant trop quelle attitude adopter, elle se retira dans sa chambre.

— Alors, je t'emmène ? demanda le musicien en suivant Janine du regard.

Deux semaines plus tôt, Stéphane lui avait offert son aide pour déménager dans sa nouvelle maison à Saint-Lambert. Lorsque Jess avait parlé d'engager des déménageurs, Stéphane l'avait fait changer d'idée :

— Pourquoi payer pour rien ? Trouve-toi trois ou quatre chums et laisse-moi réserver le camion. Tu as ton chauffeur. Je te dois bien ça !

Comme convenu, Jess passait le prendre avant d'aller chercher le camion de location.

— *Come on*, insista gentiment le musicien. Tu sais bien que je suis nul pour conduire ce genre de monstre. On a déjà pas mal de stock de rendu et j'attends une bonne gang pour nous aider. Ça ne devrait pas être bien long : on a un show ce soir, tu t'en souviens ?

Stéphane se mordit les lèvres : « Merde, le show ! J'ai pas eu une minute pour pratiquer ! »

Il retint un soupir : il ne pouvait pas se désister à la dernière minute. Par contre, le peu de temps qu'il restait à passer avec Janine était si précieux...

— Amène-la, ta blonde, si tu ne peux pas t'en passer, suggéra Jess en rigolant.

— Ce n'est pas ma blonde ! Voyons, Jess, tu as vu l'âge qu'elle a ?

— Bof, tu ne serais pas le premier à t'amouracher d'une jeune poulette du printemps.

— Eh bien, ce n'est pas le cas ! rétorqua Stéphane. Jan… Janie est la nièce d'une de mes amies. Je l'héberge pour quelques jours, c'est tout !

Quelques minutes plus tard, confortablement installée sur le siège arrière d'une Jeep, Janine, étonnée, découvrait une nouvelle facette de la personnalité de Stéphane.

— Bon, d'accord, tu n'as pas pratiqué depuis quelques jours. *So what!* s'exclama Jess. La dernière fois, ton solo était parfait.

— Ouais, ouais, sauf qu'il démarre la toune, ce maudit solo de guitare…

— Quatorze petites mesures, Stéphane, précisa le musicien. *Anyway*, tu t'en fais pour rien : dès les premières notes, la foule sera si hystérique qu'on ne t'entendra plus.

Le soupir douloureux de son ancien colocataire le fit éclater de rire.

— T'as la chienne, Stef, c'est juste ça. Elle fait partie de toi, cette mélodie, on a fait les arrangements ensemble.

— Ben oui, mais ça fait plus de 20 ans que je ne suis pas remonté sur scène.

— Arrête de capoter. On l'a pratiquée des heures avec la gang ; tu n'as rien perdu de ta dextérité. Sinon, penses-tu que j'aurais accepté ton offre ? Je t'aime ben, mon chum, mais tu sais comment je suis pointilleux.

« Pour être pointilleux, ah ça... », se souvint Stéphane.

En 1978, au cégep de Rosemont, pendant ses études en sciences humaines, Stéphane avait suivi assidûment les cours de guitare dispensés par Phil Jessen, musicien pigiste qui, à l'époque, tentait de percer le marché du show-business québécois.

Professeur exigeant, Jess n'en était pas moins populaire. Ses cours bien construits, truffés d'anecdotes truculentes, attiraient tous les musiciens en herbe du collège. Jovial et bienveillant, il prenait le temps qu'il fallait avec chacun de ses étudiants à la condition, bien sûr, qu'ils y mettent du leur.

Stéphane était son meilleur élève. Autodidacte de formation, il s'était astreint à deux heures de gammes tous les jours pour passer de simple « gratteux de guitare » à guitariste soliste du groupe Jess and the Time Men, formé un an plus tard.

Le *band* avait d'abord donné quelques spectacles au collège Rosemont, pour ensuite élargir sa popularité en entreprenant une tournée à travers les cégeps de la province. À son large répertoire, allant des grands classiques du rock and roll au blues en passant par le disco, s'ajoutaient quelques pièces composées par le professeur et leader du groupe. En 1980, Jess, fort de sa renommée, avait joué le tout pour le tout en investissant toutes ses économies afin d'endisquer *3 minutes 59*, l'une de ses compositions qui allait se retrouver au sommet du palmarès québécois.

⁓✺⁓

Plus tard, au volant du camion, roulant derrière la Jeep de Jess, Stéphane fit part à Janine de la nature des liens qui l'unissaient à son ancien colocataire.

« Stéphane et Jess, membres d'un groupe comme les Platters ? »

Pour Janine, la notion d'engouement autour d'un chanteur canadien-français n'avait qu'une seule référence : Michel Louvain, que la télévision avait fait connaître en 1957 lors du *Gala des splendeurs*. Elle devrait attendre la mise en ondes de l'émission culte *Jeunesse d'aujourd'hui*, en 1962, pour découvrir les Pierre Lalonde, Ginette Reno, Donald Lautrec, et des groupes comme les Classels et les Baronnets. Aussi, c'est avec grand intérêt qu'elle prêta l'oreille au récit du parcours artistique de Phil Jessen et de son ensemble, s'étonnant que Stéphane ait choisi de quitter le groupe trois ans après sa formation.

— Jess voulait tenter sa chance aux États-Unis. Moi, les tournées interminables et le vedettariat n'étaient pas vraiment mon genre, affirma-t-il. En plus, j'étais en retard de deux sessions au cégep. Si je voulais entrer à l'université, il me fallait prendre une décision...

Il suspendit sa phrase, préférant taire les hauts et les bas de sa relation amoureuse de l'époque : « Et même si Caroline m'avait donné le choix, j'aurais tout de même agi de la même façon. J'en avais assez de vivre dans mes valises... »

— Les trois autres membres, Serge, Michel et Jean-Luc, ont tenté l'aventure. Même si le groupe a connu un certain succès dans le Maine, il n'est pas vraiment arrivé à percer le marché américain. De retour au Québec, la formation a été dissoute. Depuis, Jess se consacre uniquement à ses propres compositions. De temps en temps, pour s'amuser, il monte un show avec quelques anciens du groupe. Et bien qu'il fasse salle comble à chaque fois, il refuse tous les engagements qu'on lui propose : il préfère le studio à la scène.

— Et pour toi ? Toi et la musique...

— J'ai encore ma guitare, j'en jouais de temps en temps pour faire plaisir à Nathalie. En janvier, quand je suis venu m'installer chez Jess, on a recommencé à jouer ensemble, comme ça pour le fun... Puis Cindy, sa fille, lui a demandé de l'aider à produire un spectacle-bénéfice au profit de je ne me souviens plus quelle cause. C'est là que j'ai eu la brillante idée d'offrir à Jess de remonter sur scène pour jouer *3 minutes 59* avec lui, comme dans le temps.

— Ce soir... dit Janine, songeuse.

— Ben oui, ce soir. Avoir su…

— Tu ne vas pas te désister, au moins ? s'inquiéta-t-elle. Moi, j'aimerais bien voir ça.

— Vrai ? fit Stéphane, flatté malgré la petite boule qui commençait à se former dans sa gorge. La prestation ouvre la deuxième partie du spectacle, ça pourrait nous mener tard. Tu oublies Laurent.

Janine lâcha un long soupir. Dans moins de 24 heures, elle serait loin d'ici. Comment aurait-elle pu l'oublier ?

— Rien ne presse, rappelle-toi, mon frère nous a dit qu'il n'arrivera que tard dans la nuit.

Sans quitter la route des yeux, Stéphane sentait le regard de Janine s'appesantir sur lui : « Misère… Elle semble vraiment y tenir… », songea-t-il, la gorge de plus en plus serrée.

À l'angle de la rue Laurier, lorsqu'il déclencha son clignotant, Janine l'entendit déglutir laborieusement.

— Bon… si tu veux. Seulement, je vais aviser Jess que nous partirons tout de suite après ma prestation.

— Ah, bravo ! Je suis vraiment contente ! Est-ce que nous pourrons danser ?

— Bien sûr. Ce sera une soirée dansante comme dans le temps. Et compte sur moi pour me démener comme un diable dans l'eau bénite, ajouta-t-il en souhaitant que cet exercice l'aide à évacuer son stress.

Le camion tourna rue Laurier et poursuivit sa route. Émue, Janine observait les alentours. Combien de fois avait-elle arpenté cette rue avec Pierre en visitant les petites boutiques et les galeries d'art ?

—Janie…

Un doux frisson traversa la jeune fille en entendant Stéphane l'appeler par le surnom affectueux que lui donnait Laurent.

—Tu as bien fait de ne pas donner ton vrai prénom à Jess. J'avoue que je n'y aurais pas pensé.

—C'est venu tout seul. Je me suis dit qu'il valait mieux que ton ami ne fasse pas le lien entre… mes "deux moi".

Ils arrivèrent à destination. Devant eux, la Jeep de Jess s'immobilisa devant une galerie d'art.

—De mon côté, je lui ai dit que tu étais la nièce d'une de mes amies, compléta Stéphane. Si, un jour, il lui arrive de croiser ton alter ego, ça pourrait expliquer le petit air de famille.

Sur le trottoir, Jess faisait de grands gestes. Arrivé à sa hauteur, Stéphane descendit sa vitre.

—Stef, penses-tu que tu pourrais reculer devant la porte?

—Pas de problème.

Les yeux dans son rétroviseur, Stéphane manœuvra savamment, guidé par le musicien dont le condominium était situé au-dessus de la galerie.

Le mastodonte immobilisé, Stéphane en sortit, contourna le véhicule et gravit le marchepied pour ouvrir la portière à sa passagère qui semblait perdue dans ses pensées.

—Tu viens? lui demanda-t-il en lui tendant la main.

La jeune fille reprit ses esprits et se laissa glisser vers lui.

— *Hi* Stef! interpella une voix au-dessus d'eux.

Il leva la tête :

— Hello Cindy! salua-t-il avec un grand sourire.

Sur le balcon, surplombant la galerie, la fille de Jess – la jeune vingtaine, cheveux rouges, yeux verts, le ventre arrondi par une grossesse de trois mois –, était entourée du bassiste et du batteur de l'ancien groupe.

— Tu verras, Cindy est vraiment super, souffla Stéphane à l'oreille de Janine.

N'obtenant aucune réponse, il coula un regard vers elle. Surpris, il aperçut des larmes briller dans ses yeux rivés sur l'enseigne du commerce...

Chapitre 10

Mercredi 16 septembre 1959

Dès son retour à la maison, Ernest téléphona à Pierre pour connaître les derniers développements. Les fouilles sur les lieux de l'incendie n'avaient rien donné, Janine restait introuvable.

— J'arrive tout de suite, dit Pierre.

En l'attendant, Ernest passa un coup de fil dans le New Jersey afin de prévenir Gaston, mais refusa de parler de décès. Janine était vivante ! Ernest en avait l'intime conviction et, au-delà de tout raisonnement, le rêve troublant qu'il avait fait la veille avait renforcé cette certitude.

À l'hôpital, il avait émergé d'une sorte de somnolence pleine d'images étranges et de gazouillements d'enfants : Janine... Élise... Agnès... Eddy... tous ensemble dans la cuisine... Ils semblaient si réels ! Aussi réels que la douce odeur de bébé de sa petite, assise sur ses genoux, aussi troublant que le regard de Janine posé sur lui…

— Janine… Janine…

— Tout doux, monsieur Provencher, calmez-vous, avait soufflé une voix.

Quelqu'un lui épongeait le front. Ernest avait ouvert les yeux : il faisait plein jour. Une inconnue était penchée sur lui.

— Vous êtes à l'hôpital, tout va bien…

Il avait froncé les sourcils.

— Vous avez eu un gros choc nerveux, mais ça va aller maintenant, reprit l'infirmière d'une voix douce.

— Je suis ici depuis quand ?

— Deux jours. Vous êtes arrivé dans la nuit de dimanche.

Deux jours !

Il s'était redressé en rabattant ses couvertures. Une douleur cuisante irradiant de son épaule l'avait fait grimacer.

— Monsieur Provencher, qu'est-ce que vous faites ? Si ça a du bon sens ! le sermonna l'infirmière en tirant le rideau pour l'isoler du patient voisin. Allez, allez, il faut vous recoucher.

Mais garde Léveillée ne savait pas à qui elle avait affaire. Déjà, Ernest était debout :

— Donnez-moi mon linge, j'ai rien à faire icitte !

La voix était cassante, presque menaçante. L'infirmière, impressionnée, avait reculé vers la porte et s'était butée contre le jeune homme qui entrait.

— Ah, Pierre ! s'était exclamé Ernest. Vite, donne-moi des nouvelles de Janine.

Soudain pris d'étourdissement, il avait porté la main à son front et s'était rassis dans son lit. Garde Léveillée avait profité de l'accalmie pour s'éclipser.

Interdit par le ton optimiste de son futur beau-père, Pierre Bilodeau avait ouvert la bouche sans rien dire.

— Ben, parle ! Qu'est-ce que t'as à me regarder de même ?

Le nouveau venu s'était laissé tomber sur une chaise. Il n'avait pas de bonnes nouvelles...

L'infirmière était revenue accompagnée d'un homme grand et costaud au sourire bon enfant. Il ne fallait pas s'y fier, le docteur Gendron n'était pas homme à se laisser intimider.

— Alors, monsieur Provencher, vous voilà de retour parmi nous ?

Ignorant le médecin, Ernest avait vrillé son regard dans celui de Pierre, qui avala péniblement sa salive.

— On... on ne l'a pas retrouvée, balbutia-t-il.

Les yeux exorbités, Ernest s'était agité dans son lit, maudissant les pompiers qui l'avaient empêché de secourir sa fille. Rageur, il avait tenté de se relever en réclamant de nouveau ses vêtements. Une main de fer l'avait immobilisé.

— Du calme ! ordonna le docteur Gendron. Vous avez été brûlé au deuxième degré et vous sortez tout juste des limbes. Je vous garde encore un peu.

Les yeux d'Ernest avaient fusillé le médecin.

— Allez, mon vieux, avait insisté Gendron d'une voix bienveillante, vous êtes encore en état de choc. Donnez-vous au moins quelques jours.

— Mais ma fille… ma fille, avait murmuré Ernest d'une voix blanche.

Au même moment, il avait senti une aiguille lui transpercer l'avant-bras. Ensuite, plus rien…

Le matin, lorsque Ernest Provencher avait rouvert les yeux, il avait d'abord senti la douleur. Portant la main à son épaule, il s'était redressé à demi pour regarder autour de lui. Le lit voisin était inoccupé. Combien de temps avait-il dormi ? Se rappelant la visite de Pierre, suivie de celle du médecin, il avait roulé sur le côté. « S'il pense qu'il va encore me doper, celui-là… », avait-il maugréé en se levant péniblement. Une demi-heure plus tard, un taxi l'avait déposé chez lui.

Un coup de sonnette retentit. Ernest ouvrit la porte à Pierre, qui faisait peine à voir avec ses yeux cernés et son air abattu.

— Je viens juste vous saluer, marmonna-t-il, sur le pas de la porte. Je suis déjà en retard pour les funérailles.

Ernest haussa les sourcils :

— Comment ça, des funérailles ?

— Ce sont celles des personnes qu'on a retrouvées après le feu. On… vous attendait pour celles de Janine.

— Hein ? Voyons donc ! s'emporta Ernest. Janine n'est pas morte, tu m'entends ?

Mais Pierre avait perdu espoir ; comme tout le monde, il croyait Janine consumée dans les flammes.

— Les pompiers ont ratissé les débris pendant deux jours sans rien trouver.

— Tant mieux ! Ça confirme tout simplement qu'elle est ailleurs.

— Mais Ernest… Sa tante m'a dit qu'elle est passée voir Janine pour lui apporter son souper, quelques heures avant le feu…

— Pis ça ? Qui te dit que Janine n'a pas filé sans le dire à personne ? T'as pas encore remarqué qu'elle a r'viré boutte pour boutte depuis la mort de sa mère ?

— Oui, mais…

— Oui, mais quoi ? coupa Ernest. Elle s'est poussée, j'te dis ! Encore un coup de tête comme sa fameuse idée de se faire bonne sœur !

Vaincu par l'optimisme têtu du sexagénaire, Pierre repartit sans demander son reste.

« Il se trompe, tout le monde se trompe », murmura Ernest en refermant la porte.

Il se posta devant la chambre de sa fille, puis, après une brève hésitation, décida d'y entrer. Les images des dernières semaines affluèrent dans son cerveau : l'agonie et la mort de son épouse, tous ces gens dans sa maison, au retour des funérailles, et Janine, veillant à tout pour faire honneur à sa mère. Et le lendemain, ce brusque changement d'attitude à son égard et ses mots, des mots terribles qu'elle lui avait crachés au visage :

— Pauvre maman ! Elle a passé sa vie à pleurer à cause de vous ! Ah, j'vous haïs tellement ! Je veux plus vivre une minute de plus dans votre maudite maison !

Une telle explosion de rage, après tant d'années de soumission silencieuse, l'avait frappé de stupeur. Il avait tourné les talons vers sa chambre, mais avant de refermer la porte, il avait hurlé :

— Ben c'est ça ! Fais comme les deux autres sans-cœur, pis débarrasse le plancher ! J'te retiens pas !

Aussitôt, il avait regretté ses paroles, ne sachant que faire pour les rattraper.

Quelques minutes plus tard, une réplique incompréhensible avait fusé au milieu d'un sanglot étranglé, puis la porte d'entrée avait claqué violemment.

Janine n'était pas rentrée coucher, mais Ernest, la croyant chez Pierre, ne s'en était pas préoccupé outre mesure.

Le lendemain, lorsque sœur Marie-des-Saints-Anges lui avait annoncé que Janine songeait à prendre le voile, Ernest avait bondi :

— Voyons donc, Thérèse, tu sais ben qu'elle dit ça juste pour m'écœurer !

En désespoir de cause, il avait appelé Pierre à la rescousse. Ce dernier avait semblé aussi surpris que lui. Depuis, tous les soirs, Ernest s'était rendu à l'hospice pour obtenir une explication de la bouche de sa fille, mais chaque fois, il était revenu bredouille et plus brisé que la veille.

Ernest regarda autour de lui : la pièce était sens dessus dessous : Janine avait renversé des tiroirs sur le plancher, et, dans sa penderie, plusieurs cintres avaient été dégarnis. Sur le mur, son maudit Elvis Presley semblait lui lancer un regard chargé de reproches.

Ernest poussa un gros soupir : « Où est-ce qu'elle peut bien être ? »

Il se remémora le rêve qu'il avait fait à l'hôpital. Un rêve vibrant de réalisme : « Janine était ici dans la cuisine et... Élise aussi y était... Élise, Eddy et Agnès... »

Il secoua la tête pour dissiper sa songerie. « Pauvre cabochon, t'es en train de devenir complètement fou... », grommela-t-il avant d'apercevoir son reflet dans le miroir de la penderie.

Il s'approcha de la glace : un vieil homme cerné et hirsute lui faisait face.

— T'es content, mon écœurant ? hurla-t-il. Là, tu peux être sûr que tu vas l'avoir, la paix... La crisse de paix ! T'auras tout fait pour !

Subitement, une porte condamnée quelque part dans son cœur s'ouvrit sur une mer de chagrin. Il s'appuya au mur et sanglota sans retenue.

On sonna à la porte. « Qui ça peut bien être ? », bougonna-t-il en essuyant son visage du revers de sa main.

Il alla à la fenêtre et écarta le rideau de mousseline. « Qu'est-ce qu'il vient faire icitte, le vieux sacrament ? »

Sur le perron, Jo Larivière, casquette en main, eut tout juste le temps de voir le rideau tomber sur son ancien voisin, mais personne ne vint lui répondre. Il sonna de nouveau, toujours sans succès. Il serra les dents :

— Maudit Provencher à marde ! Attends un peu !

Il frappa la porte à grands coups de poing tout en écrasant le bouton de la sonnette sous son pouce.

Au comble de l'exaspération, Ernest entrouvrit :

— Coudon, crisse de fatigant ! Qu'est-ce que j'dois faire pour que tu comprennes que j'veux rien savoir de toé ?

Jo s'efforça de garder son calme.

— Laisse-moi entrer. Faut que j'te parle.

— Tu veux encore te mêler de mes affaires ? Vieux verrat ! T'es pas tanné de t'mettre dans mon chemin ?

D'un coup d'épaule, le borgne enfonça la porte. Le propriétaire des lieux faillit tomber à la renverse. Jo en profita pour entrer et refermer la porte derrière lui.

— Maintenant, Ernest Provencher, tu vas m'écouter, c'est important !

Résigné, le père de Janine poussa un long soupir.

— Envoye ! Mais fais ça vite !

D'un mouvement brusque de sa canne, l'intrus tassa son hôte sur le côté pour se diriger vers la cuisine en claudiquant.

— Ben entre, voyons, ironisa Ernest en lui emboîtant le pas.

Dans la cuisine, la table familiale disparaissait sous une foule d'assiettes et de tasses sales avoisinant un monceau de paperasse. Jo dut pousser quelques assiettes pour poser sa casquette avant de s'asseoir. Maintenant installé devant Ernest, il ne savait plus par quel bout commencer, mais auparavant, il devait changer d'attitude sinon il ne pourrait jamais l'amadouer.

— C'est à propos de ta fille, Ernest. Allez, assieds-toi.

— Si t'es v'nu pour t'apitoyer sur mon sort, tu peux prendre la porte tout de suite. Janine n'est pas morte !

Jo Larivière afficha un large sourire : il était mille fois d'accord avec lui ! En fin de compte, le convaincre ne serait peut-être pas trop difficile. D'un geste impératif, il désigna une chaise à Ernest qui prit enfin place.

— C'est sûr que ta fille n'est pas morte. J'sais même où elle est, affirma-t-il en s'inclinant vers lui. Et… sais-tu quoi ? J'crois pas me tromper en disant que toi aussi, tu dois t'en douter…

Ernest sursauta.

— Qu'est-ce que tu me chantes là ?

Du bout de sa canne, Jo désigna la petite carpette recouvrant la trappe de la cave.

— Elle est queq' part en d'sous.

Ernest pâlit d'un seul coup.

— Quand le feu a pris, ta fille s'est sauvée par le puits de l'hospice. Elle voulait revenir icitte par le souterrain, mais c'est pas d'même que ça s'est passé...

Soufflé, le père de Janine, se passa une main tremblante sur le front.

— Tu... tu veux dire qu'elle aussi...

— Oui, elle savait. C'est probablement Laurent qui lui en a parlé.

L'autre asséna un violent coup de poing sur la table.

— Pis Laurent, hein ? On sait ben qui lui en a parlé ! rugit-il en pointant un doigt accusateur. C'est toé, mon vieux sacrament ! Toé, ma maudite grand yeule ! Comme si t'avais pas juré, comme tout l'monde !

Jo se leva à demi de sa chaise.

— Innocent ! Si j'en avais pas parlé, Janine s'rait pas en vie aujourd'hui !

Tremblant de rage, Ernest ignora la dernière réplique.

— Penses-tu que j'le savais pas que tu passais tes grandes soirées à taverne à placoter avec Laurent ?

Jo se rassit en gloussant.

— R'gardez-lé donc, le jaloux ! chantonna-t-il. Ah, ça, j'étais ben sûr que tu m'le mettrais sur le nez un jour !

Il changea de ton.

— Écoute-moi ben, toé ! Laurent avait l'droit de connaître le passé de son quartier pis de son propre père. C'était à toé de t'en occuper, de ton gars ! Si t'avais répondu à ses questions, j'aurais pas eu besoin de l'faire à ta place !

— Le passé est mort, souffla Ernest, remué par la dernière réplique de Jo.

Le silence tomba.

« C'est le moment, il faut que je lui dise », songea Jo en inspirant profondément pour se calmer.

— C'est tout le contraire, Ernest. Le passé est plus vivant que jamais… Tiens, dis-moi, un dénommé Lafontaine, ça te dit queq' chose ?

Ernest fronça les sourcils.

— Lafontaine ? Tu parles de l'homme à tout faire du vieux Duminisle ? Qu'est-ce qu'il vient faire…

Triomphant, Jo tapa sur la table.

— Bingo ! Et depuis combien de temps tu te souviens de lui ?

Les yeux d'Ernest s'arrondirent : « Depuis combien de temps que… ? C'est quoi cette question ? Il commence à déparler, le vieux maudit… »

— Je sais que ç'a l'air bizarre, ce que j'te demande, concéda Jo devant l'air ahuri de son vis-à-vis. Cherche pas à comprendre, fais juste répondre.

Ernest haussa les épaules. À vrai dire, il ne se rappelait plus exactement depuis quand il connaissait ce fameux Lafontaine qui ressemblait tant à Laurent. Par contre, il se souvenait vaguement du flash qu'il avait eu au printemps. C'était comme si une brèche s'était ouverte dans sa mémoire. À l'époque, il avait attribué cette soudaine émergence à un surplus de fatigue.

— Qu'est-ce que Lafontaine vient faire là-d'dans ? Tu veux savoir quoi, au juste ?

— Et si, maintenant, je te parlais d'un couple…

Exaspéré, Ernest haussa la voix :

— Heille ! Arrête de m'parler en parabole ! J't'ai dit de t'grouiller !

Imperturbable, Jo poursuivit sur sa lancée :

— Un couple que tu aurais recueilli chez toi en 1918, plus exactement un 15 septembre, pareil comme hier. Envoye ! Creuse-toi la tête. La femme ressemblait à ta fille comme deux gouttes d'eau… Elle avait perdu connaissance en face de chez toi…

Le père de Janine ouvrit la bouche, plus confus que jamais. Jo l'observait du coin de l'œil, pressentant qu'Ernest commençait enfin à se frayer un chemin vers la vérité.

— À moins que t'aies cru avoir rêvé ?

Les yeux bleus d'Ernest s'agrandirent de stupeur. Le borgne s'inclina vers lui, l'œil pétillant d'excitation :

— J'vas t'apprendre queq' chose que personne n'a jamais su, mon gars…

Jo Larivière marqua un léger temps d'arrêt, craignant de voir Ernest se refermer en entendant sa révélation.

— En d'sous, y a pas juste des souterrains ordinaires entre les anciennes maisons de la confrérie, y a aussi… des passages qui mènent à d'autres époques dans l'temps.

Il avait martelé chacun de ces derniers mots par un coup de canne sur le plancher.

— Ben, t'es plus fou que j' pensais! éclata Ernest en esquissant un mouvement pour se lever.

L'autre lui saisit fermement le poignet:

— J'ai pas fini! Si tu l'aimes, ta fille, tu vas m'écouter jusqu'au bout.

Ernest se libéra brusquement avec un rire nerveux.

— D'autres époques dans l'temps... Voir si je vais avaler ça! Ton explication est mieux d'être bonne...

— C'est clair comme de l'eau de roche, mon explication: tu peux entrer dans un couloir en 1959 et sortir à l'autre bout en 1918. Voilà!

— Ah, ben là... murmura Ernest en dévisageant Jo d'un air hébété avant de baisser les yeux.

Toute l'énergie s'était retirée de son corps pour affluer dans son cerveau où souvenirs et chimères s'entremêlaient. «Voyons donc, ç'a pas d'allure cette histoire-là, mais... si c'était vrai...»

Prostré, une main voilant ses yeux, Ernest se taisait. Patiemment, Jo attendait qu'il saisisse la portée de sa révélation.

— A... attends un peu! bredouilla Ernest en relevant vivement la tête. Tu dis que Janine est rendue dans mon passé... Comment peux-tu savoir ça?

— Parce que tout ça est réellement arrivé. Élise m'a tout raconté, il y a 41 ans.

— Élise? Voyons, Jo...

— Elle m'en a parlé quand je suis rev'nu de Saint-Paul, dans l'auto de Charles.

Songeur, Ernest s'appuya au dossier de sa chaise, le regard accroché à l'œil du borgne.

— Je jouais avec Eddy dans la maison, murmura-t-il. À... un moment donné, il s'est poussé par la porte d'en avant. Je l'ai couraillé dehors. Le p'tit torrieu, il riait comme un fou...

Sa voix dérailla. Il se couvrit la bouche de sa main noueuse. Il y avait si longtemps qu'il avait prononcé ce sobriquet à haute voix.

— Dans la rue, j'ai vu un homme et une jeune femme, reprit-il, le regard ailleurs. La femme... oui, c'est vrai qu'elle ressemblait à Janine et... en plus, c'est comme ça que l'homme l'appelait...

— Et le gars, te souviens-tu de son p'tit nom?

Ernest retint sa respiration.

— Euh... non... mais il me semble que c'était pas un prénom courant...

— Stéphane?

Une lueur traversa les yeux d'Ernest, qui hocha la tête.

Jo lui effleura la main pour attirer son attention.

— Le gars, te souviens-tu de ce qu'il t'a dit?

Ernest ferma les yeux, puis les rouvrit brusquement en balayant l'air d'un geste de la main.

— Voyons donc, Jo! Ç'a pas de bon sens, tout ça!

Le borgne soupira.

— OK, mon vieux, tu as saprement raison : ça n'a ni queue ni tête, mais continue quand même… Dis-moi juste où ils sont allés. Tu te poseras des questions après.

Faisant fi de ses doutes, Ernest se concentra une longue minute. Puis Jo vit les bras de son ancien voisin retomber ballants : il avait l'air sidéré.

— Il me semble que… le gars s'attendait à ce que tu le reconduises dans le bout du parc Dominion. Quand ils sont partis, ils s'en allaient prendre les p'tits chars.

Levant les bras au plafond, le vieillard bondit de son siège :

— On les a trouvés ! Ils sont allés retrouver Laurent !

En entendant le nom de son aîné, Ernest sentit son cœur s'arrêter : « Lafontaine… »

— Wô ! Wô ! Attends un peu, toé ! lança-t-il à Jo en train de se coiffer de sa casquette. Tu vas quand même pas me laisser d'même !

La sonnette retentit.

— C'est qui, ça, encore !

Contrarié, il pressa le pas pour aller ouvrir. Sur le pas de la porte, Marie-Claire Duminisle lui saisit les deux mains.

— Ne vous en faites plus, Ernest, Janine sera bientôt de retour !

Apercevant son vieil ami Jo derrière, elle le salua joyeusement de la main.

— Je viens juste de m'en souvenir, Jo : Laurent a téléphoné, il est avec eux. Il ramène Janine cette nuit !

Chapitre 11

Samedi 16 septembre 2000

— Je ne peux pas le croire, murmura Janine, en essuyant des larmes sur ses joues.

Signature. L'élégant lettrage couronnait toujours la large vitrine de la galerie d'art.

— C'est notre galerie à Pierre et à moi, souffla-t-elle à Stéphane. Nous y venions si souvent que monsieur Frigon, le propriétaire, nous avait adoptés. Nous savions qu'il avait l'intention de vendre dans quelques années. L'été dernier, il avait promis de nous attendre. C'était un beau rêve...

Quarante et une années avaient passé : en face, le petit café qu'elle fréquentait avec Pierre avait changé de raison sociale ; les arbres avaient poussé ; l'entourage s'était modernisé sans que la galerie change d'enseigne. L'acheteur, quel qu'il soit, avait respecté le souhait d'Antoine Frigon.

À moins que...

— Qui sait, on l'a peut-être quand même achetée... l'entendit murmurer Stéphane.

Ce fol espoir soulevé par le hasard fortuit qui l'avait ramenée rue Laurier incita Janine à pousser la porte du commerce.

Sur le trottoir, Jess avait froncé les sourcils.

— Qu'est-ce qui lui prend ? Elle est spéciale, ta copine, Stef.

— Oui, elle est comme ça : très spontanée.

Stéphane s'approcha de la vitrine pour jeter un coup d'œil à l'intérieur.

Dans les années 1980, au moment où Ana Tanasescu avait pris possession du rez-de-chaussée, l'immeuble de deux étages avait été converti en deux propriétés distinctes.

Pendant son séjour chez Jess, Stéphane avait connu Ana et sa fille Greta, avec qui il avait sympathisé.

— Ana retourne à Bucarest. La galerie est à vendre, l'informa Jess en s'approchant de lui. Ça ne devrait pas tarder, il y a deux acheteurs en lice.

— *Hey, Jess ! You talk or you move ?*

L'appel provenait du balcon : les amis de Jess étaient pressés d'en finir.

Un air de Vivaldi accueillit Janine dans la boutique. Le cœur palpitant, elle avança à pas feutrés, les yeux agrandis par l'étonnement. Si la devanture de la galerie était restée la même, l'intérieur était méconnaissable : on avait abattu des cloisons et supprimé les boiseries en ne conservant que la blancheur des murs où on avait accroché d'immenses toiles. D'autres, plus petites, retenues au plafond par de minces fils transparents, donnaient l'impression de flotter dans les airs.

L'œil averti de la jeune fille remarqua que seuls deux peintres paysagistes y proposaient leurs œuvres.

— Bonjour !

La voix derrière elle la fit tressaillir. La main sur la poitrine, Janine se retourna vers une jeune femme dans la trentaine, élégamment vêtue de blanc.

— Oh, je suis désolée de vous avoir fait peur, fit-elle avec un sourire contrit.

Sans attendre, Greta Tanasescu se lança dans la présentation de l'exposition en cours en esquissant de grands gestes de la main. Janine l'écoutait d'une oreille distraite, l'esprit embrouillé par ses inter-rogations. Après un moment, n'y tenant plus, elle l'interrompit :

— Excusez-moi, madame... À qui appartient cette galerie ?

— À Ana Tanasescu, ma mère. Je la remplace aujourd'hui. Vous vouliez lui parler ?

— Pas nécessairement, si vous pouvez m'aider. Voilà, je suis une amie de monsieur Frigon et cette galerie...

Elle suspendit sa phrase, soudain consciente d'être sur le point de s'embourber dans un dédale d'anachronismes.

— Euh... Depuis quand votre mère possède-t-elle cette galerie ?

— Oh, depuis une vingtaine d'années. Pourquoi voulez-vous savoir ça ?

Embarrassée, Janine chercha une échappatoire crédible.

— Ma mère m'a beaucoup parlé d'Antoine Frigon, qui possédait cette galerie dans les années 1950 et je me demandais qui avait pris sa suite.

— Antoine Frigon ? Ce nom ne me dit rien. Avant nous, la galerie appartenait aux sœurs Labelle. Elles étaient pas mal âgées lorsqu'elles l'ont vendue à ma mère. Malheureusement, je ne sais pas du tout combien de temps elles l'ont dirigée ni qui la leur a vendue. Ma mère saurait…

Greta s'était arrêtée de parler pour dévisager sa visiteuse.

— Pardonnez-moi, mais… il me semble vous connaître… Nous ne nous sommes jamais rencontrées ?

Dès que Greta avait aperçu la jeune fille, cela l'avait frappée. Cette façon de jeter des regards étonnés autour d'elle et maintenant, ces yeux noisette et cette voix hésitante étrangement familière…

— Ça m'étonnerait, répondit Janine en réprimant un petit rire.

— Ah, bon. C'était juste une impression comme ça, conclut Greta avec un léger haussement d'épaules. Ma mère arrive de Roumanie ce soir. Revenez demain vers midi, ou téléphonez-lui, elle se fera un plaisir de vous renseigner.

Greta lui tendit une carte de visite que Janine glissa dans la poche de son pantalon. « Malheureusement, demain, il sera trop tard… », songea-t-elle avec dépit. Après l'avoir remerciée, elle prit congé.

À l'extérieur, le chargement du camion, rythmé par une forte musique rock, allait bon train. Une demi-douzaine de volontaires, la plupart musiciens, allaient et venaient en chantant à tue-tête.

Janine croisa Stéphane dans l'escalier. Elle secoua tristement la tête en réponse à son regard interrogateur.

⁓✺⁓

À la fin de l'après-midi, la joyeuse équipe de déménageurs se prélassait sur le patio d'une grosse maison de pierre à Saint-Lambert en dégustant la tradition-nelle pizza arrosée de quelques bières. Pour sauver du temps à Stéphane, un ami de Jess avait ramené le camion de déménagement à bon port.

Jess ne cacha pas sa déception lorsqu'il apprit que son ancien élève allait s'éclipser avant la fin du spectacle.

— Janie est fatiguée… Janie doit quitter Montréal tôt demain matin. Janie par ci, Janie par là… C'est p't'être pas ta blonde, mais tu te fends en quatre pour elle. Ne viens pas me dire que t'es pas mordu.

— Ah ! Reviens-en, Jess ! rétorqua Stéphane, agacé. On a d'autres chats à fouetter. Primo, si tu ne veux pas que je m'écroule sur scène, dis-moi plutôt quand on va pratiquer la toune.

La fille de Jess s'était rapidement entichée de Janine. L'essentiel de leur conversation tourna autour des études de la jeune fille (en communication), de la naissance de son bébé et de l'installation de la chambre. Janine fut estomaquée de constater avec quelle aisance Cindy avait jonglé avec l'idée de se faire avorter avant de décider de garder l'enfant, engendré à la suite d'une aventure sans lendemain.

Elle en parla à Stéphane lorsqu'il la prit à part pour l'aviser qu'il devait se rendre à l'aréna plus tôt pour la répétition et les tests de son.

— "Marie-couche-toi-là"? rigola-t-il. Ça fait un méchant bout que j'ai entendu cette expression-là. Chère Janine, dis-toi bien qu'en 2000, ta pauvre Marie est aussi passée de mode que le péché.

— Autre temps, autres mœurs, c'est ça? enchaîna-t-elle, bien décidée à suspendre son jugement.

Après tout, Cindy était une jeune fille de son temps aussi colorée et pétillante que les images de la grosse télé de Patrice, alors qu'elle-même était issue d'une époque morne où l'action se déroulait en noir et blanc dans un poste de télévision que l'on réglait à coups de poing.

À regret, elle vit Stéphane monter dans la Jeep de Jess. Elle irait le rejoindre quelques heures plus tard. À l'abri des regards, il lui avait saisi la main pour la porter à ses lèvres. Le rappel de la chaude étreinte du matin s'était glissé entre leurs paumes, mais leurs regards s'étaient fuis, effrayés par l'intensité du moment.

« Qu'allons-nous devenir ? », pensa-t-elle en frémissant.

L'entendre blaguer avec les autres musiciens, capter ses œillades à la dérobée, caresser son corps du regard ajoutait à la douce torture de son désir pour lui.

Œuvre de chair ne désireras qu'en mariage seulement. Vite, elle chassa de son esprit le neuvième commandement de Dieu qui essayait de s'imposer.

Aller danser, quelle merveilleuse façon d'entamer la soirée ! La première partie du spectacle se voulait un rappel des années 1950 (quelle ironie !) et Cindy lui avait proposé de lui prêter une robe. Janine avait hâte d'assister à la performance de Stéphane tout en se demandant comment il se débrouillait sur une piste de danse. Elle brûlait de sentir ses mains sur elle, de bouger au même rythme que lui. Elle rêvait de dépoussiérer la jeune fille bien élevée, celle à qui on avait sans cesse martelé qu'il fallait tenir sa place. Pourquoi se priver d'un bonheur tangible au profit d'un hypothétique paradis ? En pensée, elle réitéra son vœu de bannir Dieu pour le reste du temps qu'il lui restait à vivre en 2000. Elle en avait assez de se sacrifier. Le ciel, le purgatoire n'étaient sans doute que des mythes entretenus par une armée de soutanes en mal de pouvoir. À quelques heures de son retour en arrière, Janine n'avait qu'une certitude : seul l'enfer existait, et il l'attendait au bout du tunnel…

À 17 h, Ana Tanasescu, une belle femme dans la soixantaine, revint à la galerie Signature. Après deux semaines d'absence, elle devait régler les derniers préparatifs en vue de son retour définitif en Roumanie. Sa fille l'accueillit avec effusion. Une fois quelques nouvelles échangées, leur conversation bifurqua vers la vente de la galerie.

— Penses-tu que monsieur Calvin va se désister ?

Au début du mois d'août, Omar Calvin, un négociateur plutôt coriace, avait contacté Michael Servant, leur agent d'immeuble. Aussitôt, un infernal tango d'offres et de contre-offres s'était orchestré. Puis, contre toute attente, un autre acquéreur s'était manifesté : il offrait beaucoup plus.

— Je le souhaite, ma fille, je le souhaite, soupira Ana d'une voix teintée d'un accent slave. Quel dommage que l'autre acheteur ne se soit pas présenté avant. Michael m'a dit qu'il était passé mercredi avec son associée. Ils sont venus le jour ou après les heures ?

— Ils sont passés dans la journée, mais je n'ai pas pu leur parler longtemps : la galerie était pleine de touristes.

— C'est un couple dans la soixantaine, paraît-il ?

Un couple ? Sûrement pas. Greta en avait eu la certitude dès les présentations. L'homme lui avait fait une forte impression. Elle avait été fascinée par ses incroyables yeux verts et son charme singulier. Il était pourtant loin d'être son type. Grand, vêtu d'un costume couleur sable, ses longs cheveux étaient noués en queue de cheval sous un panama qu'il avait soulevé pour la saluer d'une voix chaude. Son allure de dandy efféminé ne diminuait en rien son assurance ni le charisme envoûtant qui se dégageait de lui.

— L'homme est vraiment charmant et la femme…

Greta s'interrompit en plissant les yeux :

— Ah, je comprends, maintenant ! dit-elle à voix haute. Oh, c'est juste que cet après-midi, précisa-t-elle à sa mère, une jeune fille est passée pour se renseigner au sujet d'un certain monsieur Frigon…

— Antoine Frigon ? Son nom figure dans les actes notariés. Il est mort bien avant notre arrivée.

Elle s'arrêta et posa la main sur son estomac qui gargouillait.

— Écoute, que dirais-tu de poursuivre la conversation devant un bon souper ? enchaîna-t-elle à brûle-pourpoint. Ferme, je t'attends dans la voiture.

Après avoir branché le système d'alarme, Greta verrouilla la porte en songeant de nouveau à la jeune fille de l'après-midi : « Nous n'aurons pas grand-chose à lui apprendre, si elle appelle demain… » Malgré elle, ses pensées dérivèrent vers la femme qui accompagnait l'homme au panama puis revinrent vers sa jeune visiteuse : « On aurait dit sa fille… C'est fascinant à quel point les gens peuvent se ressembler parfois… »

« Jess !... Jess !... Jess ! »

Dans l'aréna, la foule trépignant d'impatience scandait le nom de son idole. Tous les billets s'étaient envolés dès leur mise en vente, quelques semaines plus tôt. Les fans les plus irréductibles, la plupart d'anciens cégépiens dans la quarantaine, s'étaient agglutinés devant l'entrée dans l'espoir d'avoir accès à la piste de danse. Les retardataires devaient se contenter d'un siège dans les gradins.

Janine et Stéphane s'étaient faufilés devant la scène où une immense clé de sol argentée ornait le mur du fond. La jeune fille était impressionnée : l'atmosphère électrisante ne lui laissait plus de doute sur la popularité du mentor de Stéphane.

Les lumières s'éteignirent d'un seul coup, puis la scène s'illumina sous de puissants projecteurs. Un long crescendo, où guitares et percussions se mêlaient, souleva l'assistance et fut suivi d'une formidable clameur à l'entrée de Jess sur la scène.

Une rutilante guitare autour du cou, vêtu d'un jean, d'une chemise blanche et d'un long manteau de cuir noir, Jess entama les premières mesures de *Be-Bop-A-Lula* avant d'enchaîner avec un pot-pourri des meilleurs airs de rock and roll réunis dans un hymne hommage à ses prédécesseurs. À ses côtés, Janine reconnut le batteur, s'agitant derrière ses instruments, et le bassiste qui faisait vibrer ses cordes en frappant la paume de sa main contre son manche. Dans les gradins, la foule, qui connaissait les chansons par cœur, accompagnait son idole en sautillant sur place.

Amusé, Stéphane observait la réaction de Janine. Les cheveux attachés en queue de cheval, elle était belle à croquer dans la jolie robe rouge que lui avait prêtée Cindy. Plusieurs fois, il la vit embrasser la foule du regard, prenant enfin la mesure du charisme de Jess, plus grand que nature devant son public en liesse.

À la fin de la chanson, le chanteur brandit sa guitare pour saluer avant d'enchaîner avec *Rock Around the Clock* et *Summertime Blues* qui mobilisèrent l'ensemble de ses musiciens et ses deux choristes.

Sur la piste, la plupart des couples avaient commencé à danser alors que quelques autres, à l'instar de Janine et Stéphane, s'étaient rapprochés de la scène.

— Alors, comment le trouves-tu ? lui glissa Stéphane à l'oreille.

— Il est sensationnel ! répondit-elle, les yeux braqués sur le chanteur qui faisait réagir la foule au moindre de ses gestes.

Un tonnerre d'applaudissements l'empêcha d'en ajouter davantage. Lorsque l'assistance se tut, Jess annonça sa prochaine chanson qu'il dédia à tous les amoureux du King du rock and roll.

— *Well, it's one for the money, two for the show, three to get ready. Now go, cat, go…*

— *Blue Suede Shoes !* s'écria Janine en battant des mains. Ah ! Pierre serait fou de Jess !

Vexé, Stéphane se raidit : « Pierre ? Comment peut-elle penser à lui à un moment pareil ? Attends un peu… » Il lui enlaça étroitement la taille :

— On danse ?

Janine ne se fit pas prier. Aussitôt, leurs corps mus par les accents du rythme effréné s'harmonisèrent. La jeune fille s'étonna du talent de danseur de Stéphane : qui lui avait appris ces pas particuliers ? Elle avait l'impression de danser avec Pierre.

Au grand plaisir des spectateurs, Jess poursuivit avec *Johnny B. Goode*, suivi de *Sleepwalk*, un slow langoureux joué en solo à la guitare. Une performance à la mesure de son immense talent de guitariste virtuose.

Loin de la scène, soudés l'un à l'autre, Janine et Stéphane se laissaient bercer dans cette bulle d'accords mélodieux. Leurs corps frémissants se réclamaient de plus en plus l'un l'autre.

Troublé, Stéphane, le nez dans les cheveux de Janine, renouait avec la terrible émotion de ses 18 ans : « Jamais je n'ai réussi à l'oublier malgré le mal qu'elle m'a fait… », s'avoua-t-il en la pressant contre lui.

Les larmes aux yeux, Janine essayait tant bien que mal de repousser son angoisse : « Je ne peux pas croire que je vais le quitter. C'est trop dur, je ne m'en remettrai jamais… »

Une ovation salua la fin de *Sleepwalk*. Jess et ses acolytes s'éclipsèrent et les lumières se rallumèrent sur le décor cru de l'aréna.

Toujours enlacés, Janine et Stéphane clignèrent des yeux avant de se considérer longuement. Le temps filait à une vitesse folle : il ne restait plus que l'entracte et le solo de Stéphane avant leur départ.

— Ça y est, c'est bientôt mon tour, fit Stéphane en s'écartant pour retrouver contenance.

Aussitôt, le trac refit surface et son pouls s'accéléra : « Ouf! Comme si j'avais besoin de ce stress-là en plus! »

Janine préférant assister à sa prestation depuis la salle, Stéphane rejoignit Jess et ses musiciens dans les coulisses.

Déjà séduits par l'atmosphère nostalgique de la première partie du spectacle, les fans attendaient fébrilement le retour de Jess sur scène afin d'entendre ses propres compositions. Rarement interprétées en public, ces pièces musicales sur des rythmes pop, blues et rock and roll avaient fait un tabac à chaque sortie de CD depuis la création de *3 minutes 59*, une vingtaine d'années plus tôt.

Après 15 minutes d'entracte, l'aréna fut replongé dans le noir quelques secondes puis un puissant projecteur illumina Jess, debout devant son clavier. Afin de créer un effet de surprise, il avait concocté un petit préambule pour introduire sa mélodie fétiche.

— Merci, mes amis, d'être venus si nombreux. Vous me faites revivre le *feeling* des années 1980!

Sa main droite effleura le clavier de quelques notes. La foule applaudit à tout rompre en reconnaissant la mélodie de *3 minutes 59*.

Un écran descendit devant la clé de sol, l'éclairage se tamisa et une photo du groupe Jess and the Time Men surgit, saluée par une ovation monstre.

D'un large geste, Jess invita le batteur et le bassiste à se joindre à lui.

Au fond de la scène, dans l'ombre, sa guitare en bandoulière, Stéphane essuya ses mains moites sur son pantalon et détacha le col de sa chemise : « Jess, maudit *showman*, arrête d'étirer la sauce. J'suis en train de crever, moi ! »

Janine, qui s'était rapprochée, eut à peine le temps d'entrevoir le jeune Stéphane sur la photo du groupe avant l'apparition sur l'écran d'un séduisant guitariste aux cheveux longs, âgé d'une vingtaine d'années.

La main sur la bouche, elle écarquilla les yeux : « Stéphane, oh mon Dieu ! »

— Ah ! Ah ! Je vois que vous l'avez reconnu ! lança Jess à la foule en délire. Mesdames et messieurs, voici Stéphane Gadbois !

Le son langoureux d'une guitare électrique remplit l'aréna. Stéphane s'avança, sous un projecteur au faisceau bleuté. L'assistance retint son souffle pendant le solo, puis éclata en cris et applaudissements lorsque Jess enchaîna au clavier. Il sourit, triomphant : *3 minutes 59*, cette mélodie aux accents ensorcelants, composée d'un seul trait, séduisait encore le public.

Stéphane se détendit : le pire était passé. Son solo terminé, il ne lui restait plus qu'à accompagner Jess et les autres musiciens. Il s'approcha de son mentor pour la finale et ce dernier lui fit un clin d'œil pour saluer sa performance. Lui en voulait-il encore de sa décision de quitter l'aréna avant la fin du spectacle ? Qu'importe ! Sa promesse tenue, Stéphane ne rêvait que de se retrouver seul avec Janine.

Comme convenu, elle le rejoignit dans les coulisses. Elle semblait bouleversée.

— Ramène-moi à la maison, lui demanda-t-elle simplement.

Chapitre 12

Sur la banquette arrière d'un taxi roulant à tombeau ouvert sur le pont Champlain, Janine et Stéphane échangeaient leurs impressions de la soirée, alors que le chauffeur haïtien, une main sur le volant, discutait en créole au cellulaire.

— Tu es un vraiment un bon guitariste, je suis très impressionnée.

— Bof! Jess est un très bon professeur, répondit Stéphane en rougissant un peu.

— Ça ne t'enlève pas ton mérite : tu as le rythme dans le sang. Ça paraît, juste à ta façon de danser. Qui t'a appris ?

— Mais c'est toi, Janine !

Les yeux de la jeune fille s'agrandirent de stupéfaction.

— Moi ?

— Eh oui ! fit Stéphane en lui tapotant la main. Tu m'as montré à danser le rock le jour où Patrice et moi devions aller à un party dans le sous-sol de l'église. Tu me comparais à Patrice, tu disais qu'il était raide comme une barre, alors que moi, j'avais le rythme dans le sang. Tu faisais exprès pour l'étriver parce qu'il ne voulait pas apprendre à danser.

Il éclata de rire en revoyant la mine renfrognée de son ami d'enfance.

— Si tu l'avais vu ! Il avait l'air d'un mari jaloux. Il a bougonné quelque chose, puis il est parti s'enfermer dans sa chambre.

— Oups ! Mon fils sera-t-il un de ces êtres susceptibles ?

— Dans le temps, peut-être un peu…

Avec un gloussement, Janine se pencha pour retirer ses chaussures.

— Je ne suis pas habituée à porter des talons si hauts.

— Tu es magnifique dans cette robe, la complimenta Stéphane en l'enlaçant affectueusement.

— Cindy a été gentille de me la prêter. Il va falloir que tu trouves un moyen pour la lui rendre.

Il acquiesça d'un signe de tête.

— Vous avez vraiment sympathisé, toutes les deux.

— Nous avons le même âge. Dommage que nous ne soyons pas de la même époque, ajouta-t-elle, songeuse. Nous allons toutes les deux accoucher au printemps, mais elle ne sait rien de mon état. Par contre…

Janine s'interrompit pour jeter un coup d'œil au chauffeur, toujours en conversation.

— Cindy posait beaucoup de questions, je n'ai pas eu le choix de m'inventer une vie, chuchota-t-elle. Je lui ai dit que j'habitais Québec et que j'étudiais en art.

— Bonne idée. De mon côté, j'ai dû me démener comme un beau diable pour convaincre Jess que nous n'étions pas ensemble. Même pendant la pratique, il n'arrêtait pas de me casser les oreilles avec ça. Alors, pour lui clouer le bec, je lui ai dit que j'avais quelqu'un d'autre.

Stéphane termina sa phrase en posant ses lèvres sur le front de la jeune fille qui se colla contre lui.

Devant, le chauffeur termina sa conversation et montra le volume de sa radio. Une chaude musique antillaise égaya l'atmosphère.

Tout à coup, Janine se redressa :

— Oh, regarde, elle est encore là !

En bordure de l'autoroute Bonaventure, l'enseigne commerciale de l'usine Five Roses brillait dans la nuit. Les yeux pétillants de joie, Janine lui envoya un grand signe de la main.

Quelques minutes plus tard, le taxi les déposa rue d'Orléans. Janine fila dans la chambre. Stéphane alluma son portable et ouvrit son lecteur de musique.

— Ça va ? Tu n'es pas trop fatiguée ?

Sa question restant sans réponse, il délaissa son écran et entra dans la chambre. Il trouva Janine plantée devant le tableau de Pierre. Derrière elle, Stéphane glissa une main sur son épaule. Après un moment, elle murmura :

— Je ne peux pas croire que je vais retourner là-bas, que je ne te verrai plus.

Sa voix trahissait son désarroi. Elle baissa la tête. Stéphane entendit un sanglot. Le cœur à l'envers, il lui encercla les épaules et posa ses lèvres dans ses cheveux.

— Tu sais bien qu'on finira par se retrouver. Demain…

Janine se retourna vivement :

— Demain ? Voyons donc ! Ah, oui, bien sûr, toi tu n'auras que 24 heures à attendre, mais moi ce sera 41 ans. Y as-tu pensé ?

Les deux mains sur les hanches, elle avait repris sa posture braquée du premier jour.

— As-tu seulement imaginé de quoi j'aurai l'air à 62 ans ? Pfff ! Je serai aussi fripée que la reine Élisabeth de tes 20 piastres !

— Ça, je m'en fous, Janine, coupa-t-il. Je t'ai toujours aimée, même quand j'étais jeune.

— Ben sûr ! J'ai été la mère que tu n'as jamais eue et la prochaine fois que tu me reverras, j'aurai l'âge de l'être !

Stéphane tenta de reprendre Janine dans ses bras, mais elle recula :

— Comment pourrais-tu encore vouloir de moi lorsque je serai ridée comme une vieille pomme ? Tiens, viens voir !

Elle se dirigea vers la mosaïque de Patrice.

— Allez, viens voir à quoi je vais ressembler, commanda-t-elle, le doigt sur une photo au bas de la mosaïque.

Stéphane s'avança et regarda la photographie d'un couple de sexagénaires posant devant la tour Eiffel. Il avait déjà reconnu Janine lorsqu'il l'avait aperçue la première fois. Il l'avait trouvée inchangée depuis qu'il l'avait rencontrée au décès d'Ernest, en 1988 : aussi belle avec son sourire, ses joues rondes et son regard pétillant.

— Alors ?

Il ne répondit pas. Son visage s'était assombri dès qu'il avait posé les yeux sur l'individu au bras de Janine : un homme superbe à la carrure athlétique et au regard de séducteur. « Je me demande bien qui est cette espèce de vieil Apollon… » Stéphane lâcha un soupir de dépit, que Janine interpréta mal :

— Toi aussi, tu trouves que j'ai l'air d'une barrique, hein ?

— Mais non, tu es magnifique, protesta-t-il en la prenant dans ses bras. La dernière fois que je t'ai vue, tu avais une cinquantaine d'années et, crois-moi, tu étais toujours aussi désirable.

Janine se calma, quelque peu rassurée. Stéphane regarda de nouveau la photo, l'air pensif.

— L'homme avec toi…

— Quoi, l'homme ?

— Ça pourrait être ton chum. Tu es peut-être amoureu…

— Ben voyons ! C'est sans doute juste un bon copain. Arrête de t'en faire avec lui. Moi, je sais ce que j'éprouve pour toi, affirma-t-elle. Mais… je ne sais pas comment je vais pouvoir vivre toutes ces années sans toi.

Ne sachant que faire pour apaiser son chagrin, Stéphane la prit contre lui. «Quarante et un ans, c'est toute une vie... songea-t-il en essayant de se mettre à sa place. Moi-même, je ne sais pas si j'arriverais à tenir le coup. C'est cruel de lui demander de m'attendre... Pierre partira en 1970; elle pourrait refaire sa vie...» Il se souvint alors qu'au salon funéraire, un homme l'accompagnait. Puis, l'image du beau Brummell de la murale lui revint. La voir souriante à son bras le déchirait, mais il aimait trop Janine pour la voir lui sacrifier sa vie...

— Tant de choses peuvent arriver, Janine. Qui aurait dit que tu irais rejoindre Pierre à San Francisco? Et cet homme... ajouta-t-il en désignant la photo de la tour Eiffel. Vous avez l'air si heureux ensemble...

Janine se détacha brusquement et essuya ses joues du revers de la main.

— Tu crois vraiment que je pourrais t'oublier dans les bras d'un autre? Pour qui tu me prends, Stéphane Gadbois?

Non, il ne le croyait pas, il ne voulait pas le croire. S'il le pouvait, il l'empêcherait de retourner en 1959 ou, mieux, il partirait avec elle! «Si au moins elle savait à quel point je vais l'aimer...» Cette pensée se figea soudain dans sa tête. Il regarda Janine. Elle était retournée devant son portrait. Les bras croisés sous sa poitrine, elle ne bougeait pas, hypnotisée par sa propre image et le destin qui l'attendait.

Stéphane n'en pouvait plus de la voir si affligée, il s'avança vers elle et glissa une main sur son dos.

— Janine… Regarde-moi…

Lorsqu'elle se tourna, il prit son visage entre ses mains.

— Allez, regarde-moi dans les yeux et écoute-moi bien.

Qu'importe les mises en garde de Laurent, Stéphane était prêt à tout pour revoir le sourire de Janine en lui donnant un peu d'espoir.

— J'ai été stupide tantôt en faisant allusion à demain. C'est comme si je n'avais pas réalisé… Si tu savais tout ce que je donnerais pour prendre ta place, mais c'est impossible. Alors, quand tu sentiras que tu perds courage, je veux que tu te souviennes de ce que je vais te dire ce soir.

Elle hocha la tête comme une petite fille obéissante.

— Je t'aime depuis très longtemps, Janine, déclara-t-il d'une voix enrouée par l'émotion. Oui, c'est vrai qu'à 11 ans, je t'aimais comme on aime une mère, mais j'ai grandi… et… à 17 ans, j'étais amoureux de toi !

L'expression attristée de la jeune fille vira à la surprise.

— Je sais que je ne devrais pas te le dire, mais je refuse de te voir partir sans que tu saches à quel point tu as compté pour moi.

Il lui prit la main pour l'entraîner dans la cuisine.

— Tiens, assieds-toi une minute, dit-il fermement avant de prendre place devant son portable.

Janine se laissa tomber sur sa chaise. La franchise désarmante de Stéphane lui avait scié les jambes.

Elle le vit taper quelques mots. Une colonne de lettres lumineuses apparut sur l'écran : une liste de chansons.

— En 1978, pour nos 18 ans, à Patrice et moi, tu as organisé un gros party ici dans la cuisine. Tu avais invité tous nos amis. Des filles aussi. Patrice avait une blonde dans le temps, elle a amené ses copines. Moi aussi, j'avais quelqu'un, mais je ne l'ai pas invitée. Je m'étais fait tout beau. Tout beau pour toi, Janine… Depuis quelques mois, je saisissais tous les prétextes pour te voir. Je m'arrangeais même pour passer en l'absence de Patrice. On jasait de tout et de rien, quelquefois je te donnais un coup de main pour déplacer un meuble ou faire un peu de peinture : n'importe quoi pour être en ta compagnie.

Il s'arrêta de parler, ébranlé par ses propres souvenirs.

— Le soir du party, je n'avais d'yeux que pour toi. À un moment donné, j'ai été mettre *Blue Suede Shoes* et je t'ai invitée à danser. Tout le monde nous regardait, nous bougions si bien ensemble. J'aurais bien passé la soirée à danser avec toi si je n'avais pas été aussi intimidé, mais quelques bières plus tard, en entendant une chanson de Joe Dassin, j'ai surmonté mes craintes pour t'inviter de nouveau.

Il termina sa phrase en cliquant sur un titre et tendit la main à la jeune fille :

— Viens !

Il la prit dans ses bras en gardant une bonne distance entre eux.

— *Et si ce soir on dansait le dernier slow, comme si l'air du temps se trompait de tempo,* chanta-t-il par-dessus la voix de Dassin. Je devais trembler comme une feuille, c'est pour ça que je ne voulais pas trop te coller. Toi, tu chantais avec moi, sans te douter de rien.

D'une pression de la main, Stéphane ramena Janine contre lui pour lui susurrer à l'oreille :

— Si je ne m'étais pas retenu, c'est comme ça que j'aurais dansé avec toi.

Il ne chantait plus, ses lèvres couraient sur la tempe de Janine qui, éperdue d'amour, avait fermé les paupières pour se fondre dans l'instant.

— Tu avais 40 ans et moi 18... Et même si je n'étais pour toi qu'un p'tit cul... pour moi tu étais la femme idéale.

Janine, songeant à la photo du jeune guitariste aux cheveux longs, leva des yeux caressants vers lui.

— Jeune, tu devais avoir autant de charme qu'aujourd'hui...

Stéphane la considéra gravement :

— C'est moi le plus vieux, aujourd'hui. As-tu vu les gens nous regarder tout à l'heure, sur la piste de danse ? Ils ont dû croire que j'étais ton *sugar daddy*. Mais c'est comme ça : il y aura toujours un écart de 22 ans entre nous, Janine, qu'importe l'époque où nous vivrons. Et dis-toi bien que ce n'est pas le regard des autres ni quelques rides qui m'empêcheront de t'aimer.

— Vingt-deux ans de plus et un surplus de poids, se désola Janine.

Stéphane haussa les épaules.

—Je m'en fous, j'te dis! Et tu es bien mieux de revenir, sinon j'irai te chercher à San Francisco, s'il le faut.

La chanson de Dassin fut suivie d'une tendre ballade de Charles Aznavour. Janine se blottit contre l'homme qu'elle aimait. Pourquoi gâcher le peu d'heures qu'il leur restait en se torturant l'esprit?

Stéphane se sentait plus léger. Que pouvait-il contre cet incroyable tour de passe-passe du destin qui l'avait remis en face de son premier amour? Toutes ces années misérables auprès de Nathalie lui permettaient de mesurer ce qu'il éprouvait maintenant pour Janine. Non, il n'avait plus 18 ans, mais ce soir, il en avait retrouvé la fougue et sa passion première avait repris toute sa place dans un cœur plus grand qu'avant.

Tout doucement, il avait murmuré son nom avant de s'incliner vers elle pour prendre ses lèvres. Le baiser se prolongea au-delà des dernières paroles d'Aznavour.

L'introduction endiablée d'un rock les fit tressaillir. Agacé, Stéphane se détacha de Janine pour stopper la musique. S'attablant devant son ordinateur, il chercha une autre chanson de circonstance, mais avant qu'il n'ait le temps d'en trouver une, il sentit le corps de la jeune fille se presser contre son dos.

— Stéphane, laisse faire, lui souffla-t-elle à l'oreille, viens…

Il se retourna vers elle, son regard enflammé le fit trembler de désir.

— Tu… tu es certaine que c'est ce que tu veux? murmura-t-il en se levant lentement.

Elle se blottit contre lui.

— Pour le temps qu'il nous reste, je ne veux rien d'autre.

La chambre de Patrice, plongée dans une semi-pénombre, accueillit le couple frémissant. Les doigts de Stéphane firent glisser la fermeture éclair de la robe découvrant l'une après l'autre les épaules de Janine. Son envie d'elle balayait toutes ses interdictions. La robe soyeuse tomba sur le sol dévoilant son corps tout en délicieuses rondeurs.

Après avoir défait les couvertures, il l'incita à s'asseoir sur le lit avec lui. Sans le quitter des yeux, Janine détacha lentement les boutons de sa chemise. Ils se retrouvèrent entre les couvertures sans trop s'en apercevoir et laissèrent leur passion tumultueuse dicter leurs gestes.

Bientôt, le reste de leurs vêtements glissa en bas du lit et ils purent enfin goûter à la volupté de leurs corps nus unis l'un à l'autre. La douce sensation des seins de Janine sur sa poitrine velue durcit l'érection de Stéphane. Sa main se faufila vers les fesses de sa compagne, qui se cambrèrent sous sa paume. Le long soupir de délectation qu'il perçut poussa son audace d'un cran : ses doigts se frayèrent un chemin vers le sexe de la jeune fille. Il était ruisselant et déjà gonflé de désir. Il l'explora tout doucement, effleura d'abord son clitoris, puis s'y attarda longuement.

Janine se sentit défaillir et, au moment où son esprit semblait vaciller, elle vit Stéphane se redresser et rabattre les couvertures pour la découvrir complètement. Un long frisson se mêla à son plaisir. Elle voulut se relever à son tour, mais les deux mains de l'homme saisirent ses épaules pour la recoucher. Il s'étendit sur elle.

— Attends un peu, mon amour...

Il termina sa phrase par un baiser brûlant, laissa courir ses lèvres gourmandes dans son cou, puis sur ses seins aux pointes dressées, alors que ses doigts retournaient à la moiteur de son sexe. Encore une fois, la jeune fille fut prise de cette délectable sensation de perdre pied. Lorsque la bouche de son amant se posa sur son pubis, qu'elle sentit sa langue effleurer l'entrée de sa vulve, ses jambes s'ouvrirent d'elles-mêmes pour accueillir la troublante caresse la projetant au-delà de toute décence. Sa bouche entrouverte laissa échapper des soupirs entremêlés de gémissements qu'elle ne pouvait retenir. Au moment où le plaisir atteignit son paroxysme, tout son corps se cambra et un long râle émergea de sa gorge asséchée.

Stéphane se releva à demi et posa sa tête sur le ventre de Janine, le cœur vibrant à s'en éclater. Il sentit les doigts de la jeune fille glisser dans ses cheveux, elle grelottait. Il s'empara des couvertures chiffonnées au bout du lit et les ramena sur eux. Janine le regardait furtivement en rougissant.

— Je… je m'excuse… Je ne sais pas ce qui m'a prise de me lamenter comme ça…

Stéphane la serra contre lui.

— C'était la première fois? murmura-t-il dans ses cheveux.

— La première fois que quoi?

Stéphane s'écarta d'elle pour la considérer tendrement.

— Tu n'avais jamais ressenti de plaisir avec…

Elle lui appliqua deux doigts sur la bouche pour le faire taire avant de secouer la tête.

Son amant lui saisit la main qu'il baisa délicatement. Malgré lui, ses lèvres ébauchèrent un sourire.

— Hum… Tu as l'air pas mal fier de ton coup, on dirait.

Confus, Stéphane réprima son sourire.

— Oui, euh… c'est que je suis heureux d'avoir été le premier.

Janine roula sur le côté en soupirant. Après un silence, elle dit:

— Ce qui s'est passé avec Pierre, c'était un accident de parcours… Et… c'est un peu ma faute: il souhaitait attendre que nous soyons mariés, mais avec tout ce que j'avais entendu à son sujet, j'ai cru que…

Elle s'arrêta de parler, la gorge en feu. Elle fit un geste pour se lever.

— Qu'est-ce qu'il y a ?

— Il faut que je boive quelque chose, j'ai la bouche complètement sèche.

Avec un petit rire, Stéphane déposa un baiser sur son front.

— Reste là. Je t'apporte un verre de jus.

Il sortit du lit, mais avant de quitter la chambre, il appuya sur l'interrupteur pour actionner le ventilateur du plafond.

— Ça ne te dérange pas trop ? On étouffe ici.

Janine ne put s'empêcher de jeter un bref regard sur l'entrejambe de son amant lorsqu'il revint avec le jus d'orange. Sa verge avait perdu un peu de vigueur. Elle baissa pudiquement les yeux. Dans leurs ébats, il n'y en avait eu que pour elle. Bien que rassasiée, elle éprouvait le besoin de lui donner autant de plaisir qu'elle en avait eu, mais la maturité de Stéphane la rendait mal à l'aise. Elle doutait de ses capacités à satisfaire un homme avec autant d'expérience : « Il a 40 ans, il a été marié et Dieu sait combien de femmes il a eues dans sa vie… Si au moins j'en savais un peu plus sur la chose… », regretta-t-elle tout en pestant contre son époque où prononcer le mot « sexe » relevait presque du sacrilège.

Assise au milieu du lit, elle prit le verre qu'il lui tendait et but à petites gorgées. Après avoir rapidement vidé le sien, Stéphane vint s'asseoir derrière elle.

— Tu permets ? lui dit-il en dénouant sa chevelure.

Une cascade de cheveux tomba sur les épaules de la jeune fille. D'un geste d'une infinie tendresse, Stéphane en souleva un pan pour le ramener sur un côté, découvrant un long cou gracieux. Janine fut prise d'un long frisson lorsqu'il posa ses lèvres tout contre son oreille, alors que ses grandes mains caressaient sa poitrine.

— Ça n'a pas de bon sens comme je t'aime, Janine, tu me rends fou.

Son verre de jus d'orange encore à la main, Janine vacillait :

— Stéphane… Stéphane, arrête. Mon verre, il faut…

Il relâcha légèrement son étreinte et Janine étira le bras vers la table de nuit, mais manqua son but : le verre tomba par terre. Elle voulut se lever, mais, une main sur son épaule, Stéphane la retint.

— Laisse faire, on ramassera plus tard.

Janine était d'accord avec lui, mais au lieu de s'appuyer contre lui, elle fit volte-face. S'agenouillant dans le lit, elle glissa ses mains sur ses épaules. Qu'il était beau, son amoureux ! Elle aimait la puissance qui émanait de lui, de sa large poitrine, de ses bras aussi robustes que les branches d'un chêne. Elle l'embrassa. Les bras de Stéphane l'encerclèrent. Ils se laissèrent tomber sur le côté, leurs langues s'adonnant à un doux ballet langoureux. La main de Janine se posa sur le ventre doux et chaud de Stéphane et rejoignit le bout de son pénis qui se redressa.

Les timides cajoleries de Janine, après de longs mois d'abstinence, conduisirent Stéphane au comble de l'excitation. Il se redressa et d'un geste ferme, il incita sa compagne à s'étendre sur le dos. Ses yeux noyés de désir la considéraient gravement, la suppliaient de le laisser aller plus loin. Janine tendit les bras vers lui. D'une main assurée, Stéphane guida son pénis gorgé de sang vers la vulve chaude qui s'offrait à lui encore une fois. Malgré son extrême fébrilité, il s'efforçait de contenir ses ardeurs, la pénétrant lentement en la regardant droit dans les yeux, guettant la moindre réaction négative.

— Embrasse-moi, lui souffla Janine, soudain trop intimidée pour soutenir davantage le regard de son amant.

Il prit ses lèvres, alors que sa verge s'activait doucement en elle. Les jambes de Janine encerclèrent sa taille et son dos se cambra. Alors, Stéphane ne se retint plus : ses coups de reins se firent plus fougueux et plus rapprochés jusqu'à ce qu'un torrent de plaisir déferle en lui. Assouvi, il s'écroula sur Janine de tout son poids avant de rouler sur le côté, étourdi par la violence de l'orgasme.

Une seconde fois, les draps se retrouvèrent en bataille au pied du lit. D'un mouvement de pied, Janine rapprocha le coin d'une couverture pour la tirer vers eux. Peu à peu, la fatigue prit le dessus. Ils s'assoupirent.

Chapitre 13

Mercredi 16 septembre 1959

Un cri rauque déchira le silence. Trempé de sueur, le cœur cognant à grands coups, Ernest se dressa sur un coude pour allumer sa lampe de chevet. La clarté pourrait-elle dissiper les lamentations de son horrible cauchemar ? Il s'assit au bord du lit, encore sous l'emprise des griffes de la nuit.

Un rêve effrayant, toujours le même, peuplé par les pleurs de ses enfants qui se traînaient dans la maison en l'appelant dans le noir.

« Agnès, Eddy, je suis là… papa est là ! », s'entendait-il crier, mais personne ne lui répondait. L'obscurité les retenait prisonniers tout près de lui sans qu'il puisse rien faire pour eux. Le cauchemar qui l'avait hanté durant des années avait resurgi, plus réel qu'autrefois, et avec lui un sentiment d'impuissance qui le glaçait d'effroi.

Il se traîna les pieds jusqu'à la cuisine, en appuyant sur tous les interrupteurs qu'il croisait sur son chemin.

La gorge desséchée, il gagna l'évier. Sa grosse main calleuse tremblait encore sur le robinet.

Vider un grand verre d'eau pourrait peut-être l'aider à se replacer les sens. Cela fonctionnait habituellement. Il but d'un seul trait et déposa son verre. Le souffle court, il sentit tout de même ses tremblements s'amenuiser.

Il lança un regard circulaire dans cette cuisine où les grands bonheurs et les plus sombres détresses s'étaient succédé tour à tour. Les murs semblaient encore imprégnés des bonnes odeurs d'autrefois et des rires de ses enfants. Par contre, la pièce n'avait jamais été aussi désordonnée : depuis le départ de Janine, la vaisselle sale s'était entassée sur la table parmi les albums de photos et les papiers notariés.

En soupirant, il commença à ramasser, s'appliquant à faire quelque chose pour se changer les idées et retrouver son calme.

Quelques minutes plus tard, il avait ramassé la vaisselle sale, rangé les albums et le testament de Juliette. Ne restait plus qu'une boîte de fer-blanc contenant quelques biscuits cuisinés par sa fille pour le goûter qui avait eu lieu après les funérailles.

En ouvrant la boîte, la bonne odeur des petites galettes saupoudrées de noix de coco dont il raffolait lui chatouilla les narines. Il en porta une à sa bouche et la sentit fondre sur sa langue. Il ferma les paupières pour mieux la savourer. Une image de Janine, enfant, s'imposa. « C'est bon, hein, papa ? En voulez-vous une autre ? Je les ai faits juste pour vous. »

Les yeux noyés de larmes, il s'effondra sur une chaise. Laurent, Gaston, Juliette et Janine, tous l'avaient quitté. Ils étaient partis sans savoir à quel point il tenait à eux. Comme un pauvre imbécile, il avait dilapidé sa deuxième chance de recréer la famille qu'il avait toujours voulue.

Tel un violent ressac, gémissements et sanglots ravivèrent des images qu'il avait enfouies au fond de lui depuis 41 ans : le chantier en Alberta où il travaillait depuis trois semaines ; l'air affligé du contremaître, porteur de la terrible nouvelle ; l'interminable voyage en train vers Montréal ; le crêpe funèbre cloué sur sa porte et la maison déserte, dépouillée de son trésor le plus précieux. Ce jour-là, sa vie avait volé en éclats. Les huit années suivantes n'avaient été qu'une longue traversée du désert.

En 1926, une rencontre bouleversante avait scellé un nouveau destin. Aveuglé par le mirage, Ernest Provencher s'était marié trop vite à une jeune fille aimante, mais qui ne serait jamais à la hauteur de ses attentes chimériques. Heureusement, son amour pour les enfants était resté le même et la naissance de Laurent, l'année suivante, avait ravivé sa fibre paternelle.

Émile était né deux ans plus tard, quelques semaines après le krach de 1929. Malgré la déroute des marchés, Ernest ne manquait pas de travail. Il se considérait chanceux et de nouveau comblé par la vie.

Tout s'était effondré en 1934 avec le décès d'Émile, victime de méningite. Quelques jours plus tard, brisée de chagrin, Juliette, enceinte de deux mois, avait perdu son bébé.

Ernest avait craqué. Pourquoi le ciel s'acharnait-il ainsi sur lui ?

Après s'être réveillé d'un long cauchemar et s'être fabriqué un petit bonheur tout simple, voilà que de nouveau on lui fauchait ce qu'il avait de plus cher. C'était plus qu'il ne pouvait en supporter.

Peu à peu, un constat irréfutable obscurcit son entendement : laisser grande ouverte la porte de son cœur le rendait terriblement vulnérable. Plus jamais une telle chose n'allait lui arriver ! Dorénavant, pour se préserver de la souffrance, il allait se détacher de tout et de tous.

Et Ernest changea, devint sévère et renfrogné. Avec le temps, des rides amères avaient creusé son front et son sourire n'était plus qu'un rictus désenchanté. Pourtant, il n'avait pas tout perdu : Laurent et Juliette étaient encore là. Or, c'était justement contre ces deux-là qu'il voulait se blinder : la présence de sa deuxième femme et de son fils menaçait le fragile équilibre qu'il s'était forgé.

❧

Combien de temps Ernest était-il resté prostré sur sa chaise droite ? Lorsqu'il releva la tête, les joues brûlantes de larmes, l'horloge murale marquait minuit et quart. Il songea à Gaston qui devait arriver du New Jersey à l'aube. Au téléphone, Ernest avait failli lui dire de rester chez lui, mais maintenant il lui tardait de le revoir.

Gaston… Son plus jeune, le plus négligé d'entre tous. Quelle tête aurait-il faite s'il avait surpris son père en train de brailler comme une Madeleine?

Cette pensée le poussa à se lever. Le comptoir et l'évier débordaient de vaisselle. Il fallait nettoyer. Il n'en avait pas l'habitude, Janine se chargeait toujours de cette corvée ingrate. Il se mit à la tâche en songeant aux événements de la journée.

«Jo Larivière! Jamais je n'aurais cru le revoir icitte, murmura-t-il. Calvaire! Si au moins il m'avait laissé brûler avec la maison. Ben non! Maudite mouche à marde!»

Il est vrai que de le savoir acoquiné avec Laurent comme larrons en foire l'avait agacé au plus haut point: «Moi, jaloux?»

Oui, jaloux à en crever, mais comme toujours, il avait camouflé cette blessure sous un masque de colère. Et puis tout à l'heure, Jo avait débarqué chez lui pour lui parler de Janine. Une véritable histoire à dormir debout dont il ne savait plus que penser.

«Laurent et Janine dans le passé… Ben voyons donc!»

Jo avait réagi fortement lorsqu'il lui avait dit avoir connu Lafontaine. «Ce type travaillait au château, songea Ernest. Je le croisais de temps en temps, mais si Eddy n'avait pas été malade, je n'aurais jamais vraiment eu affaire à lui.»

Il ouvrit une porte sous l'évier, trouva le savon à vaisselle. L'eau chaude jaillit sur la pile d'assiettes.

« Ce Lafontaine m'avait rendu service. Le lendemain, j'ai été le remercier, c'est ben normal. »

« Depuis quand te souviens-tu de lui ? » L'étrange question de Jo lui trottait dans la tête.

Ce souvenir lui était revenu en mars dernier. Au volant de son auto, Ernest avait été pris d'un étourdissement si violent qu'il avait dû se ranger au bord de la chaussée. Une soudaine impression s'était infiltrée en lui : Lafontaine, l'employé de Charles Duminisle, qui lui avait ouvert la porte du château, en 1918, ressemblait à s'y méprendre à son fils aîné dont il était sans nouvelle depuis deux ans !

Cette nuit-là, malgré tous ses efforts, Ernest n'arrivait pas à lui trouver d'autres traits ni oublier l'intensité de son regard.

Jo affirmait que Laurent vivait en 1918… Marie-Claire Duminisle parlait de « réminiscences »…

La main d'Ernest se crispa sur son linge à vaisselle : « Torvis ! C'est au printemps de cette année-là qu'Eddy a attrapé la scarlatine ! »

Était-ce possible que tout ce que Jo et Marie-Claire s'étaient évertués à lui faire comprendre fût véridique ? Et si Lafontaine et Laurent étaient une seule et même personne ? Et Janine, ne l'avait-il pas vue en rêve, assise à cette même table, entourée de sa première famille ? Mais… avait-il réellement rêvé ?

« Si seulement j'arrivais à me rappeler plus clairement… »

Troublé, Ernest s'empara d'une assiette sur l'égouttoir.

« Quand je suis sorti pour rattraper Eddy, le couple était devant la maison. Puis, la femme est tombée sans connaissance… L'homme a couru vers elle. Ensuite, Élise les a invités à entrer… »

Il n'arrivait pas à se remémorer les traits de l'homme, mais se souvenait qu'il était grand et large d'épaules. « Stéphane… »

Et sa compagne… Ernest se rappelait avoir croisé son regard. Maintenant, le souvenir de ces yeux noisette noyés de tristesse remettait la scène en jeu avec une acuité exacerbée : ce regard mélancolique, c'était celui de Juliette dont Janine avait hérité. En fermant les yeux, il revit le visage de la jeune fille, ses pommettes joufflues, ses lèvres pleines : « Ma p'tite fille… »

Et si Jo avait raison ?

Défiant sa raison, le sexagénaire laissa les souvenirs remonter en lui. Un détail important lui échappait. Il lança des coups d'œil autour de lui. Peu à peu, la cuisine reprit son aspect d'antan. Son regard s'attarda sur la longue table en bois et ses six chaises. Il se vit lui-même attablé, sa petite Agnès sur les genoux. Eddy était en train de dessiner… Le type s'était penché vers lui…

— Oh ! Le beau dessin !

Soudain, l'étincelle jaillit !

En fermant les yeux, Ernest revit Eddy, le doigt sur le drôle de bonhomme à grosse tête qu'il venait de tracer.

— C'est toi…

— Wow, c'est vrai ? Eh bien, tu m'as fait pas mal beau… Il manque juste une petite chose. Tu veux que je te la dessine ?

Ernest sentit son cœur s'emballer. Vacillant, il porta une main à son front : « Torvis ! Qu'est-ce qui m'arrive là ? » Les jambes flageolantes, il dut s'asseoir.

« Le type… il était ici, dans la cuisine… Je ne rêve pas… Je m'en souviens… »

Le père de Janine retint son souffle : « Le gars s'est penché sur l'épaule d'Eddy pour dessiner quelque chose… »

Qu'était devenu ce dessin ? Élise l'aurait-elle rangé dans son coffre en cèdre avec les autres ? Chose certaine, il n'avait jamais revu le coffre à trousseau depuis qu'il avait mis en pièces les meubles de son premier mariage.

« Ils sont encore dans la cave. J'en ai tellement voulu à Jo de les avoir descendus… »

Et si le coffre d'Élise s'y trouvait aussi ?

Cette possibilité de valider l'incroyable l'électrisa. Il se leva et gagna sa chambre à grandes enjambées. Il revint avec une boîte d'allumettes et la clé du cadenas de la trappe.

Dans la cave, la faible lueur dispensée par l'ampoule électrique lui permit de retrouver son vieux fanal derrière les marches. Au centre de la cave, le madrier reposait toujours sur le trou et sa grosse malle était poussée sur le côté. Rien ne semblait avoir bougé depuis qu'il avait surpris Laurent dans le puits, quatre ans plus tôt.

« Maudit trou ! », ronchonna-t-il entre ses dents.

Le dos courbé, Ernest avança à petits pas vers la bâche grise recouvrant son vieux mobilier et accrocha le fanal à un clou saillant d'une poutre. La lueur oscillante faisait danser des ombres étranges sur le solage. Se refusant à ce que ses émotions prennent le dessus, il s'empara d'un coin de la toile et la souleva d'un coup sec, comme s'il arrachait le pansement d'une cuisante blessure. Un nuage de poussière s'éleva puis se dissipa dans les débris d'un cruel naufrage : un moïse habillé de dentelle roussie ; la coiffeuse d'Élise au miroir fracassé ; les restes du petit lit d'Agnès dont les barreaux avaient volé en éclat ; la tête de lit sculpté au nom d'Eddy fendue d'un grand coup de hache. Seul le petit cheval à bascule d'Agnès avait survécu au saccage.

La souffrance et la rage lui revinrent, intactes. Au fond de lui se rejouait le dernier acte de sa première vie où il avait cru apaiser son supplice en détruisant ses meubles avant de mettre le feu à sa maison. Ses lèvres se tordirent en un rictus amer. Retenant ses larmes, il tenta de maîtriser ses démons : ce n'était pas le moment de se laisser aller…

Appuyée au solage, une forme biscornue soulevait une partie de la bâche retombée sur elle-même.

Perplexe, Ernest s'approcha pour écarter l'épaisse toile. Son cœur chavira en découvrant la chaise berçante d'Élise. Elle était en bon état, seul le tenon d'un des patins était sorti de sa cavité. Rien de plus facile à rafistoler. Il coucha la berceuse sur le côté pour la réparer : les deux pièces s'emboîtèrent facilement. Satisfait de son travail, il chercha des yeux les deux coussins fleuris accompagnant la chaise, sans succès : ils étaient probablement enfouis quelque part sous la toile. Dans l'espoir de les retrouver, Ernest souleva lentement les bords de la bâche. Soudain, son cœur s'arrêta : le coffre d'Élise...

C'était un coffre en cèdre assez grand pour contenir son trousseau de mariée composé de draps et de lingerie de maison. Ernest s'accroupit pour l'ouvrir. Il étouffa un sanglot dans sa main en apercevant une nappe jaunie finement brodée : « Oh, Élise... »

Il respira un grand coup pour se ressaisir avant de retirer la nappe, les draps et quelques serviettes de table. Les dessins d'Eddy étaient là, au fond du coffre. Tous avaient été datés.

Le souffle court, Ernest se remit péniblement sur pied pour aller décrocher le fanal. Puis il se laissa choir dans la berceuse avec la pile de dessins qu'il passa fébrilement en revue.

« Mon Dieu ! »

À tâtons, il ramassa le fanal par terre et l'approcha de la feuille de papier où un bonhomme orné d'un nœud papillon se tenait sur deux jambes filiformes. Au bas du dessin, Ernest reconnut l'écriture d'Élise : *Stéphane - 15 septembre 1918.*

« C'est vrai ! Oh, mon Dieu, c'est vrai ! »

Ernest essuya d'une manche la sueur froide qui perlait sur son front. Marie-Claire Duminisle et Jo avaient vu juste : bientôt, il allait serrer Janine et Laurent dans ses bras.

Le dos au fond de la berceuse, il murmura une prière de gratitude à ce Dieu qu'il avait si souvent maudit. Au bout de quelques minutes, il ouvrit les yeux, réalisant à peine qu'il se tenait au milieu des ruines de son passé.

Après avoir rangé les autres dessins et la lingerie dans le coffre, il souleva la chaise berçante pour aller la porter près de l'escalier avec le dessin d'Eddy. Ensuite, il tira rapidement la bâche sur les meubles, retourna vers le puits et renversa le madrier sur le côté. « C'est par ici qu'ils vont passer. »

Ernest s'inclina pour éclairer le trou béant : « C'est quoi, c't'amanchure-là ? » Il se coucha à plat ventre et plongea le fanal dans l'obscurité. Il aperçut d'abord le gros câble, puis la rallonge électrique, tous deux attachés au deuxième barreau. Il étira le bras, saisit et tira le fil électrique. Lorsqu'il aperçut la baladeuse, son visage crispé s'illumina d'un sourire : « Maudit Laurent ! Une vraie tête de cochon… comme son père… »

Il alla brancher la baladeuse puis retourna au bord du puits et fit lentement descendre la lampe : ainsi Janine et Laurent auraient de la clarté pour remonter.

Sa vieille rancune contre son aîné avait fondu. Jamais il ne s'était senti aussi proche de lui.

De retour à l'escalier, Ernest saisit la berceuse et le dessin d'Eddy et remonta les marches, laissant l'ampoule allumée et la trappe ouverte derrière lui. Il installa la chaise à l'entrée de la cuisine et trouva un chiffon pour l'épousseter. Ensuite il se rendit dans sa chambre et revint avec un récipient de porcelaine brune dont les bords se creusaient vers une petite ouverture : son crachoir. Il le plaça au pied de la chaise, se promettant bien de s'allumer une bonne pipe aussitôt qu'il aurait terminé la vaisselle.

En essuyant les dernières tasses, son regard s'attarda sur la berceuse. Ernest se rendit compte que jamais il n'y avait bercé ses enfants du deuxième lit. Tout ce qui concernait sa deuxième famille n'avait été qu'une réalité nébuleuse. Pendant des décennies, elle avait évolué en marge de sa vie à lui. La vie d'un malheureux fantôme agrippé à son passé.

Bien sûr, monétairement parlant, personne n'avait manqué de rien. Ernest travaillait six jours par semaine et rapportait fidèlement son enveloppe de paie à la maison sans passer par la taverne comme bien d'autres. Que son souper soit sur la table à six heures et qu'on lui fiche la paix, c'était tout ce à quoi il s'attendait en retour.

Par la force des choses, la seconde maisonnée d'Ernest était devenue une famille recomposée dont Juliette était le noyau et Laurent, le père substitut.

Malgré tout ce qu'elle avait appris au sujet de la première épouse de son mari, Juliette avait su trouver le bonheur dans ses premières années de mariage. Par contre, après le décès d'Émile et sa fausse couche, elle avait vécu péniblement l'étrange retournement de son mari et, pendant le reste de sa vie, elle avait joué le rôle de tampon, protégeant tant bien que mal la quiétude de son époux et le bien-être de ses enfants.

Mauvais élève, Gaston traînait au dernier rang de sa classe par manque d'intérêt. En revanche, il se croyait le roi de la cour d'école, parce qu'il avait toujours une bonne histoire à raconter : des récits, la plupart du temps sans queue ni tête, où il se donnait la vedette. Avait-il seulement su à quel point il avait été la risée de tous ?

Janine avait du caractère, mais elle avait appris à le dissimuler devant ce père qu'elle craignait. Privée de sa tendresse, elle avait jeté son dévolu sur son grand frère Laurent, sans toutefois renoncer à conquérir le cœur d'Ernest par une foule de petites attentions.

Laurent, l'aîné, avait tenté tant bien que mal de suppléer au vide affectif laissé par son père. Encouragé par Juliette, il avait traîné Janine et Gaston partout avec lui, se privant d'une adolescence qui ne demandait qu'à s'émanciper. Même s'il l'aimait de son mieux, Laurent avait beaucoup de mal à supporter son petit frère Gaston et sa manie de jacasser à tort et à travers. Par contre, il adorait Janine qu'il chouchoutait tant qu'il le pouvait.

En 1957, son brusque départ avait plongé la cellule familiale dans une profonde désolation : Janine restait inconsolable, Gaston avait déserté le foyer et la maladie de Juliette avait empiré.

⁓※⁓

« C'était à toé à t'en occuper, de ton gars ! »

Les paroles de Jo Larivière résonnaient encore dans la tête d'Ernest. Non, Laurent n'était pas à blâmer pour la déroute familiale, c'était à lui, le père, à se ressaisir pour assumer ses responsabilités au lieu de se perdre dans l'amertume.

Restait-il assez d'amour dans le cœur de ses enfants pour lui pardonner ? Assis dans la berceuse au milieu des volutes de fumée, Ernest se sentit frémir à la pensée qu'il était peut-être trop tard pour réparer ses fautes.

Tout à coup, il retira la pipe de sa bouche : « Eh, calvaire ! »

Janine avait vu Élise…

Tout s'expliquait maintenant : c'était en apercevant sa première femme que Janine avait eu son malaise. Élise s'était bien trompée en mettant cela sur le compte d'une grossesse.

Mortifié, Ernest se rappela l'air effaré de sa fille qui avait détaillé Élise de la tête aux pieds. « Ma mère est morte il y a quelques jours et... vous lui ressemblez tellement... »

Que lui dire lorsqu'elle reviendrait ?

«Ma pauvre Juliette, tu as eu un si mauvais mari.»

Il se souvint de sa deuxième épouse dans ses derniers jours, au moment où elle l'avait réclamé à son chevet. Même à l'agonie, elle ne l'avait pas condamné.

— Je regrette de n'avoir pu remplacer Élise, avait-elle difficilement articulé. Mais au moins, tu m'as permis d'avoir de beaux enfants et je t'en serai toujours reconnaissante.

Étranglé de regrets devant cet aveu bouleversant, Ernest avait baissé les yeux. Jamais il n'avait été à la hauteur de cet amour-là et des enfants qu'il avait faits.

— Ernest... Promets-moi...

Le contact de la main de Juliette sur la sienne lui avait fait relever la tête.

— Fais un effort pour être gentil avec Janine et Gaston. Ils n'ont plus que toi maintenant. Et... si jamais Laurent revient, essaie de faire quelque chose pour lui. Il a tant besoin de toi...

Pour toute réponse, il avait porté la main de sa femme à ses lèvres. Tant de choses restaient à dire. Si au moins il avait pu lui demander pardon, mais les mots, qui se bousculaient dans sa tête, étaient restés coincés dans sa gorge.

Le retour de Laurent et de Janine l'obligerait à affronter la vérité: ceux qui l'avaient tant craint autrefois allaient devenir ses juges. Qu'importe! Il était prêt à subir un tollé de reproches pourvu qu'ils reviennent. Il aurait ensuite tout le reste de sa vie pour réparer.

Il tira une bouffée de sa pipe en évoquant la visite de Janine en 1918, se demandant quel était le rôle du fameux Stéphane dans tout cela. Jo et Marie-Claire prétendaient qu'il venait du futur. « Bon, là, il faudrait quand même pas charrier ! »

Puis, forcé d'admettre l'incroyable, Ernest choisit de mettre ses doutes en veilleuse. Quelle que soit l'époque d'où il provenait, cet homme avait été l'ange gardien de sa fille et sa reconnaissance envers lui était sans borne.

Ernest le revit assis au bout de la table, en train de faire risette à Agnès. « Mon beau bébé d'amour », murmura-t-il en fermant les yeux.

Il rouvrit les yeux. Non, il refusait de sacrifier le présent au passé. Si Dieu lui donnait la chance de se racheter, cette fois, il n'allait pas la rater.

Janine et Pierre étaient sur le point de se marier, il allait leur faciliter la vie. Comme convenu, son gendre viendrait s'installer ici. Dans quelques années, il aurait assez d'argent pour s'acheter une petite maison. Quant à Laurent, il l'accueillerait à bras ouverts. Ernest était certain qu'il pourrait user de son influence pour lui trouver une place d'électricien dans une des usines du Canadian Pacifique, ailleurs au Canada. Il n'aurait qu'à prendre un autre nom – Laurent Lafontaine, par exemple. Là-bas, il pourrait refaire sa vie à l'abri des poursuites judiciaires.

Dans la cuisine enveloppée du clair-obscur d'une veilleuse, le père de Janine se berçait tout doucement en embrassant la trappe grande ouverte du regard. Maintenant, il lui tardait de tenir la promesse faite à Juliette.

Chapitre 14

Dimanche 17 septembre 2000

Janine se réveilla. Collé à son dos, Stéphane dormait encore, sa respiration régulière soulevant légèrement sa poitrine. Elle se dégagea doucement. Avec un petit grognement, Stéphane roula sur le dos. Janine le contempla longuement. Tout était vrai. Même s'il s'achevait, son beau rêve ne s'était pas dilué dans son sommeil.

La prochaine fois qu'elle croiserait Stéphane, il aurait 11 ans. Pour lui, elle ne serait que la mère de Patrice : « Madame Bilodeau, est-ce que Patrice peut venir jouer avec moi ? », lui demanderait-il de sa voix juvénile.

Délicatement, ses doigts caressèrent les cheveux de l'homme. Elle se demandait quel genre de petit garçon il serait. Ses yeux brilleraient-ils de cet éclat moqueur si particulier ? Son rire enfantin creuserait-il déjà de petites fossettes dans ses joues ?

Attendrie, elle déposa un baiser sur son front, puis sur ses joues. Stéphane se réveilla en clignant des yeux.

— Salut, lui souffla-t-il en l'attirant contre lui.

Son sexe se gonfla d'un désir qu'il réprima difficilement : il devait être raisonnable, il y avait beaucoup
à faire avant l'arrivée de Laurent. Il se redressa à demi
pour jeter un coup d'œil au radioréveil de Patrice :
1 h 15. « Déjà ? »

Janine se détacha de lui. Ils se contemplèrent longuement comme s'ils voulaient emprisonner ce
moment de grâce dans leur esprit.

— C'est un vrai miracle que j'aie eu la chance de te
retrouver, lui murmura-t-il en la cajolant. Tu verras,
mon amour, à ton retour, on se fera une belle vie juste
à nous.

Janine ouvrit la bouche pour répliquer, mais il
l'empêcha d'un petit baiser.

— Et je ne veux plus entendre parler de rides ou de
différence d'âge, tu m'as compris ?

— Non, non, fit Janine d'une toute petite voix, je
voulais juste te dire que j'avais envie d'un café.

— Sans blague… répliqua Stéphane d'un ton
dubitatif.

Il s'éjecta du lit pour atterrir sur la flaque de jus
d'orange.

— Bon, il faut nettoyer ça.

— Je m'en charge, dit Janine. Ensuite, j'irai prendre
une douche.

Trente minutes plus tard, ils étaient attablés dans la
cuisine, tous deux revêtus de robes de chambre.

— Ton bras, ça va ?

Janine effleura la manche de son peignoir. Même dénudée, son entaille ne gardait qu'une légère sensibilité.

— Je me demande comment je vais expliquer à mon père pourquoi je reviens avec une broderie sur le bras.

— Moi, à ta place, je ne m'en ferais pas pour ça.

— Oui, tu as raison, ce sera peu de chose après lui avoir appris qu'il va être grand-père…

— Tu oublies qu'il le sait déjà, lui rappela Stéphane en songeant à leur visite 82 ans plus tôt.

Janine en doutait : Laurent ne leur avait-il pas dit qu'Ernest aurait du mal à assimiler les souvenirs qui referaient surface ? La perspective d'une terrifiante colère semblait plus crédible…

«Ah, si seulement je pouvais rester…», songea-t-elle avec amertume.

— Il faut trouver des vêtements pour mon voyage de retour, s'entendit-elle dire. Je vais voir si je trouve quelque chose dans la chambre d'en avant, ajouta-t-elle en s'arrachant à sa chaise.

Elle traversa le corridor et revint quelques minutes plus tard avec un ensemble en molleton et une paire d'espadrilles. Le pantalon n'était pas à sa taille («J'ai dû prendre 10 livres!», pesta-t-elle intérieurement), mais l'épingle de sûreté que lui avait trouvée Stéphane ferait l'affaire.

Dans la cuisine, la robe de nuit que sa tante religieuse lui avait prêtée lors de son séjour à l'hospice l'attendait sur le dossier d'une chaise. Janine l'examina :

elle était maculée de terre et le feu avait roussi l'ourlet sur un côté. Dès son retour en 1959, elle allait devoir s'en vêtir de nouveau.

Silencieusement, elle lissa la robe de nuit sur la table, y plaça ses pantoufles aux semelles souillées de terre et roula le tout ensemble. « Ma tante Thérèse va être tellement contente de me savoir saine et sauve. » Elle eut tout de même un pincement en songeant que le mensonge allait entacher leurs retrouvailles, l'existence du réseau souterrain devant absolument rester secrète…

Son fils à naître occupa ensuite ses pensées. Quel rôle Patrice allait-il jouer dans sa réconciliation avec son père à elle ? Ernest Provencher, en grand-papa gâteau ? Janine avait grand mal à se l'imaginer. Tant mieux si les prédictions de Stéphane se réalisaient, sa vie serait moins difficile. Et Pierre… La naissance de leur fils allait-elle diminuer son animosité envers lui ? Quels chemins torturés devrait-elle emprunter avant d'aller le retrouver à San Francisco ? Elle fronça les sourcils : « Je me demande ce qui a bien pu m'attirer là-bas… »

La main de Stéphane effleurant son dos la tira de ses pensées.

— À quoi penses-tu ?

— À mon autre moi… Je n'arrive pas à saisir pourquoi elle a suivi Pierre aux États. Tu as une idée, toi ?

Stéphane s'interrogea un instant, puis son regard s'éclaira : « Bien sûr, c'est évident ! »

— Patrice m'a dit que son père possédait plusieurs galeries d'art à San Francisco...

Janine écarquilla les yeux :

— Vraiment ? Et moi, je travaillerais avec lui ?

— Peut-être... Pat et moi n'en avons pas vraiment parlé...

— Je ne comprends pas... Tu m'as dit que Patrice était ton meilleur ami. Comment ça se fait que tu n'en saches pas plus ?

Déstabilisé, Stéphane sentit la chaleur lui monter aux joues. Cette conversation prenait un dangereux tournant :

— En fait... Patrice et moi nous sommes perdus de vue à la fin de notre secondaire...

— Ah, bon ? Vous vous êtes disputés ?

Stéphane détourna le regard : « Oh, Janine... C'est toi qui m'as chassé de ta maison, après m'avoir brisé le cœur... » Cette songerie lui tordit l'estomac. Il devait se ressaisir et vite !

Il releva les yeux en affichant un air dégagé.

— Non, nos études nous ont tout simplement fait prendre des chemins différents, parvint-il à articuler. Nous nous sommes retrouvés par hasard rue Masson, en juin dernier. C'est là que j'ai appris que tu habitais à San Francisco.

— Et maintenant, je reviens... fit Janine les yeux dans le vague.

Lors de sa visite impromptue rue d'Orléans, trois jours plus tôt, Pierre Bilodeau avait remis la carte de l'hôtel où il était descendu à Stéphane en lui précisant: « Demain, je vais chercher la mère de Patrice à l'aéroport. Nous séjournerons une semaine à Montréal. Venez prendre un verre, ça lui ferait tellement plaisir de vous revoir. »

— Elle est ici depuis deux jours déjà, fit Janine. Je me demande bien pourquoi Pierre l'accompagne... En principe, il n'est au courant de rien...

— Sans doute pas, mais...

Stéphane s'interrompit abruptement, une pensée lui avait traversé l'esprit: « Et si Pierre était venu en éclaireur... »

— Attends une petite minute... Suppose que l'autre Janine ait mis Pierre dans la confidence. N'oublie pas qu'ils sont très proches, aux dires de Patrice.

Janine lui lança un regard dubitatif:

— Elle lui aurait raconté qu'elle avait passé trois jours dans le futur? Pfff! Pierre n'aurait jamais cru ça!

— C'est pour ça qu'il serait venu constater par lui-même, enchaîna Stéphane, enhardi par la logique de sa déduction. Penses-y: après que je lui ai remis les papiers de Patrice, il m'a demandé à voir la murale. Bon prétexte pour vérifier si la trappe était bel et bien découverte. En prime, il t'a vue. J'imagine qu'il a dû repartir d'ici complètement soufflé.

Peu convaincue, Janine hocha la tête sans rien ajouter.

Stéphane fit un saut dans sa chambre pour s'habiller et revint, une paire d'espadrilles à la main.

— Laurent nous a demandé d'éclairer le puits, je préfère y aller tout de suite, dit-il en se chaussant.

Dans le puits, la baladeuse était restée allumée. Par précaution, Stéphane la remonta pour changer l'ampoule. De retour dans la cuisine, il laissa la trappe grande ouverte puis rejoignit Janine dans la chambre. L'heure du départ approchait. Leurs regards plongèrent l'un dans l'autre, s'enveloppèrent de tristesse. Ils s'étreignirent en silence, avant de s'embrasser avec fougue.

Lorsque, une heure plus tard, ils refirent surface, assouvis d'amour, Janine s'efforça de garder le moral :

— Demain, quand je reviendrai, tu me feras un bon souper ?

Stéphane entra dans le jeu :

— *Yes*, madame ! Tu verras, mes cannellonis aux épinards sont un vrai délice. Tiens ! Donnons-nous rendez-vous à 18 h. Ça me donnera le temps de tout préparer.

— D'accord ! fit Janine, ragaillardie par l'enthousiasme de son compagnon. Et moi, je passerai la journée à me faire belle.

En bâillant, Stéphane jeta un coup d'œil sur le cadran numérique : 3 h 25. Laurent n'arriverait pas avant la fin de la nuit et Janine devait se reposer.

— Il faut que tu dormes encore quelques heures, le voyage de retour ne sera pas évident avec tous ces barreaux à descendre et à remonter.

— Tu te lèves ? demanda Janine en le voyant enfiler son jean.

— Il vaut mieux que j'attende ton frère devant la télé, dit-il en attachant ses espadrilles.

Elle se redressa, lui agrippa les épaules et se colla dans son dos.

— Oh, non ! Nous avons si peu de temps, reste…

Stéphane ferma les yeux. Il craignait la réaction de Laurent s'il les trouvait ensemble dans le même lit, mais les seins doux et chauds de Janine réduisirent à néant sa bonne volonté.

— Tu n'es pas raisonnable, dit-il en se déchaussant.

— Allez, laisse-moi encore être un peu fofolle avant mon retour en arrière…

Une heure plus tard, Stéphane, complètement exténué, sombra dans un sommeil de plomb. À ses côtés, Janine fixait les pales du ventilateur qui tournaient paresseusement. Elle préférait attendre l'arrivée de son frère les yeux grands ouverts. Plus elle songeait à la vie qui l'attendait au bout du souterrain, moins elle avait envie de quitter l'homme qu'elle aimait pour aller jouer le rôle de « reine du foyer » imposé par cette société où les femmes n'avaient pas encore pris leur place.

Sa conversation avec la fille de Jess lui revint en mémoire. Bientôt détentrice d'un diplôme universitaire en communication, Cindy souhaitait ouvrir une agence de relations publiques. Elle avait déjà trouvé une garderie pour son petit. Après son accouchement, une mer de possibilités s'étendait à ses pieds. Cindy avait-elle seulement conscience du chemin parcouru par les femmes depuis les 40 dernières années ?

À cette pensée, Janine se rappela un détail important. Elle se glissa hors du lit et retourna à la cuisine pour prendre le sac en plastique qui contenait les vêtements qu'elle avait portés la veille, avant le show de Jess. Enveloppé dans son jean, elle retrouva son petit trésor : un cahier d'une cinquantaine de pages au fini glacé, prélevé dans le magazine *Châtelaine* qu'elle avait feuilleté dans la chambre de Cindy. Voyant son intérêt, la fille de Jess lui avait offert le périodique, mais Janine ne voulait que le supplément célébrant le 40ᵉ anniversaire du mensuel. Titré « De 1960 à 2000. Comme nous avons changé ! », ce cahier évoquait les moments marquants de l'évolution des femmes au Québec.

Résistant à l'envie de le parcourir, Janine déroula la robe de nuit de sa tante, déposa le cahier sous les pantoufles, refit le paquet et retourna auprès de Stéphane en soupirant rageusement.

Une petite voix se faufila en elle : « En 2000, tu pourrais faire carrière comme Cindy… C'est Patrice qui t'incite à partir ? Rester ne le tuera pas : il naîtra en avril, comme prévu. Stéphane a toujours voulu des enfants : il ferait un excellent père… »

Torturée, Janine se retourna brusquement sur le côté. Être raisonnable, qu'est-ce que cela lui avait donné jusqu'à présent, à part la perspective d'une vie de misère à attendre l'homme qu'elle aimait, alors qu'elle pourrait vivre sa jeunesse à ses côtés ?

Ces trois derniers jours avaient ébranlé ses convictions les plus intimes et la méfiance avait pris le pas sur sa naïveté. À qui faire confiance désormais ? Derrière un masque de sincérité, Pierre l'avait trahie lamentablement. Qui dit que Stéphane n'en ferait pas autant ?

« Il a beau dire tout ce qu'il voudra, si je pars, c'est une vieille qu'il retrouvera dans son lit. Il pourrait vite se lasser de moi… »

Partir ou rester ?

Les pensées tendues vers son époque lointaine, elle s'interrogea sur l'impact de sa disparition définitive. Que son père se retrouve seul lui importait peu ; quant à Pierre, c'était tout ce qu'il méritait ! En fin de compte, seul le chagrin causé à sa tante Thérèse pourrait remettre en question la décision qu'elle s'apprêtait à prendre…

Elle se redressa brusquement en entendant des pas dans l'escalier de la cave. Une ombre se profila dans la cuisine : Laurent…

Elle sauta du lit et enfila rapidement son peignoir. Stéphane n'avait pas bronché, elle préférait cela ; mieux valait affronter son frère seule.

La lumière jaillit. Vêtu entièrement de noir, Laurent regardait autour de lui, découvrant à son tour une cuisine qu'il ne reconnaissait plus.

Janine apparut dans l'embrasure de la porte. Tout sourire, son frère s'avança vers elle, mais sa mine s'assombrit lorsqu'il la vit refermer la porte derrière elle en posant un doigt sur ses lèvres.

— Quoi ? Il couche dans la même cham…

— Chuuut ! Tais-toi, dit-elle.

Elle lui empoigna fermement un poignet pour l'entraîner au bout du corridor. Sa décision était prise ! Laurent pouvait penser tout ce qu'il voulait, elle ne s'en laisserait pas imposer.

Ils entrèrent dans son ancienne chambre.

— Maintenant, assieds-toi sur le lit et laisse-moi parler !

Il s'exécuta sans un mot, mais ses yeux flambaient de colère. Debout devant lui, Janine décida de sauter les préambules pour passer au vif du sujet :

— Je ne retournerai pas en 1959, inutile de gaspiller ta salive à me convaincre du contraire !

Laurent lui lança un regard éberlué :

— Mais t'es folle !

— Ben oui, c'est ça, je suis folle ! Et ça me fait du bien, tu peux pas savoir comment ! J'en ai assez de ma p'tite vie plate, je fais comme toi : je vis la grande aventure.

La réplique avait fusé avec tant d'ardeur que Laurent en resta bouche bée. Les mains sur les hanches, Janine poursuivit rageusement :

— Et oui, si tu veux le savoir, j'ai couché avec Stéphane, je l'aime et je n'ai pas l'intention de le quitter pour redevenir la servante du père et marier un homme aux hommes !

— Wô, la tigresse ! s'exclama Laurent en se levant. Tu mets tout dans le même panier. D'abord, essaie de te cal…

— Pierre est homosexuel, toi aussi tu le sais ! coupa Janine. Tu as même voulu me prévenir quand je t'ai dit que j'allais l'épouser.

— … parce que tu es partie pour la famille, l'as-tu oublié ? Allez, Janie, viens t'asseoir, l'invita-t-il, la main tendue vers elle.

Mais elle se rebiffa et lui tourna le dos.

« Tout ça, c'est de ma faute, se reprocha Laurent. Deux ans sans lui donner le moindre signe de vie, alors qu'elle avait tant besoin de moi… »

Il ne savait que dire au sujet de Pierre, sauf qu'il aurait bien aimé lui casser la gueule. Mais ce qui importait pour le moment, c'était de convaincre Janine de le suivre dans le puits : « Elle n'a pas le choix… Comment lui faire comprendre ? »

— Qu'est-ce qui se passe ici ?

Janine releva la tête. Vêtu uniquement de son jean, Stéphane était entré dans la pièce. En l'apercevant, Laurent lui lança un regard ulcéré :

— C'est toi qui lui as demandé de rester ?

Le cerveau encore engourdi de sommeil, Stéphane interrogea Janine du regard.

— Stéphane n'a rien à voir là-dedans, c'est ma décision !

En quête d'approbation, Janine se réfugia dans les bras de son amoureux.

— Minute ! Minute, vous deux ! De quoi parlez-vous ?

La question de Stéphane s'adressait à Laurent.

—Janine veut rester en 2000, affirma-t-il en fixant Stéphane droit dans les yeux, guettant sa réaction.

La bouche de Stéphane s'ouvrit d'étonnement. Il dévisagea Laurent, une compréhension mutuelle s'installa entre les deux hommes.

Le silence qui se prolongeait inquiéta Janine. Elle s'écarta de Stéphane.

— Dis-lui que tu ne veux pas que je parte.

Stéphane sentit son cœur se serrer. Laurent s'approcha :

— Janie, laisse-moi t'expliquer…

Janine considéra à tour de rôle son frère et son amoureux. Leurs regards navrés la chavirèrent. Stéphane lui enlaça les épaules et l'entraîna doucement vers le lit.

— Tu ne me forceras pas à partir, Laurent, affirma-t-elle d'un ton résolu.

— Personne ne te forcera, Janine, fit Stéphane en lui caressant le dos, mais il faut au moins que tu écoutes ce que ton frère a à te dire.

Laurent tira une chaise pour s'y asseoir à califourchon devant le couple.

—Je suis bien placé pour te comprendre, Janie, amorça-t-il. Je suis resté deux ans dans le passé pour fuir le présent. Mais j'ai eu tort, je n'avais pas pensé aux conséquences et c'est toi qui as payé le plus cher mon insouciance. L'autre jour, Stéphane a dit que le journal parlait de ton retour dans la nuit du 17 au

18 septembre. Tu n'y peux rien, c'est déjà écrit : ton destin est lié à toutes les personnes que tu croiseras à l'avenir, à commencer par Stéphane.

— Qu'est-ce que tu veux dire ? rétorqua Janine en plissant les yeux.

Laurent jeta un regard complice à l'amoureux de sa sœur qui prit le relais :

— Si tu restes ici, Patrice ne naîtra pas à la bonne époque : lui et moi ne nous rencontrerons jamais, toi et moi non plus puisque je ne viendrai jamais dans cette maison qui sera probablement vendue au décès de ton père.

— Mais quelle importance si Patrice naît en 2001 ? coupa Janine, toi, tu es bel et bien là.

— C'est là que tu te trompes, Janine, poursuivit Laurent. Si tu disparais de ton époque, une réaction en chaîne va se produire et une nouvelle réalité se manifestera. Une réalité où tu te retrouveras étrangère dans une maison qui ne sera plus la tienne.

— Qu'importe, s'entêta-t-elle en saisissant la main de son amant, Stéphane et moi partirons d'ici dès ton départ.

— Janine, tu ne comprends pas, dit Stéphane, il n'y aura plus de nous : je ne serai plus là.

Laurent regarda sa sœur : anéantie, elle se taisait. Stéphane lui murmura quelque chose à l'oreille. Elle hocha la tête en silence. Ils se levèrent.

— Laurent, donne-nous quelques minutes…

Ce dernier hocha la tête. Il n'en voulait plus à Stéphane : la sincérité de son amour pour sa sœur ne laissait aucun doute.

Dans la chambre de Patrice, Janine s'étendit sur le lit, vidée de toute énergie. Stéphane s'allongea à ses côtés et la prit contre lui. Ils s'étreignirent longuement en silence.

— Nous ne devons pas nous perdre, Janine...

Ils s'embrassèrent désespérément, accrochés l'un à l'autre, puis demeurèrent enlacés jusqu'au moment où Laurent frappa à la porte. C'était l'heure... Ils se redressèrent. Stéphane entrouvrit la porte pour demander à Laurent de patienter, puis retrouva Janine, assise au bord du lit. Une idée lui était venue.

— Pourquoi ne tiendrais-tu pas un journal pour moi ?

Un faible sourire effleura les lèvres de la jeune fille : « C'est vrai qu'en lui écrivant, je pourrais peut-être me sentir moins seule... »

— Je le ferai, mais... ce journal, où est-ce que je pourrais te le laisser ?

— Ouais... Il ne faudrait pas que Patrice tombe dessus...

Ils réfléchirent chacun de leur côté. Janine trouva la première :

— Il y a une vieille boîte à chapeau sur la tablette, en haut du garde-robe de mon ancienne chambre : elle était déjà là en 1959. Je cacherai le cahier là.

— Parfait, répondit-il en se félicitant d'avoir trouvé une façon d'alléger un peu son fardeau.

Mais en plongeant son regard dans le sien, il se rendit compte qu'il en faudrait beaucoup plus.

— J'ai peur, Stéphane. S'il fallait que tu te tannes de moi... Penses-y : le jour de tes 50 ans, moi j'en aurai 72.

— Ça, c'est impossible, Janine. Tu es ma seule famille, je t'ai attendue toute ma vie.

Laissant Janine se vêtir, Stéphane retrouva Laurent dans la cuisine, plongé dans un bouquin déniché dans la bibliothèque de Patrice.

— Comment va-t-elle ?

— Pas bien, mais elle se prépare.

Stéphane se pencha vers le livre illustré.

— Hum, *Histoire de la Nouvelle-France*, ça doit être un vieux manuel scolaire de Patrice.

— C'est pas mal intéressant : il y est question de la Société Notre-Dame.

— Oui, mais j'ai quelque chose de beaucoup mieux. Viens avec moi.

Stéphane remit au frère de Janine l'un de ses livres d'histoire, *La Nouvelle-France revisitée*, où la toute première église Notre-Dame figurait sur la couverture glacée.

— Tiens, emporte-le, c'est bourré de détails passionnants.

— Merci ! répondit l'autre avec empressement.

Stéphane se détendit, ravi d'être retombé dans les bonnes grâces de Laurent.

— Tu as eu le temps de faire le tour de la maison?

— Je me suis plutôt attardé à la bibliothèque et à ce gros machin dans le salon.

— La télévision?

— Tu parles! s'exclama Laurent les yeux écarquillés, se rappelant le vieux poste que son père avait offert à sa mère.

— Viens, je vais te montrer ce que ça donne.

Les deux hommes entrèrent dans le salon.

— Que s'est-il passé entre vous? demanda Laurent à brûle-pourpoint.

Stéphane se figea, la télécommande à la main.

— Euh… Eh bien, nous sommes tombés amoureux…

— Non, pas maintenant, rectifia l'autre, je te parle d'avant, dans ton passé. Naturellement, tu réalises que la Janine que tu as connue autrefois est la même que celle qui est sur le point de quitter ton époque. Tu as été un des amis de son fils, elle t'a sans doute traité différemment des autres…

— Elle m'aimait… beaucoup, balbutia Stéphane, embarrassé.

— C'est tout? Tu n'as jamais senti quelque chose de plus fort?

Des images plein la tête, Stéphane préféra différer sa réponse:

— Écoute, c'est loin, tout ça… C'est vrai qu'elle avait une certaine façon de me regarder qui me rendait un peu… mal à l'aise.

— Ouais, c'est normal… admit Laurent, rassuré. Au sujet de mon père, je me demande… Janine lui en veut tellement…

— Oui, je sais, fit Stéphane qui recommençait enfin à respirer. Ne t'en fais pas, pour le moment, Janine voit tout en noir, mais elle passera au travers, ça je peux te l'assurer.

Songeur, Laurent marqua une pause. «J'aurai 73 ans en 2000. Stéphane sait peut-être quelque chose à mon sujet…» Mais, se rappelant la mise en garde servie à sa sœur plus tôt dans la journée, il résista à la tentation de questionner Stéphane.

— C'est quoi, ce truc dans ta main?

— C'est une télécommande, dit Stéphane en la brandissant droit vers la télé.

Aussitôt, l'horaire télé de Radio-Canada jaillit sur un fond rouge et une musique rythmée emplit la pièce.

— Oups! Attends.

Stéphane pointa de nouveau le téléviseur et zappa d'un poste à l'autre: un feu roulant d'images jaillit à l'écran.

Une télévision couleur sans neige ni oreilles de lapin, opérée par une sorte de baguette magique? Laurent n'en croyait pas ses yeux.

«*Oh yeah!* Un vieux *Star Wars*.» Satisfait, Stéphane baissa le bras. Laurent s'affala dans le sofa, les yeux rivés sur l'écran.

— C'est quoi, ça? Un robot? demanda-t-il en apercevant un personnage vêtu de noir, affublé d'un masque de métal d'où s'échappait une respiration aussi profonde que bruyante.

— Lui, c'est Darth Vader, une sorte de chevalier noir.

Quelques minutes plus tard, Janine revint dans la cuisine. Apercevant le sac à dos de Laurent sur la table, elle en profita pour y glisser son maigre baluchon contenant la robe de nuit, les pantoufles et le précieux magazine : « Ni vu, ni connu, mon Laurent ! maugréa-t-elle entre ses dents. Avec ça, j'aurai au moins une longueur d'avance sur mon époque… Et je me fiche pas mal de ce que tu pourrais en penser ! »

Elle retrouva les deux hommes avachis dans le sofa à commenter les images qui défilaient à la télé. On aurait dit deux amis de longue date.

— Je suis prête.

Stéphane et Laurent se levèrent d'un seul bloc. Janine semblait avoir repris courage. Elle grimaça un sourire à Stéphane, puis tendit le sac à dos à son frère :

— Viens, Laurent. Partons ! Partons tout de suite.

Dans le puits, après avoir descendu une dizaine d'échelons, Janine et Laurent se glissèrent dans le passage emprunté par Janine quelques jours plus tôt.

— On est chanceux, le feu n'a pas fait de dégât dans le puits de l'hospice : j'ai été l'inspecter tout à l'heure. Une fois sur place, nous n'aurons qu'à descendre une quinzaine de barreaux pour retrouver le couloir qui mène à notre cave de 1959. Celui que je t'avais déjà montré.

Grâce à la puissante lampe de poche de Laurent, Janine pouvait enfin voir par où elle était passée, trois jours plus tôt : les parois de roc brut étaient plus rapprochées, le plafond plus bas et le sol composé de terre rocailleuse.

— J'espère qu'il n'y a plus de rats. J'ai failli mourir de peur, l'autre nuit.

— Des rats ? Ah bon ! Moi, j'en ai jamais vu. Des chauves-souris, ça oui, par exemple ! ajouta-t-il pour l'asticoter.

— Tais-toi ! Des plans pour que je tombe dans les pommes dret là !

Laurent rit de bon cœur.

— Voyons, Janie, les petites bibites…

— … ne mangent pas les grosses, je le sais ! Change de sujet, veux-tu ? Parle-moi plutôt de Marie-Claire. Finalement, as-tu eu le temps de passer la voir, cette nuit ?

— Ça n'a pas été facile, soupira-t-il. Elle voulait savoir pourquoi j'insistais tant pour qu'elle entre au carmel, mais j'ai refusé de répondre. On s'est disputés.

— Tu penses qu'elle va y aller quand même ?

Ils arrivèrent au bout du couloir. La crevasse fendait la paroi de haut en bas. Laurent enleva son sac à dos et s'appuya contre le mur.

—Je le lui ai fait jurer. Je sais qu'en 1959, elle comprend tout, mais j'ai quand même peur qu'elle m'en veuille encore.

— Pauvre Marie-Claire! Elle est plus à plaindre que moi… J'espère que tu vas profiter de ton retour en 1959 pour aller la voir.

— C'est bien mon intention, affirma Laurent, sentant la fébrilité le gagner.

Il jeta son sac à dos dans la crevasse.

— Allez, on y va!

Passant de la parole à l'acte, il disparut dans le passage.

Dans le puits de l'hospice, une forte odeur de roussi leur monta au nez. Janine leva sa torche électrique: là-haut, le couvercle en bois avait repris sa place. Sans éteindre, elle inséra sa lampe dans une de ses poches et descendit les échelons à la suite de son frère.

— Voilà l'autre entrée, signifia-t-il en s'arrêtant.

Il attendit sa sœur avant de s'y engouffrer.

— N'oublie pas que de l'autre côté, tu devras sauter. Alors, fais attention.

En entrant dans le passage qu'elle avait cherché quelques jours plus tôt, Janine réalisa qu'à partir de ce moment exact, le cours de sa vie allait reprendre sa place. Désormais, elle marchait dans les traces de son alter ego, la sexagénaire qui allait bientôt retrouver Stéphane.

À l'entrée du passage, elle revit la boîte de guenilles de Laurent maintenant couverte de toiles d'araignée.

— Ça va ? T'es pas trop fatiguée ?

Elle secoua la tête :

— J'ai dormi un peu avant ton arrivée.

Ils entamèrent leur marche en silence. Janine tenait le coup, les larmes couleraient plus tard, elle le savait bien.

Du coin de l'œil, Laurent observait sa sœur. Il ne reconnaissait plus la jeune fille dévouée et soumise qu'il avait quittée en 1957. Certes, dans le temps, elle avait déjà son petit caractère et une opinion bien arrêtée sur leur père, mais jamais elle ne l'avait affronté comme il l'avait si souvent fait lui-même.

Laurent en avait tant vu, des filles comme elle : des filles jeunes, intelligentes, ayant renoncé à leurs rêves d'amour pour remplacer une mère absente, débordée ou malade. Ces filles solides, pleines d'entrain, jadis saluées pour leur dévouement, puis, avec les années, reléguées dans le rôle de bâton de vieillesse, de vieilles filles aigries au ventre vide dont on se moquait.

Durant les deux dernières années, le soutien de Pierre Bilodeau avait sans doute aidé Janine à garder la tête hors de l'eau et Laurent présumait que sa sœur lui avait cédé uniquement par reconnaissance. Par contre, la rencontre avec Stéphane avait dû être une troublante révélation. La perspective de le quitter l'avait poussée dans ses derniers retranchements et sa révolte qui couvait depuis des années avait éclaté au grand jour.

Le retour allait être difficile, d'autant plus que Laurent se doutait qu'il ne lui serait pas d'un très grand secours, puisqu'il lui faudrait de nouveau s'éloigner.

Stéphane avait dit qu'elle s'en sortirait et Laurent espérait que le petit qu'elle portait, de même que son prochain mariage, lui apporteraient un peu de bonheur. Pierre Bilodeau avait bien des «petites manières», mais il était loin d'être une brute épaisse et ce qu'il avait déjà entendu à son sujet pouvait n'être que des rumeurs...

— Janine, tu sais, Pierre...

La jeune fille s'arrêta de marcher et dévisagea son frère.

— Ça m'a l'air d'un bon garçon et... s'il a été avec toi, je veux dire au lit... ça veut probablement dire qu'il n'est pas homo.

Elle secoua la tête en soupirant.

— Il l'est, j'en ai eu la preuve.

Lorsqu'elle lui parla de la photographie retrouvée sur la murale de Patrice, Laurent sortit de ses gonds.

— Pierre dans les bras d'un homme? Sacrament! Et... ton fils a collé cette photo sur le mur! J'en reviens pas!

L'air scandalisé de son grand frère arracha un pauvre sourire à Janine.

— C'est pire que je le pensais: tu n'aurais jamais dû voir ces photos! Te rends-tu compte à présent comment il va te falloir redoubler de prudence?

Elle aurait voulu répondre, mais la grosse boule dans sa gorge l'en empêchait.

— Faire comme si de rien n'était, Janine, aies tou-jours ça en tête, insista-t-il en glissant son bras autour de ses épaules.

Remarquant son air buté, Laurent ajouta :

— Je sais que tu m'en veux d'être aussi terre-à-terre, mais c'est important. Si tu veux retrouver Stéphane...

— Quarante et un ans, Laurent, dit-elle d'une voix éraillée. Il me faudra l'attendre une vie entière !

Il détourna les yeux puis les releva avec un sourire contraint :

— Peut-être que ta vie avec Pierre sera agréable, si tu l'aimes un peu...

Janine haussa les épaules. Elle ignorait quelle serait son attitude envers son fiancé et le courage lui manquait pour évoquer à haute voix l'échec de son mariage.

Un silence chargé d'émotions s'ensuivit. Puis Laurent changea de sujet.

— Je me demandais, Jo Larivière... Était-il toujours en bonne santé en 1959 ?

Janine reprit vie :

— Oui, il semblait en pleine forme. Je le voyais souvent se promener dans le quartier. Il est même venu aux funérailles de maman. Il était assis dans la dernière rangée, p'pa ne l'a pas vu.

— Le feu à l'hospice... Sais-tu s'il y a eu des morts ? Stéphane a dit qu'il en avait lu les détails dans... euh, sur Interchose...

Janine pinça les lèvres. Dès qu'elle avait été rassurée sur le sort de sa tante religieuse, elle ne s'était plus souciée des autres victimes.

— Il y en aurait eu trois, mais c'est tout ce que je sais.

Laurent se rembrunit : Jo serait-il l'un d'entre eux ?

Ils avaient maintenant atteint l'autre extrémité du couloir ; seuls quelques barreaux les séparaient de 1959. Janine passa sa main dans la crevasse : elle était bouchée.

— Laisse-moi faire, commanda Laurent en lui remettant sa lampe de poche.

Janine éclaira l'entrée de la crevasse d'un faisceau tremblotant : « Mon Dieu, donnez-moi le courage... Sans votre aide, je ne sais pas comment je vais survivre... »

Laurent extirpa quelques pierres puis s'introduisit dans le passage. D'autres pierres plongèrent au fond du puits.

— Ça y est ! La voie est libre, suis-moi.

Chapitre 15

Jeudi 17 septembre 1959

Sitôt engagé dans l'étroit passage, Laurent aperçut une lueur. Dans le puits, sa baladeuse brillait au bout du long fil. Une joie enfantine le submergea lorsqu'il amorça son ascension.

Janine déboucha à son tour. Pourquoi la baladeuse était-elle encore allumée ? Un espoir teinté d'angoisse l'envahit à la pensée qu'ils pourraient être de retour à leur point de départ.

Laurent se hissa hors du trou. L'ampoule surplombant l'escalier était allumée. Il dirigea sa lampe de poche vers le fond de la cave ; l'absence des boîtes à l'effigie des Compagnons du Saint-Esprit lui confirma son arrivée à bon port. La cave, encombrée d'objets empoussiérés, avait repris l'aspect des années 1950. Le cœur battant, il gagna l'escalier. La trappe était ouverte ! Au pied des marches, il retrouva les boîtes en bois à leur place initiale. En soulevant le couvercle de l'une d'elles, il vit qu'elle était à demi remplie de pommes de terre.

Janine l'avait rejoint.

— Mon Dieu, la trappe est ouverte ! murmura-t-elle.

Un doigt sur les lèvres, son frère lui prit la main pour l'entraîner à l'autre extrémité de la cave. Il s'assit par terre et, d'un geste, il invita sa sœur à l'imiter.

D'où lui venait ce sourire triomphant ? Les yeux de Janine l'interrogeaient. Laurent se pencha et l'embrassa sur la joue.

— Le père… Il t'attend…

Janine resta bouche bée. Le sourire de Laurent s'élargit.

— Ta rencontre avec notre père dans son passé a provoqué des réminiscences. J'ai cru qu'il ne saisirait pas, mais je me trompais.

Il ouvrit son sac et sortit le baluchon qu'il tendit à sa sœur, mais celle-ci semblait pétrifiée.

— C'est une bonne nouvelle, non ? Allons, change-toi vite, ajouta-t-il en faisant claquer ses doigts.

La jeune fille se ressaisit. Laurent avait raison. Son retour allait être probablement moins pénible que prévu. C'était toujours ça de pris. Elle se détendit.

Pendant que Janine se dévêtait, son frère se dirigea vers l'extrême gauche de la cave, là où étaient entreposés les vieux meubles d'Ernest.

« C'est bien ce que je pensais », se dit-il en constatant que la bâche dépourvue de poussière avait été remise à la diable sur les tristes souvenirs. Il replaça la toile. « Pauvre papa, vous avez dû passer un bien mauvais moment… »

— Qu'est-ce que tu fais ?

Laurent se retourna. Janine avait l'air misérable dans sa robe de nuit en lambeaux. Elle avait même pensé à frotter un peu de terre sur ses bras et sa figure pour faire plus réaliste.

— Je crois que le père a eu le cran de revivre son passé, dit-il en désignant la bâche. Nous sommes faits du même bois, nous trois. Toi aussi, j'imagine qu'il t'a fallu un sacré courage pour traverser le souterrain.

Une onde frissonnante traversa le dos de Janine à l'évocation de sa fuite aveugle.

— Dans le fond, c'est toi qui m'en as donné le courage : dans ma tête, je t'entendais te moquer de ma peur.

Laurent lui sourit en lui ébouriffant les cheveux.

— Ah ! tu vas tellement me manquer, ma Janie…

— Quoi ! Tu ne resteras pas ?

— Je vais rester dans les parages, le temps de voir comment l'enquête a évolué. Je veux aussi faire la paix avec le père. Pour le reste, je ne sais pas encore…

Il ramassa son sac, qu'il enfila sur son dos.

— On ferait mieux de monter. Vas-y la première et dis-moi si j'ai le champ libre. Je verrai le père dans quelques jours.

Dans l'escalier, Janine huma l'odeur familière du tabac à pipe de son père. Le cœur palpitant d'émotions contradictoires, elle gravit les dernières marches et vit apparaître le comptoir et l'évier. Elle se retourna : la cuisine était enveloppée de la lueur tamisée d'une veilleuse. Elle aperçut son père. Sa vieille pipe à la main, il s'était assoupi dans une chaise berçante placée à l'entrée de la cuisine : la berceuse du hangar !

Elle s'approcha de lui. Une douce sérénité lissait ses traits : on aurait dit le gentil papa d'Eddy et de la petite Agnès. Immobile, Janine sentit une incroyable bouffée de tendresse l'envahir.

Elle retourna dans la cave et, d'un geste, elle invita son frère à la rejoindre.

— Il dort ?

— Oui. Tu avais raison, il m'attend. Il est dans la cuisine, endormi dans sa chaise. Viens voir !

Ernest n'avait pas bougé. La tête inclinée sur une épaule, il ronflotait tout doucement. Laurent fit quelques pas vers la berceuse, bouleversé par les relents d'un gros chagrin d'enfance. Il se revit, tout petit, dans la cour, prostré sur une marche, un ballon à la main. Encore une fois, Ernest avait mieux à faire que de jouer avec lui : il ne l'aimait plus…

Des larmes lui montèrent aux yeux : « Oh, mon papa, vous m'avez tellement manqué. » Il se pencha sur lui pour effleurer son front d'un baiser. « Au revoir, papa, je reviendrai. » Il se releva en essuyant rapidement une larme.

— Bon, j'y vais, chuchota-t-il.

Janine l'accompagna jusqu'au perron. Une brume humide enveloppait la rue d'Orléans. Elle frissonna. Laurent la prit contre lui.

— Prends bien soin de toi, ma Janie, et pour papa… essaie de lui donner une petite chance.

Sans attendre de réponse, il descendit vers le trottoir. Le cœur gros, Janine le regarda s'éloigner vers la
rue Dandurand, d'abord en marchant, puis au pas de
course.

Rue Dandurand, une odeur âcre de brûlé flottait sur
les lieux de l'incendie. Dans le brouillard, l'aile au toit
effondré de l'hospice s'élevait en une montagne cau-
chemardesque. Un cordon de sécurité avait été tiré de
part et d'autre de la construction.

Laurent se retourna vers le château. Sous le porche
monumental, une lumière brillait. Il traversa la rue
déserte. Au pied de l'escalier de béton, il hésita. Il se
doutait bien qu'après l'incendie, Marie-Claire avait
ouvert sa porte aux sinistrés. Il craignait d'ameuter tout
le monde en sonnant à la porte. Il aurait bien voulu se
glisser par l'un des soupiraux, au ras du sol, comme il
l'avait fait plus tôt dans la journée, mais toutes les
entrées de la cave étaient munies de barreaux : on
n'était plus en 1918.

Il se présenta à la porte principale. Contre toute
attente, la poignée tourna facilement. Il s'inquiéta : ce
n'était pas dans les habitudes de Marie-Claire d'oublier
de verrouiller. Il entra et referma doucement. Les deux
salons de part et d'autre du large escalier étaient
plongés dans l'obscurité. Laurent choisit de passer par
la cuisine : l'escalier de service serait plus discret
pour monter à l'étage. Il traversa silencieusement un
couloir. Son cœur s'emballa : il y avait de la lumière
dans la cuisine, des chuchotements. Soudain, un

rire tonitruant fusa, immédiatement suivi d'un long
« chut ! ».

Jo ! Son bon gros rire se reconnaissait entre mille.
Laurent respira enfin. Sans plus hésiter, il déboucha
dans la pièce. Malgré l'heure tardive, Marie-Claire et
Jo Larivière étaient attablés devant un café.

—J'espère que vous m'en avez gardé ! lança-t-il
d'une voix enjouée.

D'un seul bloc, les deux amis se tournèrent vers lui.

— Enfin, te v'là, mon gars ! s'exclama Jo en bondis-
sant de sa chaise.

Une main sur sa poitrine, Marie-Claire s'était levée
lentement. Les deux hommes se firent une vigoureuse
accolade ponctuée de tapes dans le dos. Relâchant son
étreinte, Laurent glissa un regard caressant vers Marie-
Claire, sa main tendue vers elle. Tous les trois s'enla-
cèrent affectueusement, savourant la victoire de leur
complicité.

Chapitre 16

Jeudi 17 septembre 1959

Assise au sommet de l'escalier de la cave, les yeux rivés sur son père endormi, Janine attendait. À la minute où il se réveillerait, elle devrait faire face à la réalité. Elle n'était pas pressée...

Dehors, le ronflement d'un moteur déchira la quiétude de la nuit. Quelques secondes plus tard, une grosse Oldsmobile s'engagea à toute allure rue d'Orléans.

Ernest s'éveilla en sursaut. Sa pipe tomba par terre. Les yeux ensommeillés, il la ramassa. En se relevant, le vieil homme porta son regard vers la trappe.

Tremblante, Janine s'était levée sur la marche. Ernest ouvrit la bouche, sa pipe lui glissa de nouveau des mains. Pétrifié, il vit sa fille s'avancer vers lui. Il lui ouvrit les bras. Ses yeux azur étincelaient d'une telle tendresse que Janine sentit son cœur fondre. Sans plus hésiter, elle se blottit contre lui.

—Merci, mon Dieu, merci ! l'entendit-elle murmurer.

Penché sur elle, le nez dans son cou, il la berçait doucement, étouffant ses sanglots dans ses cheveux.

Soudain, une voix forte rompit le charme des retrouvailles.

— Qu'est-ce qui se passe icitte ? Janine ?

Les joues ruisselantes, la jeune fille se détacha de son père et aperçut son frère Gaston, sac de voyage à la main. Un air ahuri teintait son visage poupin.

Ernest essuya ses yeux du revers de sa manche. Gaston déposa son sac et enfouit ses clés dans sa poche.

Vingt ans, une quinzaine de kilos en trop, la démarche pataude, les épaules affaissées : déjà l'oncle Gaston de Patrice se profilait.

Il tendit un doigt boudiné vers sa sœur.

— Simonac ! D'où tu sors ? On dirait que tu as pelleté du charbon !

Remarquant la trappe grande ouverte, il haussa les sourcils :

— Pourquoi la porte d'la cave est ouverte ? Voyons, on est en pleine nuit...

Il s'arrêta net pour détailler sa sœur de la tête aux pieds : la terre sur ses joues, cette robe de nuit mangée par le feu et ces pantoufles en lambeaux. Un éclat scintilla dans les yeux :

— J'le savais ! Maudit, j'le savais !

La rumeur enracinée dans le quartier se confirmait : le sous-sol du vieux Rosemont fourmillait de passages secrets et Laurent les avait trouvés ! Pourquoi ne lui avoir rien dit ? Gaston serra les poings. Il comprenait maintenant pourquoi son frère disparaissait pendant des heures. Pourquoi il avait toujours une bonne excuse lorsqu'on remarquait ses vêtements empoussiérés... Il prétendait qu'il travaillait bénévolement à l'hospice : « *Bullshit!* Je ne sais plus combien de fois je lui ai offert de l'accompagner, il n'a jamais voulu! »

— L'hospice... Y a sûrement un trou dans le sous-sol de l'hospice! éclata-t-il.

La rage au cœur, il arpenta la cuisine de long en large, sous les yeux de son père trop sonné pour répliquer quoi que ce soit.

Gaston s'arrêta devant Janine, son regard la foudroya :

— J'le sais par où t'es passée pour revenir icitte : il y a un autre puits et un passage secret. Laurent t'en avait parlé. On l'sait ben! Ton très cher Laurent, il n'a jamais eu de secret pour toi!

La jeune fille ouvrit la bouche, mais Gaston ne lui laissa pas la chance de répliquer. Il haussa le ton :

— Heille, prends-moi pas pour un cave! Le père m'a appelé pour me dire que t'étais disparue dans le feu. Il fallait bien que tu sois quelque part, puisque maintenant te v'là!

Sa vieille rancœur refoulée depuis trop longtemps crispait ses traits, empourprait son visage bouffi.

— J'ai raison, hein? Avoue que j'ai raison, mais avoue-le...

Soudain, il sentit une main de fer lui agripper une épaule par-derrière.

— Bon, là ça va faire, Gaston !

Le jeune homme fit volte-face vers son père qui le dépassait d'une tête.

— Mais p'pa… Vous savez bien que j'ai raison, persista-t-il d'une voix étranglée.

Exaspéré, Ernest voulut le faire taire, mais se ravisa aussitôt : dans le dos de son frère, Janine avait posé un doigt sur la bouche avec un clin d'œil complice.

— Non, papa, laissez faire, fit-elle d'une voix posée, Gaston a le droit de savoir.

Quelque peu apaisé, le jeune homme se retourna vers sa sœur, attendant la suite.

Janine soutint longuement son regard en songeant à l'article qui serait publié le lendemain dans *La Presse* et qui relaterait les circonstances de son retour. Dans quelques heures, Gaston irait tout raconter à un journaliste. Ses jacasseries n'auraient que peu de conséquences : il ferait juste un fou de lui une fois la nouvelle démentie. « Ne rien faire pour changer les choses ? songeait Janine. C'est bien ça que tu m'as dit, hein, Laurent ? » Une légitime revanche se préparait.

— Gaston, tout ce que tu viens de dire est vrai. Si Laurent ne m'avait pas montré ce passage, je serais morte aujourd'hui.

Victorieux, le jeune homme leva les bras au ciel :

— Je le savais ! J'suis loin d'être fou ! Y a toujours ben des limites à…

Il fronça les sourcils ; quelque chose clochait.

— Wô, minute, là! Ça marche pas, c't'affaire-là: l'hospice a passé au feu il y a trois jours…

«Oups!», songea Ernest, les traits crispés.

— Tant que ça! s'exclama la jeune fille en se passant une main sur le front. Je n'avais pas réalisé... J'comprends que tu te demandes où j'étais pendant tout ce temps. Allez, viens t'asseoir.

Elle tira une chaise. Dévoré par la curiosité, Gaston s'attabla devant elle.

«Bon, je crois qu'elle est bien partie», se dit Ernest en s'assoyant dans sa berceuse, résolu à lui laisser le champ libre.

— Vas-y! s'impatienta Gaston.

Janine adopta le ton de la confidence:

— Lorsque je me suis retrouvée dans la cave, j'étais crevée. J'ai voulu sortir, mais la trappe était barrée. J'ai eu beau crier, papa ne m'entendait pas. J'étais tellement découragée. J'te dis que j'en ai braillé une *shot*.

Ernest se souleva légèrement de sa chaise.

— Pauvre p'tite fille, j'étais pas là. J'étais au feu, à l'hospice.

Gaston, perplexe, se retourna vers lui.

— OK, oui, ça je comprends. Mais lorsque vous êtes revenu, vous n'avez rien entendu?

La jeune femme toucha la main de son frère pour attirer son attention.

— Après ma crise de larmes, je me suis roulée en boule sous l'escalier et je me suis endormie.

— Oui, mais lorsque tu t'es réveillée, s'entêta Gaston, t'as pas encore essayé d'appeler le père ?

Janine haussa les épaules :

— Ben oui…

À bout de ressources, elle jeta un regard furtif à son père. Sans plus hésiter, Ernest vint s'attabler avec eux, disposé à entrer dans le jeu.

— J'étais à hôpital, je suis sorti seulement à matin.

Surprise, Janine dévisagea son père. Gaston s'était rembruni :

— Comment ça ? Vous avez été hospitalisé pendant trois jours et personne ne m'a rien dit ?

— J'étais pas conscient, Gaston, répondit Ernest au bout d'un soupir.

— C'est pas une raison ! Quelqu'un d'autre aurait dû le faire. Pierre, par exemple.

Ernest haussa les épaules.

— Pierre était bouleversé, il a dû oublier.

— Ben sûr, voyons ! s'emporta Gaston. Pis hier matin, au téléphone, pourquoi m'avez-vous rien dit ? Coudon, l'père, qu'est-ce que j'suis pour vous, un coton ?

Le sexagénaire posa une main rude et chaude sur celle de son fils. Il s'en voulait sincèrement.

— Excuse-moi, Gaston. Je l'ai pas fait exprès. J'ai passé deux jours sans connaissance et lorsque je suis revenu à la maison, j'étais encore tout à l'envers.

Troublé, Gaston retint son souffle : son père venait-il vraiment de s'excuser ?

— C'est en descendant dans la cave chercher du tabac que j'ai trouvé ta sœur, endormie au pied de l'escalier, poursuivit son père.

— Vous êtes descendu en bas comme ça, en pleine nuit ? fit Gaston, toujours dubitatif.

— Ben oui. J'dormais pas. J'avais une bonne raison, qu'est-ce que t'en penses ? rétorqua Ernest avec humeur.

Puis, décidé à clore le sujet, il se leva de table.

— Janine, tu dois être morte de faim... Je vais te préparer une bonne soupe. T'en veux, Gaston ?

— Non, ça va, grogna-t-il en considérant sa sœur avec suspicion.

L'interrogatoire n'était pas terminé, mais pressée d'y mettre un point final, Janine se leva péniblement en se massant les hanches. La feinte était destinée à Gaston : elle venait de passer trois jours d'enfer dans la cave, il fallait que ça se voie.

— Je vais aller me laver un peu et me changer, si ça ne vous dérange pas.

Elle voulut quitter la cuisine, mais son frère lui empoigna le bras.

— Minute ! Tu ne m'as rien dit pantoute rapport au passage secret.

— Laisse-la tranquille, Gaston ! lui ordonna son père.

Libérée, la jeune fille put enfin gagner sa chambre. Gaston en savait assez maintenant. Le journaliste n'aurait qu'à broder autour.

« Le père hospitalisé pendant trois jours… songea-t-elle en enlevant sa robe de nuit. Ouf ! Si j'avais emprunté le bon passage, je serais réellement restée tout ce temps enfermée en bas… »

Elle frissonna d'effroi.

Dans la cuisine, Gaston, toujours décidé à en avoir le cœur net, s'approcha de son père en train de chercher une boîte de soupe dans la dépense.

— P'pa… Y a une autre affaire que je comprends pas.

— Bon, qu'est-ce que tu veux savoir encore ? fit Ernest, essayant tant bien que mal de tempérer son agacement.

— Voulez-vous ben m'dire c'que Janine faisait à l'hospice en pleine nuit ?

Ernest lui jeta un regard furtif. La réponse était toute trouvée, cette fois : pas besoin d'entourloupettes.

— On s'était chicanés pas mal fort, elle pis moi. Ça s'est passé le lendemain de l'enterrement de ta mère. Janine voulait partir de la maison. Elle est allée trouver à l'hospice ta tante Thérèse, qui a décidé de la garder quelques jours. C'est aussi simple que ça.

Son regard se durcit :

— Bon, là, Gaston, j'espère que t'es satisfait ! Maintenant, tu sais tout et j'veux pus que t'achales ta sœur avec ça, c'est compris ?

Son fils haussa les épaules sans répliquer.

— T'as roulé toute une trotte pour venir ici. Tu dois être fatigué. Pourquoi tu vas pas faire un somme ? suggéra Ernest.

L'impatience du père de se retrouver seul avec sa fille ne laissait aucun doute.

— C'est ça, débarrasse, mon Gaston ! maugréa le jeune homme en lui tournant brusquement le dos.

Pris en faute, le sexagénaire se mordit les lèvres : « Ouais ! J'ai toute une côte à remonter avec celui-là. » Il glissa une main sur l'épaule de son fils.

— Essaie de comprendre, mon gars… On a besoin de se parler, Janine et moi. J'viens juste de te le dire : la semaine passée, elle est partie d'ici en maudit. On ne s'est jamais reparlé depuis. Je veux régler ça, et tout de suite.

Gaston hocha la tête sans un mot. Depuis toujours, il faisait tout ce qu'il pouvait pour plaire à son père. Peine perdue. Il n'était pourtant pas un criminel, comme Laurent ! Déçu, blessé de se sentir une nouvelle fois exclu, il saisit son sac de voyage et amorça un pas vers le couloir.

— Gaston…

Il se retourna : son père le considérait d'un air bienveillant.

— Je te remercie d'être venu aussi vite. Écoute… J'suis pas facile à vivre… Je l'ai jamais été, mais… j'te promets que ça va changer.

Le jeune homme ouvrit de grands yeux : les mots de son père venaient de lui retrousser le cœur. Il esquissa un large sourire, puis se dirigea vers son ancienne chambre, située à côté de celle de Janine.

Au même moment, assise sur son lit, débarbouillée et revêtue d'un confortable pyjama sous sa robe de chambre, Janine tentait de revenir peu à peu à sa réalité.

Sa chambre était sens dessus dessous. Ses tiroirs renversés et ses vêtements pêle-mêle sur le plancher la ramenèrent à son coup d'éclat, quelques jours auparavant. C'était si loin, tout ça…

Sur le mur, son affiche d'Elvis fit jaillir les premières mesures de *Heartbreak Hotel* dans son esprit. Elle ferma les yeux. Elle était de nouveau dans l'auto de Stéphane, frissonnante, envoûtée par la voix du King inondant l'habitacle : son premier bon moment dans le futur après des heures d'angoisse. « Il y en a eu tant d'autres grâce à toi, Stéphane… » Il lui semblait encore sentir ses grandes mains envelopper ses seins, ses lèvres courir sur son cou. Elle ouvrit les yeux tout d'un coup. « Non, je ne dois plus penser à lui ! », murmura-t-elle, cherchant des yeux sa bague de fiançailles abandonnée avant son départ pour l'hospice. Elle la retrouva sur son pupitre. Balayant ses états d'âme, elle se leva, saisit la bague à diamant et l'enfila. Désormais, seul son fils à naître devrait compter.

Un réconfortant fumet de soupe au poulet l'accueillit dans la cuisine. Ernest avait placé un couvert, au bout de la table, à l'endroit même où le portable de Stéphane prendrait place 41 ans plus tard. Janine sentit son cœur se serrer.

— Viens, assieds-toi, l'invita son père en lui tirant sa chaise.

La voix douce de son père, son sourire attendri agirent comme un baume sur son cœur. Elle s'assit pendant qu'il versait la soupe dans un bol. Devant elle, il avait posé une assiette contenant des biscuits soda et quelques bâtonnets de cheddar soigneusement taillés.

L'estomac noué, Janine n'avait pas faim, mais l'empressement fébrile de son père la touchait tellement qu'elle ne voulut pas le décevoir.

— Gaston est parti se coucher. Je crois qu'il nous a crus, lui murmura-t-il à l'oreille en déposant le bol de soupe devant elle.

Un léger sourire apparut sur les lèvres de la jeune fille : d'entrée de jeu, la spontanéité de leur complicité avait tissé un lien entre eux.

Ernest s'attabla en silence. Il regardait sa fille intensément, comme s'il la voyait pour la première fois. Comment faire pour rattraper tout ce temps perdu à ressasser son amertume ?

— Elle est vraiment bonne, votre soupe, papa.

Les yeux dans les yeux, ils se considérèrent quelques secondes, puis Ernest laissa fuser un petit rire :

— J'ai tellement de choses à te dire que je ne sais plus par quel bout commencer.

La cuillère de Janine resta suspendue au-dessus de son bol.

— La lumière dans le puits… la trappe ouverte… Vous m'attendiez, n'est-ce pas ?

Il hocha doucement la tête en jetant un regard sur la porte de la chambre de Gaston.

— J'ai eu de la visite aujourd'hui, chuchota-t-il. Tu sais, Jo Larivière, mon ancien voisin d'en face ?

— Il est venu vous avertir, c'est ça ?

Ernest afficha un sourire contrit.

— Je l'ai bien mal reçu, soupira-t-il. Il a insisté, heureusement... Ce qu'il m'a raconté était tellement...

— ... incroyable ?

— J'ai ben failli le mettre dehors à coups de pied dans l'cul quand il m'a appris où t'étais.

Janine s'arrêta de manger pour s'appuyer sur un coude.

— Non mais, qui pourrait croire une histoire pareille ?

— Moi, finalement, affirma Ernest en se penchant vers elle. Jo m'a dit que Laurent te ramènerait. Pourquoi n'est-il pas ici avec nous ? Il m'en veut ? C'est ça, hein ?

Janine pinça les lèvres. « Il doit être au château, à présent. Si seulement il était resté... » Puis, songeant à la vive réaction de Gaston, elle admit qu'il valait mieux qu'il en soit ainsi.

Elle inspira profondément.

— Ne croyez pas ça. Il m'a dit qu'il viendrait vous voir bientôt et Laurent tient toujours ses promesses.

Ernest laissa échapper un long soupir résigné avant d'incliner la tête.

— Il aurait toutes les raisons de m'en vouloir. J'ai pas été un bon père pour vous autres...

Ne sachant que répondre, Janine posa tout doucement sa main sur celle de son père qui leva un regard embué sur elle.

— J'étais pas vivable… Et toi… t'étais tellement fine avec moi quand t'étais p'tite… Je t'ai tellement négligée…

Il baissa les yeux et des larmes s'écrasèrent sur la table.

Soudain, un énorme ronflement fendit l'air.

— Cré Gaston ! ricana Janine. S'il ronfle déjà aussi fort à son âge, je me demande ce que ça sera à 60 ans !

Ses yeux rieurs bifurquèrent vers son père : la tête toujours inclinée, ses épaules tressautaient. Il rigolait, lui aussi ! Un fou rire, bruyant, incontrôlable s'était emparé du vieil homme à bout de nerfs, s'amplifiant à chaque nouveau ronflement. Janine le vit se redresser pour lui lancer un regard brillant de larmes, mais un autre ronflement le fit éclater de plus belle.

Son père riait ! Janine l'en avait toujours cru incapable. Émue, elle se leva pour lui encercler les épaules et se coller dans son dos.

— Ah, papa, c'est tellement bon de vous entendre rire comme ça !

— Mais… ça n'a pas de bon sens, dit-il d'une voix saccadée, il faut… il faut que je m'arrête…

Au bout d'un moment, il se calma. Janine avait maintenu son étreinte. Il la savoura. Puis, l'une de ses mains calleuses rejoignit celle de sa fille.

— J'en reviens pas que tu sois là.

Il se retourna vers elle.

— Viens… viens t'asseoir, on a plein de choses à se dire.

Il retrouva son air grave :

— Il faut que je te dise... Ma première femme...
Élise. La ressemblance avec ta mère... Je sais ce que
tu dois en penser.

— Papa, on n'est pas obligés d'en parler maintenant...

Mais Ernest avait secoué la tête.

— Si, tout de suite. Ça fait trop longtemps que j'ai
ça sur la conscience.

Il avait cessé de chuchoter. Bien que les ronflements
de Gaston aient perdu de leur intensité, ils résonnaient
de façon régulière en un bruit de fond aussi grotesque
que rassurant.

— Élise, je l'ai aimée comme un fou. Nous n'étions
pas riches, mais nous étions heureux comme des rois
dans notre petite maison avec nos deux enfants. La
suite, tu la connais...

Janine répondit par un hochement de tête.

— C'est ben simple, j'suis devenu enragé, bon à
enfermer. Il a fallu que je m'éloigne d'ici pendant des
années pour m'en remettre. Huit ans plus tard, j'ai
rencontré Juliette. La première fois que j'ai vu ta mère,
la ressemblance m'a frappé en plein cœur. Je l'ai
demandée en mariage presque tout de suite. J'étais
comme... enjôlé ! Pauvre fou !

Il s'arrêta de parler, secouant la tête d'un air affligé.

— J'étais vraiment à côté de la *track*, reprit-il dans
un souffle. Qu'est-ce qui m'a pris de r'venir m'installer
ici ? Le monde autour devait jaser, ça c'est sûr, Élise et

Juliette se ressemblaient comme deux gouttes d'eau. Et même si j'avais caché les photos d'Élise et des enfants, quelqu'un, un voisin, aurait pu lui en parler. Pourtant, Juliette n'a jamais rien laissé voir. Ta mère savait pour Élise et les enfants, je l'avais mise un peu au courant. Souvent, elle essayait de m'en faire parler, mais je voulais rien savoir. Elle a fini par laisser tomber.

Il haussa les épaules.

— Avec le temps, j'ai ben vu que leur ressemblance s'arrêtait au physique. Juliette n'était pas Élise, même si elle faisait son possible pour la remplacer.

Ernest plongea son regard dans celui de sa fille.

— Malgré ce que tu peux en penser, Janine, ce mariage allait plutôt bien… au début, en tout cas. J'avais pas oublié Élise, mais j'étais bien avec ta mère. Elle était toujours de bonne humeur et elle m'aimait tellement… Lorsque Laurent est venu au monde, j'étais fou de joie : j'ai toujours aimé les enfants. Émile est arrivé deux ans plus tard et mon bonheur s'est agrandi. Mais c'était trop beau ! Cinq ans après, le p'tit est mort d'une méningite. Et comme c'était pas encore assez, ta mère a fait une fausse couche…

Chavirée, Janine entendit son père soupirer longuement, comme s'il exhalait la cuisante douleur de cette nouvelle épreuve.

— Ç'a été épouvantable : toute la douleur vécue en 1918 m'est revenue d'un seul coup.

Des larmes perlèrent dans ses yeux bleus, il les laissa glisser sur ses joues.

— Pauvre Juliette ! Elle n'avait que son petit Laurent pour la réconforter. Moi j'étais révolté. Je me serais écouté, j'aurais décampé à l'autre bout du monde pour oublier... C'est le sens du devoir qui m'a retenu : je suis resté... sans être là. J'avais une femme extraordinaire et un beau petit garçon, mais c'était comme s'ils n'existaient plus. Trois ans plus tard, ta mère m'a appris qu'elle était en famille. Elle était heureuse : elle devait espérer que les choses allaient s'arranger, mais non.

Du revers de sa chemise, il épongea ses joues humides. Son regard tourmenté se livra à celui de sa fille.

— Le jour de ta naissance, Janine... murmura-t-il d'une voix éraillée. Je suis certain que ta mère ne te l'a jamais dit... mais je n'étais pas là. Le CPR avait besoin d'un menuisier expérimenté, une affectation de quelques semaines à Halifax. Rien ne m'obligeait à partir, mais je l'ai fait. C'était plus fort que moi : j'avais peur de faiblir, de me laisser toucher. J'ai fait pareil à l'arrivée de Gaston : Juliette voulait d'autres enfants, lui en donner était tout ce que je pouvais faire pour elle. Je n'avais pas à les aimer, c'étaient ses enfants à elle. Je vous ai toujours traités comme tels et... je vais m'en vouloir jusqu'à la fin de mes jours pour ça !

Le sexagénaire avait détourné les yeux pour cacher sa honte. La nervosité lui donnait des fourmis dans les jambes. Il se leva pour débarrasser la table. Dans l'évier, l'eau dégoulinait sur un silence lourd et oppressant.

Janine tentait de voir clair en elle. Sa mère lui avait déjà confié la fin tragique du petit Émile, mais c'est Laurent qui, deux jours plus tôt, lui avait appris que la brusque métamorphose d'Ernest datait de ce triste événement. Entendre maintenant la version de son père remettait en perspective l'ensemble du contexte familial.

Ernest revint s'asseoir. De nouveau, son regard croisa celui de Janine, lui offrant son âme meurtrie en pâture. D'une parole assassine, Janine pouvait l'écraser de tout le poids de son ressentiment. Mais ses trois jours dans le futur avaient changé la donne : l'ardeur de son amour pour Stéphane avait redéfini le sens de la perte et, sans le savoir, Ernest l'avait rejointe dans sa douleur. Pour la première fois, Janine éprouvait de l'admiration pour son père. Laurent avait raison, Ernest ne manquait pas de courage : pour obtenir son pardon, il n'avait pas hésité à briser sa carapace. Le courant passait enfin entre eux. Par contre, leur relation ne pourrait repartir sur des bases nouvelles sans qu'à son tour elle se vide le cœur :

— L'autre jour, vous voir avec Élise et vos enfants m'a revirée à l'envers, papa. Vous aviez l'air tellement heureux, tous les quatre. C'est dur de penser qu'ils ont eu le meilleur de vous alors que vous n'étiez qu'un étranger pour mes frères et moi... On avait toujours peur de vous déranger... On se sentait de trop dans votre maison. Si vous saviez comment je vous en ai voulu... Ça faisait tant de peine à maman. Elle m'avait raconté au sujet d'Émile et de votre première famille. Elle souhaitait tellement que je vous comprenne, mais j'en étais incapable. Mais… à présent, c'est différent.

Elle avait glissé sa main sur celle de son père pour souligner sa sincérité. Ernest se détendit. La lueur caressante dans les yeux de sa fille atténuait la vérité décapante. Il n'était pas trop tard. Une grosse larme s'échappa et se logea dans la courbure d'une ride.

— Je suis redevenu l'homme que tu as rencontré en 1918, Janine. C'est toi qui l'as ramené. Tu vas voir, bientôt nous ne serons plus des étrangers l'un pour l'autre. Et… si tu veux, un jour prochain, je t'emmènerai dans la cave pour te montrer quelque chose… des souvenirs.

Janine lui décocha un sourire avant de se retourner vers la berceuse.

— Comme cette chaise berçante ?

Ernest se leva et s'approcha de la chaise pour en caresser le dossier.

— Je l'ai remontée tout à l'heure. C'est un cadeau du père d'Élise à la naissance d'Eddy.

Puis, voyant sa fille se lever, il lui demanda :

— T'es fatiguée ?

Janine alla chercher la bouilloire sur le poêle.

— Non. Je veux juste faire du thé. Vous en voulez ?

— OK. J'ai pas envie de dormir, *anyway*.

Ernest la regarda ouvrir une porte d'armoire et prendre une théière fleurie ainsi que deux jolies tasses assorties, un autre cadeau offert par Laurent à sa mère.

Si Janine était de retour, c'était bien grâce à lui et à cet autre homme…

— Dis-moi donc, Janine, le gars qui t'accompagnait en 1918… (Il s'arrêta un moment, encore ébahi par ce prodigieux événement.) Qu'est-il devenu ?

Le dos tourné à son père, Janine s'était rembrunie. Elle aurait pourtant dû s'attendre à cette question… En remplissant la bouilloire, elle chercha en vain une réponse. Ernest reprit :

— La fille Duminisle et Jo m'ont dit que cet homme t'avait recueillie en l'an 2000, quand tu t'es trompée de couloir. C'est vrai ?

Janine prit le temps d'apporter la bouilloire sur le poêle avant de répondre. Malheureusement, ce léger sursis ne l'aida pas davantage à ravaler ses émotions.

— Oui, c'est vrai, souffla-t-elle enfin d'une voix éteinte.

Ernest écarquilla les yeux.

— Ah, ben ! Il me fallait vraiment l'entendre de ta bouche pour y croire. Alors, ça veut dire qu'il vivait ici d'dans en 2000, qu'il y est encore… Euh, je veux dire, qu'il y sera dans 41 ans ?

La jeune fille avait baissé les yeux, essayant tant bien que mal d'endiguer les larmes qui lui montaient aux yeux.

— Oui, c'est exactement ça.

— Un gars pas mal avenant, ce Stéphane…

Janine lui répondit par un hochement de la tête avant de se détourner.

— Hé! Qu'est-ce que t'as, ma fille?

Ernest la contourna pour lui faire face.

— J'ai dit quelque chose qu'il ne fallait pas?

La profonde empathie dans la voix d'Ernest fit craquer Janine. Se laissant aller contre sa poitrine, elle se mit à pleurer à gros sanglots.

Surpris, le pauvre homme, peu habitué à ce genre d'effusion, la regardait, atterré, les bras ballants. Puis, voyant sa fille se détacher de lui et faire mine de s'enfuir dans sa chambre, il la prit par les épaules pour la serrer contre lui.

— Qu'est-ce qui s'est passé, Janine? C'est ce type? Il t'a fait du mal?

Déjà, cette perspective faisait monter une sourde colère en lui.

— Allons, dis quelque chose, tu m'inquiètes.

La jeune fille se dégagea en ravalant ses larmes.

— Ne vous en faites pas, il a été très gentil avec moi. Sans lui, je n'aurais jamais retrouvé Laurent.

— Mais alors, pourquoi tu pleures comme ça?

Soudain un éclair de compréhension traversa son regard.

— Dis-moi pas que tu t'es amourachée de lui?

Le silence de sa fille disait tout. Ernest la ramena contre lui en soupirant: «Oui, bien sûr, et sans doute lui aussi...» Se remémorant la visite du couple dans son passé, il se souvint qu'après leur départ, Élise lui avait fait remarquer l'empressement de l'homme auprès de «sa femme».

« Si au moins Juliette était encore là pour la consoler... », songea-t-il avec tristesse.

Retrouvant ses esprits, Janine releva la tête. Sa main effleura l'épaule de son père en signe de remerciement. En palpant le pansement sous sa chemise, elle se rappela soudain son séjour à l'hôpital.

— Vous avez été blessé ? Comment c'est arrivé ?

Ernest lui raconta son geste désespéré lors de l'incendie à l'hospice.

— Après, j'ai perdu la carte...

Pensive, Janine hocha la tête : l'homme brisé par le malheur n'avait pu en supporter davantage.

— Toi aussi, tu as eu ta part d'épreuves. Il faut te reposer, maintenant, proposa Ernest en extirpant un mouchoir propre de la poche arrière de son pantalon. Je vais prendre soin de toi, moi !

Un léger sifflement se fit entendre.

— Allez, va t'asseoir, je m'occupe du thé.

Quelques secondes plus tard, ils étaient de nouveau attablés devant la théière de porcelaine.

Ernest jeta les yeux sur l'horloge murale :

— Six heures et vingt. Il faut prévenir Pierre. Il est venu me voir hier. J'te dis qu'il faisait pitié.

Janine cessa de respirer : l'idée de retrouver son fiancé ne l'enchantait guère.

— Attendez un peu, papa. Il doit être encore couché.

— Qu'est-ce que tu vas faire à son sujet ? Il veut te marier...

Il s'arrêta de parler, un souvenir désagréable avait surgi.

— Tu ne veux plus te faire bonne sœur, au moins ?

Janine pinça les lèvres. Trop tard ! Le sourire moqueur qu'elle cherchait à dissimuler émergea dans ses yeux. Ernest pouffa.

— Ah, ma p'tite torrieuse ! J'le savais bien que tu me faisais marcher. J'en avais même parlé à ta tante.

Il retourna au vif du sujet.

— As-tu toujours l'intention de marier Pierre ?

— Je ne reviendrai pas sur ma parole, déclara sa fille d'une voix résignée.

— T'es sûre ? Pourquoi ne prends-tu pas quelques mois pour oublier l'autre ?

Perplexe, Janine fronça les sourcils : « Voyons, je suis en famille, c'était pourtant clair en 1918… » On aurait dit que son père n'avait pas assimilé cette information.

Que répondre ? Ils n'étaient qu'aux premiers balbutiements d'une relation harmonieuse ; l'amorcer avec un mensonge ne lui disait rien de bon. Toutefois, elle craignait sa réaction : elle, fille-mère ! Le déshonneur pour sa famille. Et si Ernest prenait Pierre en grippe ?

Janine se souleva légèrement de sa chaise pour vérifier l'infusion du thé. Il était prêt. Elle versa la boisson dans les tasses, tentant de faire la part des choses.

« Fille-mère… Bon, j'exagère un peu, là. Pierre et moi allons nous marier, personne ne se doutera de rien. »

Et depuis quand son père se souciait-il des qu'en-dira-t-on ? Cette dernière réflexion dilua ses craintes. Elle prit le temps de boire une gorgée avant de se lancer.

— Il faut que je l'épouse, et le plus vite possible. Vous comprenez ?

Devant l'air interrogateur de son père, elle prit une grande inspiration.

— Voyons, si vous vous rappelez aussi clairement de Stéphane, vous devez bien vous souvenir du reste : je vais avoir un bébé, papa.

Ernest ouvrit la bouche. Malgré la surprise, un filet de lucidité se faufila à l'intérieur de lui : ainsi Élise avait vu juste…

Il fronça les sourcils. « Pierre ? Voyons donc, jamais il n'aurait osé… »

— Je sais, papa, vous… vous avez toutes les raisons d'être fâché, ajouta Janine, renouant subitement avec sa vieille crainte de son père. Nous aurions dû attendre, Pierre et moi.

Le thé tremblotait dans la tasse du sexagénaire :

— Toi, mon tabarnac, tu vas avoir de mes nouvelles !

Les lèvres de Janine esquissèrent une grimace douloureuse. Ernest déposa sa tasse et s'appuya au dossier de sa chaise en expirant tout l'air de ses poumons. Ses yeux flambaient sous des sourcils menaçants.

— Eh bien, ma fille, on peut dire que tu m'en fais voir de toutes les couleurs !

Il se tut tout d'un coup, ne sachant encore lequel des deux Ernest en lui allait prendre le dessus. Peu à peu, la douce perspective de bercer une petite boule d'amour défricha un sentier au milieu de sa colère.

Le silence enveloppait la cuisine tamisée. Janine attendait, le souffle coupé par l'appréhension.

— Pierre est au courant?

Son père avait parlé d'un ton neutre, dénué d'agressivité: le grand-papa gâteau avait congédié l'exécrable étranger. Janine se détendit.

— Pas encore.

— Dans la lettre qu'il t'a envoyée à l'hospice, t'a-t-il reparlé de ma proposition de venir vous installer ici après votre mariage?

Janine lui répondit d'un hochement de tête.

— Bon, c'est réglé! dit-il en donnant une tape sur la table. De toute façon, les bans sont déjà publiés. Mais prépare-toi, ça va placoter: on vient tout juste d'enterrer ta mère... Le monde va te trouver pas mal vite en affaires. Pis quand tu vas accoucher, on va se mettre à compter!

Janine haussa les épaules d'un air détaché.

— La seule crainte que j'ai, papa, c'est de vous voir perdre votre bonne humeur parce que je vous ai déçu.

Ernest esquissa un sourire sans joie.

— Et moi? Je ne t'ai pas déçue? J'te dis qu'on est loin d'être quitte, ma petite fille!

Il s'interrompit subitement pour s'absorber dans une rêverie qui illumina son visage.

— Tu vas voir le beau pépère que je vais te faire, murmura-t-il.

Il conclut en buvant une grande gorgée de thé et faillit s'étouffer dans sa tasse : dans la chambre de Gaston, les ronflements avaient repris de plus belle.

— Bon, je crois que je vais l'imiter pour une petite heure, annonça-t-il en se levant. Viens me réveiller si je passe tout droit : je veux parler à Pierre avant qu'il parte pour ses cours.

Il se pencha pour embrasser Janine sur la joue.

— C'est bon de te voir de retour, ma petite fille, lui glissa-t-il à l'oreille.

Dehors, le ciel s'éclaircissait. Janine n'avait pas sommeil. Après le départ de son père, elle se posta devant le calendrier accroché tout près du téléphone mural : « Le 17 septembre 1959. Jeudi pour moi, dimanche pour Stéphane… »

Elle laissa errer un regard morne autour d'elle, retrouvant le linoléum vert, la laveuse à tordeur, le réfrigérateur à coins ronds, l'énorme poêle à gaz et, au-dessus du comptoir, les portes d'armoire peintes en blanc.

Elle fit quelques pas vers la chambre de sa mère. Cette pièce deviendrait sienne pendant des décennies avant que son fils n'y emménage. Quarante et une années plus tôt, Élise l'avait invitée à s'y reposer. Quarante et une années plus tard, Stéphane devrait y dormir paisiblement. Très vite, elle repoussa cette pensée : elle était de retour, il fallait s'y résigner. La main sur la poignée de la porte, Janine inspira profondément, comme si elle allait s'élancer du haut d'un vertigineux plongeoir. Puis, d'un geste décidé, elle entra. Aussitôt, une forte odeur de liniment lui monta au nez : l'odeur de Juliette, de la maladie et de la mort. La puanteur insoutenable flottait dans l'air, se terrait dans le matelas, imprégnait le papier peint et les rideaux. Neuf jours hors du foyer l'en avaient sevrée à son insu. Maintenant, les relents de sa vie de servitude agressaient tous les pores de sa peau au point de l'asphyxier.

Réprimant un violent haut-le-cœur, Janine alla directement à la fenêtre qu'elle ouvrit toute grande. Le vent automnal gonfla les rideaux et souffla une bouffée de fraîcheur dans la pièce. Elle se retourna pour embrasser la chambre du regard. Les quatre murs émaillés d'œillets roses sur fond vert émeraude conféraient à la pièce une ambiance morose, étouffante. Le fauteuil roulant de sa mère avait été replié et rangé contre la volumineuse armoire aux portes en pointes de diamant. À la tête du lit, en lieu et place de la future murale de photos, une Vierge et un Sacré-Cœur avoisinaient un grand crucifix orné d'une tige de rameau.

S'arrachant à sa torpeur, Janine contourna lentement le lit et saisit un gros livre relié sur la table de chevet : *Autant en emporte le vent*. Sa mère en avait commencé la lecture un an plus tôt, ce roman était son petit plaisir coupable. Juliette, l'épouse soumise, la dévote, s'était entichée de l'odieuse Scarlett O'Hara dont elle admirait l'aplomb et la détermination.

Janine avait été voir le film avec Pierre. «Ne me dis rien», lui avait dit sa mère à son retour. Juliette préférait se délecter tous les jours de la lecture que lui faisait sa fille, ces petits moments de grâce volés à la maladie.

Le cœur lourd, la jeune fille ouvrit le livre à l'endroit où une image de la Vierge dépassait de la tranche dorée. Plus que quelques chapitres avant le dénouement tragique : après une scène terrible, Rhett Butler («Le beau Rhett», aurait soupiré Juliette) quitterait Scarlett. «Vous ne le saurez jamais… C'est mieux ainsi…», songea Janine en déposant le roman.

Un violent coup de vent souleva de nouveau les rideaux de mousseline. Sur la commode, un petit cadre se renversa. Janine le replaça. C'était la photo d'un enfant joufflu aux cheveux bouclés, aux yeux rieurs : Émile, quelques mois avant que la méningite ne l'emporte.

D'autres photos encadrées ornaient les murs fleuris. Janine s'approcha de celle du mariage de ses parents, enchâssée dans un cadre ovale. La troublante ressemblance entre les deux épouses la bouleversa une nouvelle fois : mêmes yeux, même sourire, mêmes joues arrondies ; seul le nez différait, légèrement épaté pour Juliette, fin et retroussé pour Élise.

Sur le mur en face du lit – exactement au même endroit où se retrouverait l'aquarelle de Pierre la montrant enceinte de Patrice –, un magnifique encadrement représentait Juliette dans son fauteuil roulant, entourée de Laurent, Janine et Gaston. Une photo prise cinq ans plus tôt. Une photo de famille sans Ernest. Fallait-il se surprendre ? Janine soupira.

Sur le pas de la porte, la jeune fille accorda un dernier regard à la chambre de sa mère. Le lit, la table de chevet, la commode, tout l'ameublement occupait la même place depuis le premier mariage de son père. La pièce était trop petite pour songer à un autre aménagement. Toutefois, avant de s'y installer, Janine voulait effacer toute trace de la présence de Juliette : le papier peint serait arraché, les murs repeints et le plancher de bois franc reverni. Elle refusait de réduire le souvenir de sa mère à cette chambre où elle avait terminé sa triste existence.

Elle revint dans la cuisine maintenant inondée de soleil. Croisant étroitement les pans de son peignoir sur elle, elle renoua sa ceinture avant de sortir dans la cour. Les paupières closes, elle respira l'air vivifiant du petit matin. Elle cligna des yeux puis l'aperçut. Il était si petit ! Ses fines branches ployaient sous le poids de quelques fruits rouges. Janine frissonna. Un violent spasme de désespoir irradia sa poitrine. Planté deux ans plus tôt, le pommier de Laurent débutait à peine sa croissance, incarnant à lui seul la cruelle attente qui s'amorçait : 41 ans, une véritable condamnation à vie !

« Stéphane… » Elle laissa son chagrin couler sur ses joues. L'accablement courba son dos, affaissa ses épaules.

Derrière elle, un déclic la fit se retourner. Son père apparut à la porte :

— Janine, je vais téléphoner à Pierre, mais avant, il faut qu'on discute, fit-il en étouffant un bâillement dans sa main.

Devant l'air interrogateur de sa fille, il chuchota :

— Ben oui, comment est-ce qu'on va expliquer tes trois jours d'absence ?

En songeant à l'article qui serait publié dans *La Presse* deux jours plus tard et qui démentirait les dires de Gaston, Janine retrouva le sourire :

— Je pourrais dire que j'ai quitté l'hospice quelques heures avant le feu pour me rendre chez une amie, à Joliette.

Ernest secoua la tête :

— Pas Joliette. On a de la parenté là-bas, c'est pas une bonne idée.

C'était pourtant l'endroit dont le journaliste ferait mention dans le journal. La tentation de parler des deux articles titilla Janine un instant, mais elle résista : si son père apprenait que Gaston allait bientôt dévoiler le secret de la cave, il ferait tout pour l'en empêcher.

— Il faut que ce soit Joliette, croyez-moi, papa.

— Bon, si tu le dis, ma fille, approuva Ernest, devant le regard insistant de Janine.

— Il va falloir que je mente à ma tante et à toutes les religieuses de l'hospice… Je ne suis pas très à l'aise avec ça…

— Bah ! Thérèse va être tellement contente de te savoir vivante que le reste n'aura pas d'importance, la rassura son père. Et Pierre, est-ce je lui dis la même chose ?

Janine réfléchit un moment. Même si ses sentiments à son égard étaient mitigés, elle préférait que son fiancé sache une partie de la vérité.

— Pierre sait garder un secret. Il a au moins le droit d'en savoir autant que Gaston.

— D'accord, je m'en charge.

Ils retournèrent dans la maison. Janine eut tout juste le temps de gagner sa chambre pour éviter de croiser un Gaston ensommeillé et tout froissé dans ses vêtements de la veille.

— Vous n'êtes pas encore couché ? s'étonna-t-il en apercevant son père, le récepteur du téléphone en main.

Le sexagénaire baragouina une vague explication. Gaston entra dans le cabinet de toilette.

Ernest attendit que son fils ferme la porte avant de composer le numéro de Pierre Bilodeau. Au bout du fil, le fiancé de sa fille semblait estomaqué. Après un long silence, il lui répondit d'une voix étranglée qu'il arrivait.

Gaston revint dans la cuisine au moment où Ernest raccrochait.

— Pierre s'en vient.

Les lèvres du jeune homme se crispèrent dans un rictus méprisant. Il n'avait jamais pu sentir ce type.

— Bilodeau ? J'en reviens pas encore que ma sœur va se marier avec lui. Tu parles d'un beau-frère !

«Il le fait exprès, ma parole!», pesta son père en lui-même. L'attitude de Gaston ranima l'ancien Ernest. Le père empoigna son cadet par le collet en lui aboyant au visage:

— Toé, écoute-moi bien! Je considère Pierre comme mon fils au même titre que toi et Laurent! Alors tu la fermes ou c'est la porte! Tu m'as bien compris? conclut-il en lâchant son fils brusquement.

Figé dans une terreur enfantine, le jeune homme resta sans voix.

— Est-ce que t'as compris? insista Ernest en haussant le ton d'un cran encore.

— Oui, balbutia Gaston avant de baisser les yeux, geste qu'il regretta aussitôt.

Le voyant se diriger vers la porte arrière, son père lui demanda où il allait.

— J'ai pus de cigarettes.

Gaston sortit d'un pas lourd, sans rien ajouter.

Chapitre 17

Sa tasse de café suspendue dans les airs, Madeleine Bilodeau dévisagea son fils. Le récepteur encore à la main, il était livide.

— Seigneur, qu'est-ce qui se passe ?

Pierre ne répondit pas. L'avait-il seulement entendue ? Son regard exprimait une vive confusion.

La femme déposa sa tasse et se leva :

— Pierre…

Le jeune homme cligna des yeux et raccrocha le récepteur.

— C'était Ernest… On a retrouvé Janine… vivante, souffla-t-il.

Elle ouvrit la bouche, ahurie. Comment était-ce possible ? Elle interrogea son fils du regard, mais celui-ci avait baissé les yeux avant de lui tourner le dos pour retourner à sa chambre d'un pas traînant.

Madeleine Bilodeau fronça les sourcils. Depuis l'incendie, elle ne reconnaissait plus son fils. Qu'il néglige ses cours était normal, le choc avait été terrible, il avait besoin de récupérer. Mais qu'il refuse le réconfort de ses amis, s'absente de longues heures sans explication pour ne revenir que tard dans la nuit, empestant l'alcool, l'avait hautement préoccupée. Et maintenant, au moment où il apprenait que sa fiancée était saine et sauve, il préférait s'enfermer dans sa chambre plutôt que d'accourir vers elle…

Pierre s'assit lourdement sur son lit et saisit le cadre argenté sur sa table de chevet : Janine, si jolie avec ses longs cheveux lissés sur les épaules ; Janine, son amie de toujours, sa fiancée…

« Janine est revenue, elle n'a rien. Arrive vite ! »

Mais le bonheur d'Ernest n'éveillait aucun écho en lui. Une honte terrible, insupportable lui barrait le chemin, l'ancrait solidement au fond d'une mare de boue fétide. Janine, saine et sauve. Leur promesse de mariage, leurs rêves communs : 48 heures plus tôt, tout aurait pu être encore possible…

À 15 ans, Pierre Bilodeau avait compris ce que le voisinage avait déjà deviné : il n'était pas comme les autres garçons. Son penchant, que tous disaient contre nature, lui faisait horreur. De toutes ses forces, il avait tenté de le réprimer, mais plus les années passaient, plus la terrible attirance grandissait, s'enflait de fantasmes troublants qu'il libérait en se soulageant lui-même. La peinture l'avait aidé à s'évader ; l'amitié de Janine, à briser son isolement. Il tenait le coup.

En 1956, il avait été admis aux beaux-arts et, deux ans plus tard, il avait commencé à côtoyer la faune du Quartier latin. Pierre pouvait passer des heures autour d'une table enfumée à discuter politique en compagnie de Susan, André et Denis. On l'aimait bien. On reconnaissait son talent. Il partageait leurs idées. Il avait enfin trouvé sa place.

Un certain nombre d'homosexuels fréquentaient le milieu. Collé à sa bande d'amis, Pierre n'en avait fait aucun cas : il n'était pas des leurs. Puis, un jour, Hervé Chartrand était venu s'asseoir à ses côtés. Il embaumait le parfum bon marché, se trémoussait sur sa chaise, parlait trop fort, prenait toute la place. On le trouvait amusant, surtout lorsqu'il parlait de cul ou imitait Maurice Duplessis et le cardinal Léger. Pierre l'exécrait : Hervé, le fifi, la grande folle, représentait tout ce qu'il avait voulu fuir. Hervé et sa beauté insolente. Hervé, qui passait son temps à le taquiner, à le fouiller effrontément du regard. Hervé, le pisteur maléfique, l'avait flairé et attendait patiemment sa chute.

À son insu, encore une fois, Janine avait aidé Pierre à repousser son obsession. Son entrée en scène parmi les amis de Pierre avait changé la donne. Hervé n'avait pas insisté.

La reconnaissance de Pierre envers son amie d'enfance avait renforcé son attachement pour elle. Janine était son rempart, il était devenu sa délivrance : elle avait besoin de s'évader de la maison, il rêvait d'une vie normale avec femme et enfants. Il lui avait communiqué sa passion pour l'art. Ensemble, ils avaient partagé le même attrait pour Signature, cette petite galerie de la rue Laurier.

Lorsque Janine avait accepté sa demande en mariage, Pierre avait été à la fois effrayé et ravi : il n'avait jamais touché une femme, serait-il à la hauteur ?

Un soir, il l'avait embrassée devant sa porte puis l'avait longuement regardée dans les yeux : la glace était brisée. Pierre était soulagé.

Quelques mois plus tard, dans l'appartement de Susan, grisés de vin, Janine et Pierre avaient fait l'amour pour la première fois. Le lit moelleux, leurs caresses timides, maladroites, entrecoupées de rires gênés, le parfum de Janine, sa peau si douce avaient enivré Pierre de volupté. Son corps avait réagi : il était un homme normal !

Dans la nuit du 14 septembre, le mariage, les enfants, la maison et, dans quelques années, l'achat de la galerie Signature, tous les rêves de Pierre s'étaient consumés dans l'incendie de l'hospice Saint-François-Solano. Janine était son courage, sa forteresse. Sans elle, il n'était plus qu'une loque hantée par ses démons.

Désespéré, il avait observé pendant de longues heures les fouilles des pompiers dans les débris calcinés de la maison de vieillards. Le reste du temps, il l'avait passé au chevet d'Ernest à l'hôpital Notre-Dame.

On avait arrêté les recherches le jour où Ernest avait repris connaissance. Après l'avoir visité, Pierre avait quitté l'hôpital sans trop savoir où aller. Devant lui, le parc Lafontaine lui ouvrait les bras. Le jeune homme avait emprunté un sentier et s'était affalé sur un banc pour donner libre cours à sa détresse. Puis il avait senti une présence…

— Pauvre vieux! Ça va pas?

Pierre s'était redressé. L'homme lui avait tendu une flasque. Sans un mot, Pierre l'avait saisie et avait avalé une longue goulée. Le liquide ambré avait tracé un sillon de feu dans sa poitrine. Fuyant le regard de l'inconnu, il l'avait remercié. La main était revenue vers lui, Pierre y avait remis la flasque.

— Tu veux une cigarette?

Pierre avait levé les yeux vers son bon Samaritain : un bel homme dans la cinquantaine vêtu d'un costume trois-pièces. D'un hochement de tête, il avait accepté. Le vent qui s'était levé soufflait sans cesse la flamme du briquet dans sa main tremblante.

— Attends…

L'homme s'était assis près de lui et avait ouvert son veston.

— Essaie encore.

Pierre s'était incliné vers lui. La flamme avait jailli de nouveau. Il avait tiré une première bouffée. La tête lui avait tourné. Était-ce l'effet du cognac ou du parfum suave qui émanait du corps de l'inconnu? Leurs regards avaient convergé, s'étaient attardés. Puis l'homme s'était levé :

— Viens.

Sans un geste, Pierre avait laissé l'homme le dévêtir. La tendresse de ses gestes l'avait porté au-delà des frontières de l'interdit. Son corps avait frémi sous les mains étonnamment douces qui le caressaient lentement. L'étranger n'avait rien exigé de lui. Il voulait juste l'aimer, lui faire du bien.

De retour chez lui, à la tombée de la nuit, Pierre, abruti d'alcool, s'était jeté sur son lit: dormir, oublier, disparaître…

Le lendemain matin, il avait été tiré du lit par le coup de fil d'Ernest qui lui avait annoncé sa sortie de l'hôpital. Sur la table de la cuisine, quelques lignes griffonnées par sa mère lui avaient rappelé la cérémonie funéraire à la paroisse Saint-François-Solano. Il était en retard!

Après s'être habillé en vitesse et avoir fait un arrêt chez le père de Janine, il s'était rendu à l'église. Il avait traversé l'allée transversale, fuyant les regards compatissants qui s'attardaient sur son passage, puis s'était arrêté au banc où avait pris place sœur Marie-des-Saints-Anges, la tante de Janine. Un regard embué l'avait accueilli. Il s'était glissé près d'elle. Une main sur la manche de sa tunique, Pierre avait tenté de la réconforter avant de fixer l'autel pour se concentrer sur le prêtre.

Pourtant, les touchantes prières, les chants religieux, la ferveur de l'assemblée n'avaient pu apaiser le tumulte dans son esprit. Malgré lui, le goût du cognac avait rejailli sur ses lèvres, le souvenir de sa trajectoire sulfureuse avait rallumé l'irrésistible tentation. En pensée, il avait revu le veston ouvert, s'était perdu dans la chaleur du corps parfumé de l'étranger et l'avait de nouveau suivi jusqu'à chez lui. Le rappel de la bouche gourmande avait fait durcir son sexe. L'envoûtement avait balayé ses remords, occultant le souvenir de Janine.

Il avait quitté son banc pendant la communion. Rue Masson, il avait hélé un taxi.

«Reviens demain, si tu veux», avait dit l'homme.

Pierre entendit frapper.

— Qu'est-ce qui se passe, mon grand? Janine t'attend…

Madeleine avait entrouvert la porte de sa chambre. Pierre se leva d'un bond et déposa le cadre de Janine.

— J'y vais… Je… j'avais seulement besoin de me remettre les idées en place, bredouilla-t-il.

Il décrocha son coupe-vent puis se dirigea vers la porte et sortit sous le regard interrogateur de sa mère.

«Voyons, pourquoi ne passe-t-il pas par la ruelle, comme d'habitude?»

En empruntant la ruelle, Pierre n'aurait eu que quelques pas à faire pour se retrouver dans la cour des Provencher. Pourquoi si peu d'empressement?

Rue Charlemagne, Pierre marchait à pas lents vers la rue Dandurand. Accablé de remords, il tentait désespérément de rattraper son bonheur perdu. Comment pourrait-il regarder sa fiancée en face sans que sa trahison transparaisse dans son regard ? Comment pourrait-il encore la toucher sans que la sensation de la peau de son amant vienne s'interposer ? Cet homme sans nom à qui il s'était livré sans retenue et dont la seule évocation ranimait le souvenir de la fiévreuse griserie...

Assailli de pensées coupables, Pierre sentit ses jambes faillir. Il s'arrêta et s'appuya contre un mur de brique pour reprendre ses esprits. Après un moment, il tourna le coin et, devant l'hospice en ruines, il prit une grave décision : même s'il aimait Janine de tout son cœur, il n'était plus digne d'elle ; dans quelques jours, il romprait. « Elle va bientôt pouvoir entreprendre ses études aux beaux-arts. Je suis certain qu'elle y rencontrera quelqu'un cent fois mieux que moi. »

D'un pas plus assuré, il emprunta la rue d'Orléans.

⌒✳✳✳⌒

Rue Masson, Gaston marchait à grands pas. Il avait grand besoin d'une cigarette.

« Je considère Pierre comme mon fils... »

Les paroles de son père hantaient son esprit, attisaient sa rage.

Il était trop tôt pour passer à l'épicerie, mais le garage à quelques coins de rue de là ouvrait tôt.

En le voyant entrer, le mécanicien se composa une mine attristée et lui offrit ses condoléances. Gaston connaissait Léo Bernier depuis la petite école. C'était un garçon très populaire dont il avait toujours voulu se rapprocher, ignorant que ce dernier était l'un de ses détracteurs les plus virulents.

— Je te remercie, Léo, mais ce n'est pas nécessaire, fit-il, la bouche parée d'un sourire énigmatique.

Le mécanicien fronça les sourcils, enleva sa casquette, la remit. Gaston attendait dans une attitude théâtrale, ménageant son effet.

— Janine n'est pas morte. Elle s'est sauvée à temps.

— Voyons donc, Gaston! J'étais là, je suis resté jusqu'à la fin du feu...

Au même moment, un jeune homme entra dans l'atelier. Vêtu avec recherche, son port altier en imposait.

— Tiens donc! lança Léo au nouveau venu. J'en ai une bonne pour vous.

Se retournant vers le fils d'Ernest, il fit les présentations.

— Gaston, voici Claude Chénier de *La Presse*. C'est justement lui qui a couvert l'incendie.

Impressionné, le fils d'Ernest tendit la main au journaliste qui le considérait avec des yeux interrogateurs.

— C'est le frère de Janine Provencher, enchaîna le mécanicien. Il y a du nouveau. Vas-y, mon Gaston, répète ce que tu viens de me dire.

Gaston avait ouvert de grands yeux. Ainsi, le feu de l'hospice avait fait la manchette du prestigieux quotidien... Il retint un sifflement.

— Alors, mon vieux, insista Léo, comme ça c'est vrai que Janine a été retrouvée ?

En entendant ces mots, le regard de Chénier s'anima d'une étincelle et plongea dans celui de Gaston qui, sans réfléchir, déballa tout : la fuite dramatique de Janine par le passage secret, les deux puits et les rumeurs persistantes dans le quartier depuis le début du siècle. Il jubilait en voyant le journaliste remplir son carnet de pattes de mouche. Enfin on s'intéressait à lui, à ce qu'il avait à dire : le roi de la cour d'école était de retour !

— Merci beaucoup, monsieur Provencher, fit le journaliste en refermant son calepin. Pensez-vous qu'il serait possible de rencontrer votre sœur ?

Le sang de Gaston se glaça dans ses veines. Le doux vent de l'euphorie devint tornade et il était au cœur de celle-ci : « Oh, *shit !* Le père va m'tuer... »

— Elle dort présentement... Un gros choc nerveux, vous comprenez... articula-t-il en s'efforçant de garder sa contenance.

Claude Chénier parut contrarié. Il tenait un *scoop* retentissant, mais s'il voulait sortir la nouvelle dans l'édition du lendemain, il lui fallait vérifier ses sources rapidement. En dépit de son récit abracadabrant, le type paraissait sérieux et le mécanicien avait renchéri lorsqu'il avait été question des rumeurs autour des puits. «Et si j'allais interroger les bonnes sœurs de l'hospice, en attendant?»

— Pauvre elle, je comprends... Bon, c'est bien, dit le journaliste en serrant la main de Gaston. Je vais attendre un peu. («Une heure, pas plus...», se promit-il.) Je vous remercie pour l'information.

Gaston salua rapidement et tourna les talons. Après quelques enjambées, il prit ses jambes à son cou: il avait juste le temps de remballer ses affaires et de prendre la poudre d'escampette.

Il n'avait toujours pas allumé sa première cigarette.

⌐═≡≈

Bref coup de sonnette. Des pas rapides dans le couloir. Janine se redressa dans son lit où elle s'était étendue depuis quelques minutes. Du vestibule, elle perçut l'allégresse dans la voix de son père. Qui pouvait bien être à la porte? La réponse éclata comme une bulle de cristal au son d'une autre voix, celle de Pierre.

On frappa doucement à sa porte:

—Janine, Pierre est là.

La porte s'entrebâilla, son père parut. La jeune fille repoussa ses couvertures, s'assit au bord du lit et, d'un hochement de la tête, lui signifia qu'elle était prête. Ernest s'effaça.

Pierre entra, le teint gris, les yeux humides.

—Janine...

— Viens t'asseoir, murmura-t-elle en tapotant son matelas.

Après un moment d'hésitation, Pierre prit place auprès d'elle. Il saisit sa main qu'il porta à ses lèvres. De gros sanglots s'échappèrent de sa poitrine.

— Je suis là, Pierre, je vais bien, s'entendit-elle dire.

Le jeune homme se souleva pour extirper un mouchoir de la poche de son pantalon. Il essuya ses larmes et se moucha. Il lui fallait absolument reprendre le dessus, dire quelque chose. Au prix de grands efforts, ses lèvres se courbèrent en un demi-sourire, mais les mots qu'il aurait voulu prononcer restaient bloqués dans sa gorge. Un silence douloureux planait sur la chambre, refoulant les deux fiancés dans les sentiers tourmentés de leur jardin secret respectif.

Janine se ressaisit la première. Elle raconta sa fuite par le souterrain et ses trois jours emprisonnée dans la cave.

Pierre reprit vie. S'inquiéta de son état de santé. Posa quelques questions auxquelles Janine répondit en s'assurant que son récit concordait avec celui fait à Gaston, quelques heures plus tôt.

— Et maintenant, qu'est-ce que tu penses faire?

Cette question était précipitée, Pierre le réalisa aussitôt, mais c'était plus fort que lui : s'il devait rompre ses fiançailles, Janine devait se raccrocher à autre chose.

— Si tu veux toujours entrer aux beaux-arts, je pourrais en parler au directeur. C'est possible de commencer en janvier.

Un sourire crispé apparut sur les lèvres de la jeune fille. Elle aurait préféré attendre un peu avant de lui annoncer sa grossesse. Par contre, échafauder des plans chimériques était au-dessus de ses forces ; mieux valait en finir tout de suite :

— Pierre... Je suis en famille.

Le jeune homme tressaillit vivement.

— Tu... tu en es sûre ?

— Ça fait deux mois que je n'ai pas eu mes règles, souffla-t-elle en rougissant. J'ai des nausées. Elles ont commencé à l'hospice.

Un souffle d'énergie électrisa Pierre. La venue de cet enfant changeait tout ! Il lui redonnait sa place dans la vie de Janine. Il se leva et tendit la main à sa fiancée.

— Oh, Janine ! C'est... si merveilleux ! Pour le mariage, penses-tu qu'on devrait accélérer les choses ?

— Le 10 octobre, ce n'est pas si loin, répondit-elle en le dévisageant, tout de même surprise par cette brusque flambée d'enthousiasme.

— Tu as raison. On va faire comme tu veux, dit-il en l'attirant contre lui pour l'enlacer.

Janine se raidit. Les bras de Pierre se refermant sur elle comme un étau étaient plus qu'elle ne pouvait en supporter.

— Qu'est-ce qu'il y a ? s'étonna le jeune homme en s'écartant.

— Je file pas... Je suis tout étourdie, dit-elle en se rassoyant sur son lit.

— Trois jours enfermée dans la cave, dans ton état… Il faut vraiment que tu te reposes, Janine. Je vais te laisser dormir et je reviendrai ce…

Une porte claqua dans la pièce adjacente. Vivement, Janine posa l'index sur sa bouche avant de prononcer silencieusement le prénom de son jeune frère.

Un tiroir fut tiré, puis le son métallique d'une fermeture à glissière leur parvint.

Les yeux de Gaston firent le tour de la pièce. Il n'oubliait rien. Il avait annoncé son départ à son père. Après leur dernière scène, Ernest ne s'en était guère étonné et n'avait rien fait pour le retenir, au risque de voir la situation s'envenimer avec l'arrivée de Pierre dans la maison : « J'veux pas de chicane icitte, Janine est assez à l'envers comme ça. »

Claude Chénier venait de quitter le Coin bleu, la petite épicerie à l'angle des rues Dandurand et Bourbonnière. Plus tôt, sa visite au château l'avait laissé perplexe. La sœur supérieure était absente et le vieux borgne qui lui avait ouvert la porte l'avait refermée dès qu'il avait fait allusion aux souterrains.

L'effervescence avait gagné le journaliste : il tenait quelque chose de gros. Malheureusement, après avoir attendu l'ouverture du Coin bleu, il en était ressorti bredouille : l'épicier, qui n'était pas du quartier, n'avait pu le renseigner.

Chénier monta dans sa voiture et consulta sa montre : 9 h 15. Il avait tout juste le temps de rencontrer la fille Provencher et son père avant la conférence de presse qu'il devait couvrir à l'hôtel de ville.

Il se stationna devant la porte de la petite maison blanche et sortit de son auto gonflé à bloc, visualisant déjà la une : « Une mystérieuse disparition expliquée ».

Un homme robuste dans la soixantaine vint lui ouvrir. Il entra dans le vestibule et se présenta, mais dès qu'il eut décliné sa profession et le but de sa visite, le visage du vieil homme s'empourpra.

— Qui vous a raconté ces niaiseries ?

— Mais votre fils Gaston, monsieur Provencher ! Je l'ai rencontré tout à l'heure au garage Bernier, sur Masson. Allez, monsieur Provencher, c'est tellement une bonne nouvelle, pourquoi ne pas la partager ? ajouta-t-il sur un ton amical en sortant son calepin. Votre fils m'a dit que vous l'aviez retrouvée dans la cave. Dans quel état était-elle ?

Ernest serra les poings : « Ah, le tabarnac, c'est pour ça qu'il était si pressé de partir ! »

— Monsieur Provencher ? insista le journaliste.

Hors de lui, Ernest lui lança un regard noir :

— Dehors ! hurla-t-il en le poussant sans ménagement sur le perron avant de fermer la porte d'un coup de pied.

Chénier trébucha et se releva en sacrant. Humilié, il jeta un regard autour de lui. Personne, heureusement...

Il n'avait pas dit son dernier mot: «Jules a peut-être quelque chose là-dessus...» Rien n'échappait à Jules Carpentier, le vieil archiviste du journal. «Un réseau souterrain dans Rosemont... S'il existe, Jules va se régaler et moi, j'aurai quand même mon *scoop*.»

De retour dans sa voiture, il s'alluma une cigarette. Sa main tremblait. «Vieux sacrament! Si tu penses que tu me fais peur!»

Il était décidé: la nouvelle sortirait le lendemain et si Carpentier ne trouvait rien, le témoignage du fils Provencher suffirait!

Sa colère ayant fauché sa précieuse acuité, le journaliste démarra sans apercevoir la jeune fille à la fenêtre. Une Janine souriante, rassurée à la pensée que 41 ans plus tard, Stéphane allait retrouver mot pour mot le même article affiché sur l'écran de son ordinateur.

L'histoire suivait son cours...

FIN DU TOME II

Remerciements

Merci, chers lecteurs, d'être entrés dans l'univers des *Voyageurs* afin de partager avec moi les aventures de Janine et Stéphane.

Grâce à la magie de la technologie, j'ai créé un passage virtuel entre nous. Eh oui, *Voyageurs de passages* possède maintenant sa page Facebook! Cet espace nous appartient, je vous y attends...

Pierrette Beauchamp
www.facebook.com/voyageursdepassages

Suivez-nous

Achevé d'imprimer en octobre 2013
sur les presses de l'imprimerie Marquis-Gagné
Louiseville, Québec